泉城文庫

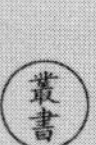

濟南出版社

傳世典籍叢書

〔宋〕辛弃疾／撰
梁啓超／輯
梁啓勛／疏證

稼軒詞疏證

圖書在版編目（CIP）數據

稼軒詞疏證 /（宋）辛弃疾撰；梁啓超輯；梁啓勛疏證. -- 濟南：濟南出版社，2024. 7. --（傳世典籍叢書）. -- ISBN 978-7-5488-6590-2

Ⅰ. I222.844

中國國家版本館 CIP 數據核字第 2024S1X367 號

稼軒詞疏證

JIAXUAN CI SHUZHENG

〔宋〕辛弃疾 / 撰
梁啓超 / 輯
梁啓勛 / 疏證

出 版 人　謝金嶺
出版統籌　葛　生　張君亮
責任編輯　趙志堅　李文文
裝幀設計　戴梅海

出版發行　濟南出版社
地　　址　濟南市二環南路一號（250002）
總 編 室　0531-86131715
印　　刷　山東黄氏印務有限公司
版　　次　2024 年 7 月第 1 版
印　　次　2024 年 7 月第 1 次印刷
開　　本　160mm × 230mm　16 開
印　　張　35.75
書　　號　ISBN 978-7-5488-6590-2
定　　價　198.00 元（全三册）

如有印裝質量問題 請與出版社出版部聯繫調換
電話：0531-86131736

《稼軒詞疏證》出版説明

爲深入學習貫徹黨的二十大精神，認真落實習近平總書記關于推動中華優秀傳統文化創造性轉化、創新性發展的重要指示要求，貫徹落實濟南市委『强省會』戰略及全面提升城市軟實力、推動文化『兩創』工作的要求，濟南出版社推出濟南文脉整理與研究工程《泉城文庫》。《傳世典籍叢書》是《泉城文庫》之一種，包含歷史上有重大影響力的濟南先賢著述以及其他地區人士撰寫的有關濟南的重要著作，有着較高的學術研究價值，對我們傳承傳統文化、樹立文化自信具有重要的意義。

《稼軒詞疏證》，内含《稼軒詞》六卷，宋辛弃疾撰；新會梁啓超輯，梁啓勛疏證。一九三〇年曼殊室刻本。辛弃疾，原字坦夫，改幼安，號稼軒，歷城人。紹興三十一年聚衆抗金，歸濟南耿京，任掌書記；三十二年至建康，授承務郎、天平節度掌書記，歷官龍圖閣待制、知江陵府；卒贈少師，謚忠敏。平生以規復爲志，以功業自許，發之倚聲，則以雄杰豪放見稱。故《四庫全書總目》稱其詞『慷慨縱横，有不可一世之概』，『能于剪紅刻翠之外，屹然别立一宗』。其詞集卷帙多寡不同，《直齋書録解題》所云『信州本十二卷』、《文獻通考》著録之四卷本，宋刻皆不傳。今存者以元大德間廣信書院刻《稼軒長短句》十二卷收詞最多，凡五百七十三首，蓋源于信州本；毛氏汲古閣《宋六十家詞》本、《四庫全書》本等四卷者均從此出，而編排次第相同，唯少十一首；王鵬運《四印齋所刻詞》本據大德本翻刻，又復十六卷之舊。明吴訥刻《唐宋名賢百家詞》本

《稼軒集》，分甲乙丙丁四卷，收詞四百二十七首，與汲古閣四卷本异。此新會梁氏所輯六卷本，以大德本五百七十三首爲主，合萬載辛啓泰補遺之三十三首，吴訥本之十五首，又于《清波别志》輯得一首，《草堂詩餘》輯得一首，共得詞六百二十三首，視前此諸本爲最富。前有閩縣林志鈞《序》，新會梁啓勛《稼軒詞疏證序例》及《稼軒先生南歸後之年表》；末有梁啓勛跋，并附其伯兄梁啓超手寫《跋四卷本稼軒詞》《跋稼軒集外詞》兩篇。據林《序》所稱「王静庵謂『南宋詞人其堪與北宋人頡頏者，唯幼安一人』，其推挹也如此。飲冰室好之尤篤，平時談詞，輒及稼軒，蓋其性情懷抱均相近；晚乃有《稼軒年譜》之作，遂成絶筆，可傷也。介弟仲策先生，亦喜攻稼軒詞，己巳初冬始有《疏證》之作，歲暮脱稿」云云，是梁氏昆仲相繼述作，補苴發明，誠稼軒之功臣也。

本書末附《稼軒先生年譜》一卷，近人陳思撰，民國金毓黻《遼海叢書》排印本。陳思，字慈首，廣東東莞人。清末嘗歷官廣西桂平、江蘇江陰知縣。入民國不仕，先後爲北京女子大學、東北大學教授，并兼文溯閣保管員。陳思爲詞壇耆宿，而于兩宋詞人生平行狀用力尤深。夏承燾嘗觀其《白石道人年譜》而嘆曰：『皆前人所未發，自來考白石遺事者，必以此編爲首舉矣。』遂執弟子禮以進。既殁，燾以其遺作《稼軒先生年譜》《清真居士年譜》《白石道人年譜》《白石道人歌曲疏證》并入《遼海叢書》，今人使得窺其堂奥也。

濟南出版社
二〇二四年七月

目録

林序

自漁洋尊詩抑詞奉其說者或不免有所軒輊顧其故亦可得而言焉周美成詞所謂無美不備者然如『強整羅衣擡皓腕更將紈扇掩酥胸羞郎何事面微紅』『愛殘朱宿粉雲鬟亂最好是帳中見』『蘭袂褪香羅帳褰紅繡枕旋移相就海棠花謝春融暖偎人恁嬌波頻溜象牀穩鴛衾謾展浪翻紅縐』此類豔辭綺語集中到處可見劉融齋謂周詞旨蕩學之則不知終日意縈何處矣至於屯田樂章之流尤喜揣摩牀笫描述中冓骨格不存益無足道大抵詞家以託言比賦無事檢束舉凡側媚靡曼之辭不可入

詩者一於詞發之晏元獻歐陽公且有『淡薄梳粧輕結束天付與臉紅眉綠斷環書素傳情久許雙飛同宿』及『走來窗下笑相扶愛道畫眉深淺入時無』『水精雙枕傍有墮釵橫』諸語他更無論耳憶吾鄉王碧栖有以詞人稱之者則怫然曰獨不可爲詩人乎碧栖已作古人此語猶傳人口今日詞學復興世之愛重或有過于詩者十年以前不爾也至若稼軒之氣象卓犖一洗香澤脂粉之習宜其獨有千古矣論者或謂其粗獷少藴蓄深厚之旨或指摘其音律不精歌麻雜用張玉田於稼軒即有微詞後人竟謂辛詞不可學是皆非知言者王靜庵謂南宋詞

人其堪與北宋人頡頏者，唯幼安一人。其推挹也如此。飲冰室好之尤篤。平時談詞。輒及稼軒。蓋其性情懷抱均相近，晚乃有稼軒年譜之作，遂成絕筆，可傷也。介弟仲策先生，亦喜攻稼軒詞，己巳初冬始有疏證之作。歲暮脫稿。所收都凡六百廿三首，分卷六。以視信州本之五百七十二首，吳文恪所收宋四卷本之四百廿七首，此編爲最富矣。書既成，屬余爲之序。按稼軒詞行世者，今日通行刊本，即所謂信州十二卷本，此本宋刻不傳，元大德己亥廣信書院重刊，明萬曆閒刊行之李濂評點本，亦即十二卷本，毛氏汲古閣宋六十名家詞所收稼軒集，雖是四卷，而編次與萬曆本同其祖本亦信州本也嘉慶間萬載辛敬甫刻稼軒詞即據毛氏本近日王半塘所刻稼軒詞則翻刻元大德本皆屬十二卷一系外此者宋刻有長沙本宜春張氏本皆不傳永樂大典引稼軒詞經法梧門錄出辛敬甫據以刻稼軒詞補遺朱古微收入彊村叢書者其佚詞有廿餘首皆他本所無此又別爲一本入明以後乃失傳耳至宋史藝文志及馬端臨文獻通攷著錄稼軒詞四卷本則傳世絕少明吳文恪（訥）之唐宋名賢百家詞所收稼軒集分甲乙丙丁四卷與汲古閣四卷本異飲冰定爲卽文獻通攷著錄之四卷本有二十闋爲信州十二卷本

所無，稼軒詞集本，當以此爲最古。近武進陶氏刻宋元本詞集，其稼軒詞三卷，爲宋淳熙本，蓋與吳氏同一祖本，而缺其一卷耳。飲冰之作稼軒年譜，卽以得見吳本每卷所載，略具編年之意，可由此而知其作詞之時代，年譜中所考證，卽爲稼軒詞編年之準備。仲策此作，可謂能繼飲冰未竟之業，而補苴訂正之功，尤不可沒。惜乎飲冰之不及見也。仲策所疏，如感皇恩，滁州送范倅詞，據南宋文範，周孚滁州奠枕樓記，證明稼軒蒞滁任，在乾道八年。滿江紅，賀王帥宣子平湖南寇詞，引史，王佐破陳峒事，在淳熙六年四月。滿庭芳，和洪景伯，及游豫章東湖三詞，引景伯詞集盤洲樂章證明在淳熙八年辛丑水龍吟甲辰歲壽韓南澗尙書引南宋文錄洪景盧所作稼軒記證明淳熙十一年甲辰稼軒在湖南沁園春帶湖新居將成詞據景盧稼軒記及辛敬甫編稼軒年譜證明帶湖新居落成於淳熙十二年乙巳並知移帥隆興府乃在十二年同調送趙景明知縣東歸引歷代詩餘趙和章及邱宗卿和章知淳熙十一年甲辰冬初稼軒猶在湖南又稼軒落職家居之年宋史本傳失載辛敬甫舊譜罷官在戊申飲冰推定爲丙午丁未間仲策根據西河送錢仲耕自江西漕移守婺州一首有對梅花更消一醉句知必在冬日而乙巳冬之

菩薩蠻有「霜落瀟湘白」之句，知乙巳猶在湖南。又據洪景盧稼軒記，證明稼軒乙巳在湖南，則江西送錢仲耕之作，必在丙午冬，（飲冰以爲乙巳作）是冬稼軒尚在江西按撫任，則落職必爲丁未無疑。清平樂壽信守王道夫詞，據錢士升之南宋書，王道夫淳熙進士，又南宋文錄，亦載道夫淳熙中登進士，卒於紹熙中，證明廣信府志紹興初出知信州之誤，紹興稼軒尚未生，當是誤紹熙爲紹興。醉翁操贈范廓之題中，今天子即位云云，疏證引紹熙元年劉光祖奏章，與本題語意脗合，定爲此詞必爲光宗紹熙元年庚戌作。水調歌頭席上用黃德和推官韻壽南澗詞，疏證引南澗詩餘有水調歌頭一首題席上次韻王德和與稼軒所和者韻正同知即此人稼軒作黃德和南澗作王德和知必有一誤又據水調歌頭送楊民瞻裘字韻水龍吟些字韻推知瓢泉別館乃成於徙居鉛山之前據千年調賦蒼壁驀山溪停雲竹徑南歌子開新池戲作六州歌頭得疾小愈等闋得考知瓢泉亭館之結構又如遣姬止酒諸作及元日投宿博山寺之水調歌頭別澄上人之浣溪沙等詞并得知稼軒之性格書中創獲類此者多不勝舉讀者當能詳之夫詞學原無關攷據然不讀渚山堂詞話則不知劉改之沁園春『綠鬢朱顏』一闋乃爲代壽韓

平原之作不讀耆舊續聞則不知陸子逸瑞鶴仙『臉霞紅印枕』一闋乃爲宗子侍人盼盼者而作不讀清容居士集及戴表元剡源集則張叔夏徵招『秋風吹碎江南樹石牀自聽流水』一闋不知袁伯長之果然善琴（元史袁桷本傳不云其能琴）不讀雪竇寺志則叔夏臺城路游北山寺詞竟不辨所訪爲何人不讀知稼翁詞所系本事則不知菩薩蠻之『玉人依舊無消息』詞乃懷汪彥章而作青玉案之『鄰雞不管離懷苦又還是催人去』一闋乃應召赴行在不得於當路而作好事近之『湖上送殘春』一闋乃爲秦益公所扼罷歸離臨安之作又如葉紹翁四朝聞見錄載

有陸放翁『飛上錦裀紅皺』之句（此詞放翁集不載）遂於南園閲古泉記之外，平添一重公案。楊升庵詞品收入朱淑真『月上柳梢頭，人約黃昏後』之句（歐陽永叔詞，混入朱集）遂使斷腸詞，蒙白璧微瑕之譏。是知徵證與辨核二者，蓋不可偏廢。自非廣摭故實，則原委莫明，詞意或無由領解，亦賴參攷互勘，庶歧聞異說，不致泛涉而失真。鄭叔問䟦校本清真集，至謂詞有箋釋，轉爲贅疣，此殆有激之談，非以爲攷訂之作，遂可不講也。仲策此作，大之足以補史傳方志所不備，次之則稼軒生平志業，遭際出處，縱跡俱略可悉。而集中唱和之作，互見他集者，亦復搜集備列於篇，資參究焉。讀茲編，恍然如與前人几硯相接，謦欬相通，其愉佚酣適，狂歌痛飲，慷慨鬱勃不平，舉可於詞中遇之，循文撫跡，歷歷在目。若稼軒未嘗捨我輩而去也者。烏乎，文字之爲用，豈不偉哉。詞之有疏證，著於世者蓋寥寥耳。仲策之作，以視江賓谷之山中白雲詞、蘋洲漁笛譜疏證，足以鼎足而立。有過之而無不及。今人遼陽陳君慈首補辛敬甫所撰稼軒年譜，又聞有稼軒詞箋之作，余惜未獲見。果其書之已成，則仲策爲不孤矣。辛未清明前一日閩縣林志鈞識

稼軒詞疏證序例

人之思想變化、每與時代及環境爲因緣、若作品不編年、則無以見其遷移之痕迹。稼軒先生詞品、上承北宋之正聲、下開南宋之別派、雄風傑調、横絶一時。在文學上之地位、自足千古、但傳世詞六百數十首、坊本皆以調爲別、無時代性。伯兄久欲爲之次第。然全集詞題之有甲子、及詞句中略有年代可追求者、不過四十餘首、尚不及十分之一、頗感困難。初欲以地爲別、循先生宦遊之足跡、爲先後、分建康、臨安、滁州、豫章、湖湘、帶湖、三山、瓢泉、會稽、京口、十項目。此法似甚便。然地有重至者、如建康、豫章、帶湖、是也。

若用空間，則失時間，仍非本旨。戊辰之夏，伯兄嘗用武進陶氏涉園景宋淳熙三卷本，校臨桂王氏四印齋景元大德信州十二卷本竟，並隨筆寫攷證數十條於信州本之眉，秋九月，始屬稿箸先生年譜，原擬譜成而後編其詞。繼又獲見明吳訥唐宋百家詞所收之四卷本，甲集乃先生門人范開輯，有淳熙戊申元日之序文。從知甲集詞，皆先生四十八歲以前作品，最爲確據。乙集不知何人輯，然據伯兄鈞稽所得，無閩中詞，知是成於紹熙辛亥。丙丁兩集頗亂雜，通各時代皆有，但無浙東詞，知是成於嘉泰辛酉。伯兄謂四卷本所收詞截止於慶元庚申，似有誤，因丙集有辛酉生日前兩日之柳梢青詞一首，知是截止於辛酉因即以此爲依據、將各詞繫於譜中、而加以攷證。豈意譜尚未完、而病猝發、竟以不起、所志中斷。啟勳不自惴其譾陋、繼伯兄未竟之業、將宋四卷本、信州十二卷本、並辛敬甫從永樂大典輯得之補遺、集合而詮次之、去其誤入與重出、得詞六百二十二首。又於清波別志輯得一首、共爲六百二十三首。是爲先生傳世詞之總數、雖其中有一二首曾發生眞僞之辯、但未得有力之反證、自不容否認。於是專從並時人之詩文詞集覓證據、以推求年代、結果尚不負初志。十月十九日始屬稿、於每首之下、先錄飲冰室校勘、與歷代詩餘之異同則爲啟勳所校、次錄飲冰室攷證、又次爲啟勳之案語，其間有因伯兄翻檢未周，攷證不甚正確者，則修正之。未備者，則補充之。名曰「稼軒詞疏證」。詞取斷句，悉依萬氏詞律。分韵、叶、句、豆，韵與叶用圈，句則加點於字旁，而豆則加點於字間。凡此符號，則爲心之所裁。全集分爲六卷，以年爲序。卷一、卷二，爲淳熙丁未以前詞。卷三爲戊己庚辛四年間詞。卷四、卷五，爲壬子至辛酉之十年間詞。卷六，則爲壬戌以後。四卷本所未收之詞，每卷於目録之先，標出年與歲，及所在地。用存伯兄以地爲綱之意云爾。十八年十二月一日啟勳記

伯兄嘗語余曰，稼軒先生之人格與事業，未免爲其

雄傑之詞所掩。使世人僅以詞人目先生，則失之遠矣。意欲提出整個之「辛棄疾」以公諸世，其作辛稼軒年譜之動機，實緣於此。所志未竟，而遽戛然，可爲深惜。余不文，不敢爲先生作傳，且每見古人之傳，總不免有作者之主觀語，難得眞相，蓋有時因行文之便，此病最易犯也。今但列舉客觀之事實，以供讀者之想象，雖只區區十條，似亦可以表現先生之全人格矣。

啟勳又記

稼軒先生之特殊性格

一　先生乃一熱烈之愛國者，且具規復中原之大計畫，讀請練民兵守淮疏、美芹十論、九議、應問諸

序例

文可見。見辛敬甫之稼軒集鈔存。

二　先生乃一勇敢之強健男兒。二十二歲、率部曲二千投耿京、鵞湖夜坐詩云「昔者戍南鄭、泰山鬱蒼蒼。鐵衣卧枕戈、睡覺身滿霜」。二十三歲、赤手縛張安國、獻俘於臨安。洪景盧稼軒記云「齊虜負國、辛侯赤手領五十騎、縛取於五十萬衆中、如挾毚兔。束馬銜枚、由關西奏淮、至晝夜不粒食。壯聲英概、儒士爲之興起、天子爲之動容」。

三　先生作事敏捷、且勇於負責。大計畫雖不見用、然有機會、輒爲地方造福、如蘇滁州民於兵燼之餘、見周孚眞枕樓記。平江西湖南之羅、實其倉廩、見宋史及朱子大全集爲福州府藏積鏹至五十萬緡充其府庫見宋史凡此數事皆以極短時間而奏大效者至於刱立湖南飛虎軍壘尤見偉業當時因此事而彈章紛上至降御前金牌令郎日停工先生乃受牌而藏之嚴令速工兼作期以一月成既成然後開陳本末繪圖繳進上始釋然見宋史

四　先生在官不猛進亦不苟退眞可謂樂則行之憂則違之卓乎其不可拔故自二十三歲以至六十八歲受職四十五年雖三仕三已然未嘗一度求去只有帥閩時因受謗太甚乃請陛見以自明亦未嘗一度召不起生平彈章數十見迄不爲動陳同甫之先生像贊曰「呼而

來·菴而去·無所逃天地之間」。最能寫先生之眞。

五　先生精力彌滿·不鬆不懈。張功甫和先生之賀新郎曰「何日相從雲水去·看精神·峭緊芝田鶴」精神峭緊四字·最能得先生神理。

六　先生富於建設性。上饒與鉛山兩宅·構造皆自出意匠。見洪景盧稼軒記及邱宗卿和漢宮春詞不寧唯是·即在傳舍之官府·亦復如之。知滁州·則建奠枕樓·繁雄館。見周孚之奠枕樓記。帥浙東·則建秋風亭。見張功甫和漢宮春詞題。

七　先生對於家人之愛極厚。見哭子詩及壽其夫人詞。然殊不戀家·常獨居於外·甚且在距家不遠之蕭寺度歲見「元日投宿博山寺」之水調歌頭。

八　先生雖好營第宅，然絕非求田問舍者流，以淵明之超逸，其宅燬於火，集中且數見。先生帶湖之甲第燬於火，六百二十三首詞中，無一語道及。證以本集，此雖小事，然性格實與常人殊。

九　先生交遊雖廣，然擇友頗嚴。唯與朱晦翁、陳同甫二人交最篤，見祭朱晦翁文、祭陳同甫文及唱和諸作。此外如洪氏兄弟、韓氏父子、趙氏兄弟等，則詩酒之交而已。

十　先生宗教觀念似頗薄，雖常寄居於僧院，然集中與方外人詞，似僅「別澄上人」並「送性禪師」之浣溪沙一首且猶是題於壁上而非寫呈有韓仲止之和章可證豈以當時當地無高僧先生視此碌碌者爲不足與語耶唯丙寅九月二十八日有律詩一首云「漸識虛空不二門掃除諸幻絶塵根此心自擬終成佛許事從今只任眞……」丙寅九月二十八距屬纊已不滿一年可見人之精神終須求一最後之歸宿殆天性也

稼軒先生南歸後之年表

二十三歲	紹興三十二年	壬午	奉表南歸
二十四歲	隆興元年	癸未	任江陰簽判
二十五歲	二年	甲申	同
二十六歲	乾道元年	乙酉	同
二十七歲	二年	丙戌	同
二十八歲	三年	丁亥	同
二十九歲	四年	戊子	任建康府通判
三十歲	五年	己丑	同
三十一歲	六年	庚寅	遷臨安司農主簿
三十二歲	七年	辛卯	同

年齡	年號	干支	事蹟
三十三歲	八年	壬辰	知滁州
三十四歲	九年	癸巳	辟江東安撫司參議官
三十五歲	淳熙元年	甲午	遷臨安倉部郎官
三十六歲	二年	乙未	提點江西刑獄
三十七歲	三年	丙申	知江陵府兼湖北安撫使
三十八歲	四年	丁酉	知隆興府兼江西安撫使
三十九歲	五年	戊戌	遷湖北轉運副使
四十歲	六年	己亥	同
四十一歲	七年	庚子	知潭州兼湖南安撫使
四十二歲	八年	辛丑	同
四十三歲	九年	壬寅	同
四十四歲	十年	癸卯	同

年齡	年號	干支	事蹟
四十五歲	十一年	甲辰	同
四十六歲	十二年	乙巳	知隆興府兼江西安撫使
四十七歲	十三年	丙午	同
四十八歲	十四年	丁未	家居江西上饒縣
四十九歲	十五年	戊申	同
五十歲	十六年	己酉	同
五十一歲	紹熙元年	庚戌	同
五十二歲	二年	辛亥	同
五十三歲	三年	壬子	知福州府兼福建安撫使
五十四歲	四年	癸丑	同
五十五歲	五年	甲寅	同
五十六歲	慶元元年	乙卯	家居江西上饒縣

年表

五十七歲	二年	丙辰	家居江西鉛山縣
五十八歲	三年	丁巳	同
五十九歲	四年	戊午	同
六十歲	五年	己未	同
六十一歲	六年	庚申	同
六十二歲	嘉泰元年	辛酉	同
六十三歲	二年	壬戌	同
六十四歲	三年	癸亥	知紹興府兼浙江安撫使
六十五歲	四年	甲子	同
六十六歲	開禧元年	乙丑	知鎮江府
六十七歲	二年	丙寅	家居江西鉛山縣
六十八歲	三年	丁卯	是年九月初十日卒於家

續通鑑、開禧元年乙丑、十一月、召辛棄疾知紹興府、兼兩浙安撫使、又進寶文閣待制、皆辭免、進樞密都承旨、未受命而卒、此段記載錯誤殊甚、召知紹興府、乃嘉泰三年癸亥事。進寶文閣待制、乃開禧二年丙寅事。進樞密院都承旨、乃開禧三年丁卯事。卒、乃同年九月初十事。集中有洞仙歌一首、題作丁卯八月病中作、可證開禧三年八月、先生猶在人間也、事則四件、時間則前後五年、續通鑑乃合一爐而冶之、鑄成一句、編纂者未免太不負責任。

右表乃客歲十二月廿二所編製。近正擬將全書付雕刻、昨從子廷燦、復從伯兄遺稿中檢得與稼軒詞有關係之文字兩篇、一跋四卷本、一跋十二卷本、以外諸詞、皆余當時所未及見者、首篇之中段、略敘稼翁二十九歲以後之踪跡、紀年與此表每多出入。即較於伯兄所箸之稼軒年譜，亦微有異同。蓋此跋之作，乃在年譜屬稿之前十四日，未詳加攷訂故也。次篇對於前人所懷疑之數闋，畧爲評判。然此書乃輯而非選，詞既見於宋四卷本，輯者自不必負別擇去留之責。亦伯兄所謂「過而存之」之意焉爾。去臘此書脫稿時，正恨不及乞得伯兄一序文，兹卽將斯二稿影印，以爲開卷之冠。　十九年九月十六日啟勳記

稼軒詞卷一目錄

年　乾道五年己丑至淳熙十四年丁未

歲　三十至四十八

地　建康　臨安　滁州　豫章　湖湘　帶湖

目錄

目錄

卷一共五十四首

目錄

稼軒詞卷一

宋　歴城　辛棄疾　幼安

新會梁啟超輯　梁啟勳疏證

念奴嬌

書東流村壁

野塘花落，又匆匆過了，清明時節。剗地東風欺客夢，一枕雲屏寒怯。曲岸持觴，垂楊繫馬，此地曾輕別。樓空人去，舊遊飛燕能說。　聞道綺陌東頭，行人曾見，簾底纖纖月。舊恨春江流不斷，新恨雲山千疊。料得明朝，尊前重見，鏡裏花難折。也應驚問，近來多少華髮。

稼軒詞卷一

題花庵作春恨草堂亦同歷代詩餘同信州本野塘四卷本甲集塘作棠花庵與草堂均同甲集一枕甲集枕作夜輕別花庵與草堂輕均作經能說草堂能作歸曾見甲集曾作長不斷甲集不作木

〔啟動案〕此詞見甲集，作年無可攷，唯相傳謂寫徽欽二宗北狩之事，詞意甚似。伯兄在清華學校所講之「韵文與情感」亦引此詞，其論斷則謂「東流村正是徽欽二宗北行所經之地，所以把稼軒的新愁舊恨一齊招惹出來」云云。徽欽二宗北行之途經，據史文所載，則自汴梁經濬州、真定府、中山、代州而至雲州，東行至燕山府，住愍忠寺，乃再折而東北行，至會寧，終於韓城。以今地理釋之，則由開封經彰德、正定、保定，入龍泉關，斜掠太原東境，北行而至大同，文東折而至北京，住宣武門外之法源寺，再出關至吉林阿城縣，終於延吉之五國城。若此詞之本事果如所傳，則東流村或當在豫北與南直隸之間。攷先生到此地之機會，一在兒時隨乃祖宦游開封時（見本集聲聲慢嘲紅本犀之詞題），一在美芹十論劄子所云「兩隨計吏抵燕山，視形勢」之時，一在天平節度使耿京幕中時。凡此皆二十二歲以前事若二十三歲南歸後則絕對無緣重履此地矣果如是則此詞當是紹興三十二年壬午以前作卽先生二十三歲以前較於伯兄所認爲三十歲作之水龍吟爲更早矣但東流村之所在地一時無可攷若在大河以北則此詞爲壬午以前作可以決矣姑懸此說以俟反證

又案池州有東流縣但縣而非村且非徽欽二宗北行所經之路

水龍吟

登建康賞心亭

楚天千里清秋、水隨天去秋無際。遥岑遠目、獻愁供恨、玉簪螺髻。落日樓頭、斷鴻聲裏、江南遊子。把吳鈎看了、欄干拍徧、無人會、登臨意。休說鱸魚堪鱠。儘西風、季鷹歸未。求田問舍、怕應羞見、劉郎才氣。可惜流年、憂愁風雨、樹猶如此。倩何人喚取、紅巾翠袖、揾英雄淚。

遠目宋四卷本甲集目作日紅巾四卷本作盈盈

［飲冰室考證］此詞年月無考，唯詞中「落日樓頭，斷鴻聲裏，江南遊子，把吳鈎看了，闌干拍遍，無人會，登臨意」及「倩何人喚取紅巾翠袖，揾英雄淚」等語，確是滿腹經綸在羈旅落拓或下僚沈滯中勃鬱一吐情狀，當爲先生詞傳世者最初一首，故以冠編年。

［啓勳案］王象之《輿地紀勝》：賞心亭下臨秦淮，盡觀覽之勝，晉公丁謂建。戊子己丑兩年先生在建康通判任。

［案］《輿地紀勝》：建康府春秋屬吳，戰國屬越，後屬楚，初置金陵邑，秦改爲秣陵，吳大帝定都於此，改爲建業，晉武帝平吳復爲秣陵，旋復改爲建鄴，後避愍帝諱改爲建康，東晉及南朝因之，唐置江寧郡，屬潤州，又改爲昇州，楊行密改爲金陵府，徐知誥又改爲江寧府，北宋初改爲升州，仁宗復爲江寧府，南宋又爲建康府。

［案］孝宗乾道五年己丑，先生三十歲。

念奴嬌

登建康賞心亭呈史留守致道

我來弔古，上危樓，贏得閒愁千斛。虎踞龍蟠何處是，只有興亡滿目。柳外斜陽，水邊歸鳥，隴上吹喬木。片帆西去，一聲誰噴霜竹。　卻憶安石風流，東山歲晚，淚落哀箏曲。兒輩功名都付與，長日惟消棋局。寶鏡難尋，碧雲將莫，誰勸杯中綠。江頭風怒，朝來波浪翻屋。

龍蟠：信州十二卷本蟠作躍。　興亡：《歷代詩餘》作「興亡」，《從四卷本甲集》作「江山」。

〔飲冰室考證〕續通鑑：乾道三年九月，以知建康府史正志兼沿江水軍制置使。史留守致道，當即此人。蓋先生倅建康時第一任長官。〔己丑〕

滿江紅

倦客新豐，貂裘敝、征塵滿目。彈短鋏、青蛇三尺，浩歌誰續。不念英雄江左老，用之可以尊中國。歎詩書、萬卷致君人，翻沉陸。

休感慨，澆醽醁。人易老，歡難足。有玉人憐我，爲簪黃菊。且置請纓封萬戶，竟須賣劍酬黃犢。甚當年、寂寞賈長沙，傷時哭。

翻沉 四卷本乙集翻作番 感慨 乙集慨作歎 澆醽醁 乙集作年

華 促

【啟勳案】此詞見四卷本乙集，無題。讀史方輿紀要：新豐乃丹陽縣屬，唐至德二載，淮南諸將討永王璘，濟江至新豐，大敗璘軍。輿地紀勝：丹陽舊屬建康府。此詞首句倦客新豐，又有貂裘敝、彈短鋏等語，正伯兄所謂羈旅落拓、下僚沉滯時矣。玩詞意，確似早年作，必非四十九歲以後作。

品雖在乙集想是收甲集所遺耳因移置於乾道己丑即先生通判建康之年

建康史帥致道席上賦

鵬翼垂空。笑人世、蒼然無物。又還向、九重深處，玉階山立。袖裏珍奇光五色，他年要補天西北。且歸來、談笑護長江，波澄碧。

佳麗地，文章伯。金縷唱，紅牙拍。看尊前飛下，日邊消息。料想寶香黃閣夢，依然畫舫清溪笛。待如今、端的約鍾山，長相識。

題四卷本甲集作建康史致道留守席上賦

〔啟勳案〕當是乾道五年己丑作時先生在建康通判任　鍾山亦名蔣山見下遊蔣山案語

千秋歲

金陵壽史帥致道時有版築役

塞垣秋草。又報平安好。尊俎上、英雄表。金湯生氣象、珠玉霏譚笑。春近也、梅花得似人難老。　莫惜金尊倒。鳳詔看看到。留不住、江東小、從容帷幄去、整頓乾坤了。千百歲、從今盡是中書考。

題四卷本甲集作爲金陵史致道留守壽

【啟勳案】此亦當是己丑作

八聲甘州

壽建康帥胡長文給事時方閱拆紅梅之舞且有錫帶之寵

把江山好處付公來、金陵帝王州。想今年燕子、依然認得、王謝風流、只用平時尊俎、彈壓萬貔貅、依舊釣天夢玉殿東頭。看取黄金横帶。是明年準擬。丞相封侯。有紅梅新唱。香陣卷温柔。且畫堂。通宵一醉。待從今更數八千秋。公知否。邦人香火夜半纔收。

題建康胡長文留守畫堂畫作華四卷本題建畫堂四卷本甲集作爲

〔飲冰室攷證〕長文名及。到任年待攷。然先生二次宦建康。乃入葉衡幕府。則胡之作帥。蓋繼史任。宜在乾道四五年間。

〔啟勳案〕胡長文名元質。長洲人。官至敷文閣大學士。（己丑）

太常引

建康中秋夜爲吕潛叔賦

一輪秋影轉金波。飛鏡又重磨。把酒問姮娥。被白髮欺人奈何。乘風好去。長空萬里。直下看山河。斫去桂婆娑。人道是、清光更多。

〔啟勳案〕此詞見四卷本丙集但先生五十三至六十二之十年間足跡未嘗到建康丙丁兩集兼收甲乙集之所遺因將此一首移於己丑

品令

迢迢征路、又小舸、金陵去。西風黃葉、淡煙衰草、平沙將暮。回首高城、一步遠如一步。　江邊朱戶。忍追憶分攜處。今宵山館、怎生禁得、許多愁緒。辛苦羅巾揾取、幾行淚雨。

〔啟勳案〕此一首見補遺無年可攷但先生至金陵只有兩次一在乾道四年戊子出江陰轉通判建康府一在乾道九年癸巳由滁州轉帥江東安撫司參議官此外更無到金陵之機會此詞似是早年作品又無渡江痕跡姑以附於第一次建康諸詞之後

念奴嬌

西湖和人韵

晚風吹雨，戰新荷聲亂，明珠蒼璧。誰把香奩收寶鏡，雲錦周遭紅碧。飛鳥翻空，遊魚吹浪，慣趁笙歌席。坐中豪氣，看君一飲千石。　遙想處士風流，鶴隨人去，已作飛僊伯。茆舍疏籬今在否，松竹已非疇昔。欲說當年，望湖樓下，水與雲寬窄。醉中休問，斷腸桃葉消息。

周遭紅　四卷本甲集作紅涵湖　看君　四卷本作公　已作　四卷本已作老　僊伯　歷代詩餘伯作客

〔飲冰室攷證〕集中在臨安所作詞極少，唯以下三首及觀潮上葉丞相一首耳。並見甲集中，知為早年作觀潮當作於淳熙元年此三首年分無攷考先生自本年起直至次年夏秋間似皆在臨安供職司農主簿其一生在臨安當以此次爲最久故姑以臨安作作品無年月者繫於本年照影溪梅一閑因和冷泉亭韵知爲同時作

〔啟動案〕辛敬甫所編之年譜誤以本年出知滁州今據周孚所作之奠枕樓記知出知滁州乃在八年春六七兩年當在臨安供職司農主簿也

輿地紀勝　西湖在臨安府城西周回三十里其源出武林泉　元祐間蘇軾築隄其上自孤山抵北山乾道中孝宗命築新隄自南山淨慈寺門前新路口直抵北山湖分爲兩大舟往來不能達北山至紹熙中光宗始命京尹造二高橋出北山舟行往來始無礙

方輿勝覽　西湖在州西周回三十里山川秀發四時晝舫遨遊歌吹之聲不絕好事者常命十題有日平湖秋月蘇隄春曉斷橋殘雪雷峯夕照南屏晚鐘麴院風荷花港觀魚柳浪聞鶯三潭印月兩峯插雲云案雷峯塔已於五年前坍塌矣

〔案〕孝宗乾道六年庚寅先生三十一歲

滿江紅

冷泉亭

直節堂堂。看夾道冠纓拱立。漸翠谷、群仙東下。珮環聲急。誰信天峯飛墮地。傍湖千丈開青壁。是當年玉斧削方壺。無人識。　山木潤。琅玕濕。秋露下。瓊珠滴。向危亭橫跨。玉淵澄碧。醉舞且搖鸞鳳影。浩歌莫遣魚龍泣。恨此中風物本吾家。今爲客。

誰信（四卷本甲集作聞道）　東下（歷代詩餘東作來）　天峯（歷代詩餘峯作鋒誤）　山木（歷代詩餘木作水）

〔飲冰室攷證〕玩末兩句似公曾居臨安作詞時已移家

〔啟勳案〕與地紀勝　冷泉亭在靈隱寺前飛來峯下白公有亭記

右之攷證見於信州本之眉（庚寅）

再用前韻

照影溪梅悵絶代。佳人獨立便小駐。雍容千騎。羽觴飛急。琴裏新聲風響珮。筆端醉墨鴉棲壁。是使君。文度舊知名。今方識。　高欲卧。雲還濕。清可漱。泉長滴。快晚風吹贈。滿懷空碧。寶馬嘶歸紅斾動。龍團試碾銅瓶泣。怕他年。重到路應迷。桃源客。

便　四卷本甲集作更　使君　信州本使作史從四卷本歷代詩餘作使　文度　歷代詩餘度作雅　高欲卧　四卷本濕韻兩句與滴韻二句上下相錯　吹贈　信州本贈作帽從四卷本歷代詩餘作帽　試碾　信州本碾作水從四卷本歷代詩餘作水

案　此一首當亦是庚寅作

賀新郎

別茂嘉十二弟鵜鴂杜鵑實兩種見離騷補註

綠樹聽鵜鴂更那堪鷓鴣聲住杜鵑聲切啼到春歸無尋處苦恨芳菲都歇算未抵人間離別馬上琵琶關塞黑更長門翠輦辭金闕看燕燕送歸妾 將軍百戰身名裂向河梁回頭萬里故人長絕易水蕭蕭西風冷滿座衣冠似雪正壯士悲歌未徹啼鳥還知如許恨料不啼清淚長啼血誰共我醉明月

〔啟勳案〕先生有兩從弟在南方祐之奉母居浮梁似是文采風流之士茂嘉則似才氣縱橫亦宦遊以奔走國事者劉改之有沁園春詞一首見龍洲集題〔送辛幼安弟赴桂林官〕其必爲茂嘉無疑

蓋祐之無赴桂林之痕跡也詞之上闋曰「天下稼軒文章有弟看來未遲正三齊盜起兩河民散勢傾似土國泛如杯猛士雲飛狂胡灰滅機會之來人共知何爲者望桂林西去一騎星馳」讀此則茂嘉之人物可以略知先生此闋賀新郎爲集中有名之一首作年無攷見四卷本丙集攷丙丁集輯於先生五十三歲以後唯作品則通各時代都有此詞之內容只堆砌惜別典故無事實可攷唯一種慷慨激昂之氣讀之可以增人熱絕非中年以後作品比較便知更證以龍洲之詞頗疑爲早歲作計先生持主戰論以文章聳動朝野者唯南歸之最初數年間在二十四歲時有「請練民兵守兩淮疏」二十六歲進「美芹十論」及進論「劄子」三十一歲進「九議」及應問三篇力請備戰尤爲聳人耳目過此以往知朝廷無意雪恥則亦少譚矣證以龍洲之作似即當時因將此詞移置辛卯以俟反證參觀伯兄所編年譜之族氏譜及庚寅年下

劉改之名過襄陽人一云太和人自號龍洲道人嘗客先生幕有龍洲詞一卷〔辛卯〕

〔案〕蔣子正山房隨筆謂改之入先生幕乃在先生帥浙東時朱晦庵與張南軒爲之介紹此說似不確晦翁卒於慶元六年庚申而先生帥浙東則

在嘉泰三年癸亥相去已三年張南軒吏於二十四年前卒矣(南軒卒於淳熙七年庚子)尤荒謬者謂改之求見公不納朱張二公爲之地曰某日公宴客君可來與門者喧爭當得入改之如所教公怒甚二公曰此亦豪傑士也乃納之問能詩乎指棹上饌爲題詩成而後揖之坐云改之乃當時名士以先生之好客豈有來而不納之理況晦翁與南軒爲之介紹耶孰謂以晦翁大儒而教人與門者喧爭也此段筆記頗似三等小說家之理想殊不合先生與晦翁南軒龍洲四人身分且所舉之詩亦不見龍洲集非敢謗古人柰彼之罅漏太多耳(見歷代詩餘詞話)

水調歌頭

壽趙漕介庵

千里渥洼種。名動帝王家。金鑾當日奏草。落筆萬龍蛇。帶得無邊春下。等待江山都老。教看鬢方鴉。莫管錢流地。且擬醉黃花。 喚雙成。歌弄玉。舞綠華。一觴爲飲千歲，江海吸流霞。聞道清都帝所，要挽銀河仙浪，西北洗胡沙。回首日邊去，雲裏認飛車。

〔啟勳案〕此詞不載於四卷本，年代無可攷。然篇中有「教看鬢方鴉」語，作年似甚早。集中更有新荷葉一首，題爲「和趙德莊韻」，見甲集。篇中有「記當年初識崔徽」語，似在此首之後。乾道六七八年介庵官江西漕，姑以附於辛卯。介庵名彥端，字德莊，宋宗室，有介庵琴趣外編六卷。

感皇恩

滁州送范倅

春事到清明，十分花柳。喚得笙歌勸君酒。酒如春好，春色年年依舊。青春元不老，君知否。　席上看君，竹青松瘦。待與青春鬬長久。三山歸路，明日天香襟袖。更持金盞起，爲君壽。

題四卷本甲集爲范倅壽依舊四卷本依作如

〔飲冰室攷證〕一本傳雖以遷司農主簿出知滁州連文未必遂同一時據跋太祖賜王岊帖云守滁之十一月僧智淳以帖來獻若獻與跋同時則八年壬辰二月始履滁任耳然公在滁似最少亦有兩年則或辛卯已到任亦未可知

周孚蠹齋鉛刀編寄辛滁州詩〔江皐追送僅逾旬節物俄驚一度新西澗潮生還值雨南山雪盡更逢春〕可證赴滁任當在七年辛卯臘月中旬也

〔啟勳案〕右之攷證第一條批在敬甫所編年譜乾道七年辛卯之眉證第二條則在伯兄所箸先生年譜乾道七年辛卯年中案南宋文範有周孚所作之〔滁州奠枕樓記〕篇中第一句曰〔乾道八年春濟南辛侯自司農寺簿來守滁〕可證先生蒞滁任乃在八年翌年即辟江東按撫司參議官則滁州所作詞當在壬辰也

〔案〕孝宗乾道八年壬辰先生三十三歲

木蘭花慢

滁州送范倅

老來情味減·對別酒·怯流年。況屈指中秋·十分好月·不照人圓。無情水都不管·共西風·只等送歸船。秋晚蓴鱸江上·夜深兒女燈前。

征衫便好去朝天玉殿正思賢。想夜半承明·留教視草·卻遣籌邊。長安故人問我·道愁腸殢酒·只依然。目斷秋霄落雁·醉來時響空弦·

只等 信州本等作管從四卷本甲集花庵與四卷本同　承明 花庵作恩

綸　愁腸殢 四卷本作尋常泥　響空弦 四卷本作嚮空絃

飲冰室攷證　范倅名字無攷集中別有壽范南伯西江月一首中有「奠枕樓頭風月」似與先生在滁州有往還者初疑即此人然集中尚有與南伯關涉之作細參又不甚合姑懸以俟攷

啟勳案　此亦滁州作自是乾道八年壬辰與地紀勝 滁州春秋時屬吳楚之交秦以其地置

九江郡兩漢因之晉屬淮南郡宋齊屬新昌郡梁立南譙州旋改爲臨滁隋改爲滁州煬帝廢之以其地爲淸流縣屬江都郡唐析揚州地置滁州

一翦梅

遊蔣山呈葉丞相

獨立蒼茫醉不歸。日暮天寒，歸去來兮。探梅踏雪幾何時。今我來思，楊柳依依。　白石岡頭曲岸西。一片閒愁，芳草萋萋。多情山鳥不須啼。桃李無言，下自成蹊。

〔飲冰室攷證〕宋史本傳辟江東按撫司參議留守葉衡雅重之葉衡以明年甲午六月入相先生去年壬辰十一月猶在滁州任則辟參議必在癸巳無疑

是年葉衡未爲丞相然過此以往先生似無與葉在金陵遊宴之機會則此詞必爲本年或次年作

丞相之稱或後此編集者追題耳

〔啟勳案〕蔣山亦名鍾山金陵覽古云在上元縣東北十八里輿地志云漢末秣陵尉蔣子文死事於此吳大帝爲立廟子文祖諱鍾因又名鍾山皇朝類苑云元豐中王荆公在金陵東坡自黃北遷日與公遊於此山相與縱譚今古公謂人曰不知更歷幾百年方有如此人物　葉衡字夢錫金華人淳熙元年拜右丞相

〔案〕孝宗乾道九年癸巳先生三十四歲

菩薩蠻

金陵賞心亭爲葉丞相賦

青山欲共高人語。聯翩萬馬來無數。煙雨卻低回。望來終不來。　人言頭上髮。總向愁中白。拍手笑沙鷗。一身都是愁。

題　宋四卷本甲集無金陵二字

〔啟勳案〕賞心亭詳見己丑水龍吟案語此亦當是乾道癸巳作

聲聲慢

滁州旅次登奠枕樓作和李清宇韵

征埃成陣。行客相逢。都道幻出層樓。指點簷牙高處。浪湧雲浮。今年太平萬里。罷長淮。千騎臨秋。凭欄望。有東南佳氣。西北神州。　千古懷嵩人去。還笑我。身在楚尾吳頭。看取弓刀。陌上車馬如流。從今賞心樂事。剩安排。酒令詩籌。華胥夢。願年年。人似舊游。

題 四卷本甲集滁州旅次登樓作 浪湧 四卷本湧作擁 還笑 四卷本還作應

〔飲冰室攷證〕詞題云旅次則決非守滁時作奠枕樓爲先生手剏則決非守滁以前作〔詞云行客

相逢都道幻出層樓是樓初成後一二年間〔語〕淳熙元年以後先生足跡無緣履滁州則此詞必爲在葉衡幕府時作非本年即次年也

〔啟勳案〕宋史本傳「出知滁州州罹兵燼井邑凋殘棄疾寬征薄賦招流散教民兵議屯田乃剏奠枕樓繁雄館」周孚所作滁州奠枕樓記「乾道八年春濟南辛侯自司農寺簿來守滁……是歲秋余客遊滁侯爲余言其名樓之意曰滁之爲州也……處於兩淮之間用兵者之所必爭……吾之名是樓非以侈遊觀也以誌夫滁人至是始有息肩之喜而吾亦得以偷須臾之安也……十月三日濟北周孚記」據是記知先生以八年春到滁九年即辟江東安撫司參議官更越一年遷江西提刑詞中云「還笑我身在楚尾吳頭」的是在江東任上語以繫諸本年當無大過　輿地紀勝奠枕樓在招福坊

〔箋〕孝宗乾道九年癸巳先生三十四歲

西江月

壽范南伯知縣

秀骨青松不老。新詞玉佩相磨。靈槎準擬泛銀河。剩摘天星幾箇。南伯去歲七月生子 奠枕樓頭風月。駐春亭上笙歌。留君一醉意如何。金印明年斗大。

題 四卷本丁集爲范南伯壽 樓頭 四卷本頭作東歷代詩餘作樓前

啟勳案 此詞雖無確實年月可攷但據周孚所作之奠枕樓記則樓成於乾道八年秋冬之間明年先生即辟江東任南伯在滁州與先生有往還而又在奠枕樓既成之後則非八年冬即九年春耳姑以繫於癸巳 范南伯京口人

摸魚兒

觀潮上葉丞相

望飛來。半空鷗鷺。須臾動地鼙鼓。截江組練驅山去。鏖戰未收貔虎。朝又暮。悄慣得。吳兒不怕蛟龍怒。風波平步看紅旆驚飛，跳魚直上，蹙踏浪花舞。憑誰問，萬里長鯨吞吐，人間兒戲千弩，滔天力倦知何事，白馬素車東去，堪恨處，人道是屬鏤怨憤終千古。功名自誤，謾教得陶朱，五湖西子，一舸弄煙雨。

悄慣（四卷本甲集悄作誚）屬鏤（四卷本作子胥）終千古（歷代詩餘終作留）

【飲冰室攷證】敬甫所編先生年譜云：是歲十一月葉衡爲右丞相兼樞密使，薦先生。案衡轉右丞相雖在十一月，其授參知政事則在六月。觀潮例在八月，疑先生被薦當在六七月間，其上半年則仍在江東安撫司參議任也。

【啟勳案】武林舊事：浙江之潮，天下之偉觀也。自既望以至十八日爲最盛。方其遠出海門，僅如銀綫；既而漸近，則玉城雪嶺際天而來，大聲如雷霆，震撼激射，吞天沃日，勢極豪雄。楊誠齋詩云「海湧銀如郭，江橫玉繫腰」者是也。又云：每歲八月觀

潮時節江干上下十餘里珠翠羅綺溢目車馬塞途飲食百物皆倍穹常時而僦賃看幕雖席地不容閒也

案 孝宗淳熙元年甲午先生三十五歲

洞仙歌

壽葉丞相

江頭父老。說新來朝野。都道今年太平也。見朱顏綠鬢。玉帶金魚。相公是。舊日中朝司馬。遥知宣勸處。東閤華燈。別賜仙韶接元夜。問天上。幾多春。只似人間。但長見精神如畫。好都取。山河獻君王。看父子貂蟬。玉京迎駕。

題 宋四卷本甲集爲葉丞相作 勸處 花庵詞選處作後

案 此詞當是與前首同年作(甲午)

滿江紅

贛州席上呈太守陳季陵侍郎

落日蒼茫，風纔定、片帆無力。還記得、眉來眼去，水光山色。倦客不知身遠近，佳人已卜歸消息。便歸來、只是賦行雲，襄王客。　些箇事，如何得。知有恨，休重憶。但楚天特地，暮雲凝碧。過眼不如人意事，十常八九今頭白。笑江州、司馬太多情，青衫濕。

題　四卷本甲集作贛州席上呈陳季陵太守

〔飲冰室攷證〕先生雖家居江西，且屢次宦於江西，然計其南至贛州之時，蓋甚少。據周孚詩句「問君章貢何時發」，則移漕京西前在章貢可知，此詞當即其時作也。

〔啟勳案〕繫年錄：紹興二十三年改虔州爲贛州，蓋貢水出新樂山至城東北與章水合，故名焉。

中興小歷云虔州又名虎頭城即漢之贛縣

案周孚字信道蠹齋鉛刀編聞辛幼安移漕京西詩孤鴻茫茫暮天濶問君章貢何時發去年不得一字詩今日又看千里月向來人物推此邦至人不死唯老龐唯君勝釀葡萄酒爲君酬渠須百缸

案孝宗淳熙二年乙未先生三十六歲

菩薩蠻

書江西造口壁

鬱孤臺下清江水。中間多少行人淚。西北望長安。可憐無數山。青山遮不住。畢竟東流去。江晚正愁余。山深聞鷓鴣。

西北四卷本甲集西作東　望四卷本作是　東流四卷本東作江

飲冰室攷證　大清一統志鬱孤臺在贛州府治西南　鶴林玉露云南渡之初金人追隆祐太后

御舟至造口不及而還此詞蓋感與前事故沈痛乃爾先生蹤跡唯本年曾到贛州此詞應是本年作

〔斂勳案〕輿地紀勝鬱孤臺在郡治隆阜鬱然孤起平地數丈冠冕一郡之形勝而襟帶千里之山川趙清獻公詩曰「羣峯鬱然起唯此山獨孤築臺山之巔鬱孤名以呼」（乙未）

祝英臺近

晚春

寶釵分。桃葉渡。煙柳暗南浦。怕上層樓。十日九風雨。斷腸片片飛紅。都無人管。更誰勸。啼鶯聲住。　鬢邊覷。應把花卜歸期。才簪又重數。羅帳燈昏。哽咽夢中語。是他春帶愁來。春歸何處。卻不解。帶將愁去。

調　四卷本甲集作祝英臺令　更誰　四卷本更作倩　勸　四卷本作喚　啼

鶯（四卷本啼作流歷代詩餘作流）哽咽（四卷本哽作嗚）歸期（四卷本歸作心）帶將愁去（四卷本作將愁歸去）

〔飲冰室攷證〕張端義貴耳集云呂婆呂正己之妻正己爲京畿漕吏有女仕辛幼安因以微事觸其怒竟逐之今稼軒桃葉渡詞因此而作案此說若可信則事當在先生任京漕時即本年或明春也然宋人說部最喜肊造典故未可遽認爲事實姑存異聞可耳（乙未）

破陣子

爲范南伯壽時南伯爲張南軒辟宰盧溪南伯遲遲未行因作此詞以勉之

擲地劉郎玉斗·挂帆西子扁舟。千古風流今在此·萬里功名莫放休。君王三百州。

燕雀豈知鴻鵠·貂蟬元出兜鍪。卻笑盧溪如斗大·肯把牛刀試手不·壽君雙玉甌。

盧溪四卷本丁集盧作瀘

〔欽冰室攷證〕攷南軒自淳熙二年至四年皆在廣西經略任此詞當作於此數年中

〔啟勳案〕瀘溪縣屬建昌府見信州府疆域志縣在府城東北百六十里北鄰廣信〔乙未〕

霜天曉角

赤壁

雪堂遷客。不得文章力。賦寫曹劉興廢・千古事泯陳迹。望中磯岸赤。直下江濤白。半夜一聲長嘯・悲天地爲余窄。

〔啟勳案〕先生在湖北之時間甚短集中似未有能確指爲當時作品者此首見於補遺當是淳熙三年作因先生之在湖北只此一年耳姑以繫於丙申

〔案〕讀史方輿紀要　赤壁山在嘉魚縣西七十里其北岸相對者爲烏林即周瑜焚曹操船處武昌志操自江陵追備至巴邱遂至赤壁遇周瑜兵大敗取華容道歸國圖經云赤壁在嘉魚縣東坡指黃州之赤鼻山爲赤壁誤矣時劉備據樊口進兵逆操遇於赤壁則赤壁當在樊口之上又赤壁初戰操軍不利引次江北則赤壁當在江南也操詩曰西望夏口東望武昌此地是矣今江漢間言赤壁者有五漢陽漢川黃州嘉魚江夏也當以嘉魚之赤壁爲據

烏夜啼

戲贈籍中人

江頭三月清明。柳風輕。巴峽誰知還是洛陽城。春寂寂。嬌滴滴。笑盈盈。一段烏絲闌上記多情。

〔敘勳案〕此詞見補遺無年可攷因有巴峽之句姑以附入江陵作因除卻丙申一年外先生足跡更未嘗到巴峽也

水調歌頭

淳熙丁酉自江陵移帥隆興到官之三月被召司馬監趙卿王漕餞別司馬賦水調歌頭席間次韻時王公明樞密薨坐客終夕爲興門户之歎故前章及之

我飲不須勸，正怕酒尊空。別離亦復何恨，此別恨匆匆。頭上貂蟬貴客，苑外麒麟高塚，人世竟誰雄。出門一笑去，千里落花風。　孫劉輩，能使我，不如公。余髮種種如是，此事付渠儂。但覺平生湖海，除了醉吟風月，此外百無功。毫髮皆帝力，更乞鑑湖東。

題四卷本乙集作三月作二月　苑外四卷本苑作花歷代詩餘作花　出門

一笑（歷代詩餘作一笑出門）但覺（歷代詩餘覺作得）

〔飲冰室攷證〕篇中有別離亦復何恨此別恨匆匆語蓋列任甫三月即言別洵太匆匆也趙王名字無攷　司馬字漢章名無攷

〔啟勳案〕孝宗隆興元年十月二十五日升洪州爲隆興府即今南昌　江西吉水縣東二里有鑑湖　會稽城南三里亦有鑑湖

〔案〕淳熙四年丁酉先生三十八歲

賀新郎

賦滕王閣

高閣臨江渚。訪層城、空餘舊迹，黯然懷古。畫棟朱簾當日事，不見朝雲暮雨。但遺意、西山南浦。天宇修眉浮新綠，映悠悠、潭影長如故。空有恨，奈何許。　王郎健筆誇翹楚。到如今、落霞孤鶩，競傳佳句。物換星移

知幾度夢想珠歌翠舞爲徙倚闌干凝佇目斷平蕪蒼波晚快江風一瞬澄襟暑誰共飲有詩侶

題〔四卷本丁集無題歷代詩餘題同信州本〕遺意〔歷代詩餘意作下〕長如故〔歷代詩餘長作痕〕蒼波〔歷代詩餘蒼作滄〕

〔飲冰室攷證〕此詞之作非丁酉則淳熙十三年丙午也〔啟勳案〕淳熙四年丁酉先生由江陵遷知隆興十三年丙午由湖南安撫調任隆興輿地紀勝滕王閣在南昌郡城之西唐高祖之子滕王元嬰所建也夾以二亭南曰壓江北曰挹秀〔丁酉〕

滿江紅

送李正之提刑入蜀

蜀道登天一杯送繡衣行客還自歎中年多病不堪

離別。東北看膽諸葛表。西南更草相如檄。把功名收拾付君侯。如椽筆。兒女淚。君休滴。荆楚路。吾能說。要新詩準備。廬江山色。赤壁磯頭千古浪。銅鞮陌上三更月。正梅花。萬里雪深時。須相憶。

題 四卷本甲集無人蜀二字 廬江 信州本江作山從四卷本 看膽 信州本與四卷本膽皆作驚從歷代詩餘

〔飲冰室攷證〕此詞有中年別字樣玩詞句似是湖南作

〔啟勳案〕右之攷證見於信州本之眉 朝野雜記淳熙四年李正之爲四川提舉以茶課稽滯爲減引息錢十六萬緡此後遂定以爲例 又廬山甲集作廬江疑即四川之瀘江因入蜀不必準備作廬山詩也 〔丁酉〕

賀王帥宣子平湖南寇

笳鼓歸來、舉鞭問、何如諸葛。人道是、匆匆五月、渡瀘深入。白羽風生貔虎噪、青溪路斷鼪鼯泣。早紅塵、一騎落平岡、捷書急。　三萬卷、龍韜客。渾未得、文章力。把詩書馬上、笑驅鋒鏑。金印明年如斗大、貂蟬卻自兜鍪出。待刻公、勳業到雲霄、浯溪石。

題　四卷本甲集無帥字　風生　信州本作生風從甲集歷代詩餘作風生　鼪　甲集作貔　龍韜　信州本韜作頭從甲集歷代詩餘作頭　雲霄　甲集作口雲歷代詩餘作雲霄

〔飲冰室攷證〕本詞作年及宣子事蹟皆未詳唯後此湖湘盜起時先生已帥彼土所云湖南寇或即茶寇賴文政先生用兵江西而王正帥湘與相犄角故推功歸之耶姑存一說再攷

〔啟勳案〕王宣子名佐山陰人淳熙六年正月宜章民陳峒竊發連破郴州道州及桂陽軍諸縣

集英殿修撰知潭州王佐請發荆鄂精兵三千詔以本路兵進討命佐節制佐用流人馮湛勉其立功佐親赴宜章命諸縣屯兵悉聽湛調發四月二十三日湛屯何卑山待符進勦二十九日夜半符下五路並進突入其隘口賊倉猝出戰即潰走進奪空岡寨斬峒等郴州平此淳熙六年四月二十九日事也伯兄誤以此詞繫於淳熙二年殆以爲六年己亥先生已自湖北移漕湖南矣王宣子平陳峒後旋徙知臨安府可見先生移漕當在下半年即接王佐後任此詞乃當日以鄰省同級官相慶賀也

〔案〕孝宗淳熙六年己亥先生四十歲

又

漢水東流、都洗盡、髭胡膏血。人盡說、君家飛將、舊時英烈。破敵金城雷過耳、談兵玉帳冰生頰。想王郎、結髮賦從戎、傳遺業。　腰間劍、聊彈鋏。尊中酒、堪爲別。況故人新擁、漢壇旌節。馬革裹屍當自誓、蛾眉伐性休重說。但從今記取楚樓風・裴臺月。

髭胡（歷代詩餘胡作鬚）楚樓（歷代詩餘樓作臺）裴臺（歷代詩餘作庾樓）

〔啟勳案〕此詞無題，亦不見於四卷本，但必與前首同是賀王宣子之作，望文可知。君家飛將，殆用王彥章事；而王郎則指宣子也。先生亦以本年官湖北，故曰故人新擁漢壇旌節。〔己亥〕

水調歌頭

淳熙己亥，自湖北移漕湖南，周總領、王漕、趙守置酒南樓，席上留別

折盡武昌柳・挂席上瀟湘。二年魚鳥江上・笑我往來忙。富貴何時休問・離別中年堪恨・憔悴鬢成霜。絲竹陶寫耳・急羽且飛觴。序蘭亭・歌赤壁・繡衣香。使君

千騎鼓吹。風采漢侯王。莫把離歌頻唱。可惜南樓佳處。風月已淒涼。在家貧亦好。此語試平章。

題〔四卷本甲集無淳熙己亥四字〕王漕〔四卷本無漕字〕離歌〔四卷本作驪駒〕。

〔飲冰室考證〕詞云「折盡武昌柳，掛席上瀟湘」，「二年魚鳥江上笑我往來忙」，蓋去年甫抵湖北任，今年遽遷，故曰二年往來忙也。

〔啟勳案〕輿地紀勝：南樓在郡治正南黃鵠山頂，後改爲白雲閣，元祐間知州方澤重建，復舊名。

〔案〕孝宗淳熙六年己亥，先生四十歲。

摸魚兒

淳熙己亥，自湖北漕移湖南，同官王正之置酒小山亭，爲賦

更能消幾番風雨。匆匆春又歸去。惜春長怕花開早。

何況落紅無數。春且住。見說道天涯芳草無歸路。怨春不語。算只有殷勤，畫簷蛛網，盡日惹飛絮。　長門事，準擬佳期又誤。蛾眉曾有人妒。千金縱買相如賦，脈脈此情誰訴。君莫舞。君不見玉環飛燕皆塵土。閑愁最苦。休去倚危欄，斜陽正在，煙柳斷腸處。

題（花庵作暮春，草堂作春晚）　長怕（四卷本甲集怕作恨）　無歸（四卷本甲集無作迷）　危欄（四卷本欄作樓）

〔飲冰室攷證〕王正之蓋前題之王漕，似是。按先生任者故日同官，集中與王正之唱和詞凡三首，尚有一首爲水調歌頭和王正之右司吳江觀雪見寄，想又在此次別後矣，並附見於此。

羅大經鶴林玉露跋此詞云「詞意殊怨，斜陽煙柳之句，比之未須愁日暮，天際有輕陰者異矣。在漢唐時，寧不賈種豆種桃之禍。聞壽皇見此詞頗不悅，然終不加以罪，可謂盛德」。宋人說部好傳會此段卻似可信孝宗（壽皇）好文詞且具賞鑒力觀其改俞國寶之風入松（見武林舊事）評趙彥端之謁金門（見貴耳集）可見則其愛讀此詞讀而不悅亦意中事詞意誠近怨望（長門事以下數句至脈脈此情誰訴）語幾露骨矣先生兩年來由江陵帥隆興帥暫任漕司雖非左遷然先生本功名之士唯專閫庶足展其驥足碌碌錢穀當非所樂此次去湖北任謂當有新除然仍移漕湖南殊乖本望故曰準擬佳期又誤也本年論劇盜劄子有云「臣孤危一身久矣荷陛下保全事有可危殺身不顧」又云「生平剛拙自信年來不爲衆人所容恐言未脫口而禍不旋踵」則「蛾眉曾有人妬」亦是實情蓋歸正北人驟躋通顯已不爲南士所喜而先生以磊落英多之姿好譚天下大略又遇事負責任與南朝士大夫泄沓柔靡風習尤不相容前此兩任帥府皆不能久於其任或即緣此詩可以怨怨固宜矣然移漕未久旋即帥潭且在職六七年譖言屢聞而天眷不替豈壽皇讀此詞後感其樸忠憫其孤危特加賞拔調護耶因讀鶴林玉露輒廣其意如右

此詞作於晚春移漕當屬此時帥潭蓋即夏秋間

謝疊山注唐絕句選云辛稼軒中年被劾凡一十

六年不堪讒誣遂賦摸魚兒云云先生被劾之多當在湖南江西帥任中賦此詞時猶未也疊山殆追述而未詳攷耳（己亥）

（啟勳案）輿地紀勝小山在東漕衙之乖崖堂有池曰清淺摸魚兒詞趙應齋有和章題（和辛幼安韵）喜連宵四郊春雨紛紛一陣紅去東君不愛閑桃李春色尚餘分數雲影住任繡勒香輪且阻尋芳路農家相語漸南畝浮青西江漲綠芳沼點評絮西成事端的今年不誤從他蝶恨蜂妒鶯啼也怨春多雨不解與春分訴新燕舞猶記得雕梁舊日空巢土天涯勞苦望故國江山東風吹淚渺渺在何處

王正之名特起代州人作監使

滿江紅

江行簡楊濟翁周顯先

過眼溪山怪都似舊時曾識還記得夢中行遍江南江北佳處徑須攜杖去能消幾兩平生屐笑塵勞三

十九年非長爲客。吳楚地，東南坼。英雄事，曹劉敵。被西風吹盡，了無塵跡。樓觀甫成人已去，旌旗未卷頭先白。歎人生哀樂轉相尋，今猶昔。

題 四卷本中集作江行和楊濟翁韻 還記得夢中行遍 四卷本作是夢裏尋常行遍 坼 四卷本作拆 塵跡 四卷本塵作陳 甫成 四卷本甫作纔

〔飲冰室攷證〕篇中有「笑塵勞三十九年非長爲客」語，當知作於淳熙五年戊戌。周顯先名籍待攷。楊濟翁名炎正，吉水人，慶元二年進士，官至江西安撫使（見江西詩徵小傳）。二人似是當時在先生幕府相隨同行者。

〔啟勳案〕此詞似是淳熙六年己亥作。雖則五六兩年先生均有江行之機會，但集中元日投宿博山寺之水調歌頭（四十九年前事一百八盤狹路拄杖倚墻東）既已確定爲五十歲作，則（笑塵勞三十九年非長爲客）亦可定爲四十歲作矣。哨遍之

「試回頭五十九年非」伯兄亦定爲六十歲作何獨於此一首而定爲三十九因移置於本年〔參觀己未年「哨遍」之案語〕

〔案〕歷代詩餘「楊炎號止濟翁廬陵人偃蹇仕進悒悒不得志淸海有山曰西樵常寓居其中因取以名集樂府一卷亦名西樵語業」與江西詩徵微有異同未知孰是　但本集有檢點笙歌多釀酒之蝶戀花一闋題爲和楊濟翁韵其原唱則見於楊炎之西樵語業也可證此翁名炎而非炎正想是江西詩徵將號止齋之止字誤連於上且誤止爲正耳　〔己亥〕

水調歌頭

舟次揚州和楊濟翁周顯先韵

落日塞塵起·胡騎獵淸秋·漢家組練十萬·列艦聳層樓·誰道投鞭飛渡·憶昔鳴髇血污·風雨佛貍愁。季子正年少·匹馬黑貂裘。今老矣·搔白首·過揚州。倦遊欲去江上手種橘千頭。二客東南名勝。萬卷詩書事業。嘗試與君謀。莫射南山虎。直覓富民侯。

題四卷本甲集作舟次揚州和人韵　層樓四卷本層作高　匹馬四卷本匹作疋　塞塵歷代詩餘塞作暗　胡騎歷代詩餘作邊馬　髇歷代詩餘作鏑

〔飲冰室攷證〕楊周同舟自當與前調爲同時先後作

〔啟勳案〕楊濟翁原唱題爲〔登多景樓〕寒眼亂空濶。客意不勝秋。强呼斗酒發興。特上最高樓。舒卷江山圖畫。應答龍魚悲嘯。不暇顧詩愁。風露巧欺客。分冷入衣裘。　忽醒然。成感慨。望神州。可憐報國無路。空白一分頭。都把平生意氣。只做而今憔悴。歲晚若爲謀。此意仗江月。分付與沙鷗。　先生和章全首步韵。唯最後之一韵不同。當是濟翁原作後來有所更改。亦可見此詞原非寫贈先生者多景樓在鎮江甘露寺。又可見非當時之促膝聯吟。乃和其舊作而已。　前詞既移於己亥。此首亦

同

蝶戀花

和楊濟翁韻首句用邱宗卿書中語

點檢笙歌多釀酒。蝴蝶西園。暖日明花柳。醉倒東風眠永晝。覺來小院重攜手。可惜春殘風雨又。收拾情懷。閑把詩僝僽。楊柳見人離別後。腰肢近日和他瘦。

題　四卷本甲集作和楊濟翁韻　永晝　信州本永作錦從四卷本　閑把　四卷本閑作長

【啟動案】西樵語業楊炎原唱題【稼軒坐間作首句用邱六書中語】點檢笙歌多釀酒。不放東風。獨自迷楊柳。院院翠陰停永晝。曲闌隨處堪垂手。昨日解酲今夕又。消得情懷。長被春僝僽。門外馬嘶人去後。亂紅不管花消瘦。

〔案〕邱宗卿名崈江陰軍人隆興元年進士授建康府觀察推官謚文定有文定詞一卷　〔已亥〕

席上贈楊濟翁侍兒

小小年華才月半。羅幕春風。幸自無人見。剛道羞郎低粉面。傍人瞥見回嬌盼。　昨夜西池陪女伴。柳困花慵。見說歸來晚。勸客持觴渾未慣。未歌先覺花枝顫。

嬌盼　四卷本甲集盼作眄

〔飲冰室攷證〕右兩首無從定爲本年作但俱見甲集作時當不晚姑彙次於濟翁唱酬諸篇之後

〔已亥〕

西江月

江行采石岸戲作漁父詞

千丈懸崖削翠。一川落日鎔金。白鷗來往本無心。選甚風波一任。　別浦魚肥堪膾。前村酒美重斟。千年往事已沈沈。閒管興亡則甚。

題 四卷本甲集作漁父詞　興亡 歷代詩餘亡作衰

〔飲冰室攷證〕此詞雖絕無本年作品之實據但先生是年似由臨安經建康溯江赴任武昌途中吟詠頗多故附此（淳熙己亥）

〔啟勳案〕讀史方輿紀要　采石屬當塗縣在太平府西北二十五里濱江爲險昔時自橫江渡者必道采石趨金陵爲江津之最要衝　志云采石以昔人採石於此而名其石突出江中渡江者繇此登躋今爲采石鎮

減字木蘭花

長沙道中壁上有婦人題字若有恨者用其

意爲賦

盈盈淚眼往日青樓天樣遠。秋月春花。輸與尋常姊妹家。水村山驛日暮行雲無氣力。錦字偷裁立盡西風雁不來。

題 四卷本甲集題作紀壁間題

攷勳案 先生之在湖南除來去兩年不算外有庚辛壬癸甲五年長在湘境此詞年月無可攷姑以附於庚子 案淳熙七年庚子先生四十一歲

阮郎歸

耒陽道中爲張處父推官賦

山前燈火欲黃昏。山頭來去雲。鷓鴣聲裏數家村。瀟湘逢故人。揮羽扇。整綸巾。少年鞍馬塵。如今憔悴賦招魂。儒冠多誤身。

題（四卷本甲集只作耒陽道中四字）燈火（四卷本作風雨）

〔啟勳案〕此亦湘中作姑以附於庚子 輿地紀勝耒陽縣在衡州東南百三十五里 元和郡志云本秦耒縣因耒水以爲名在漢名耒陽顏注曰在耒水之陽也漢高帝割長沙南郡置桂陽郡領縣十一耒陽其一也

賀新郎

柳暗凌波路。送春歸、猛風暴雨、一番新綠。千里瀟湘葡萄漲、人解扁舟欲去。又檣燕、留人相語。艇子飛來生塵步、唾花寒、唱我新番句。波似箭、催鳴櫓。 黃陵祠下山無數。聽湘娥、泠泠曲罷、爲誰情苦。行到東吳春已暮、正江闊、潮平穩渡。望金雀、觚稜翔舞。前度劉郎今重到，問玄都、千樹花存否。愁爲倩、么絃訴。淩波四卷本乙集淩作清歷代詩餘作淩又橋歷代詩餘又作有新番歷代詩餘番作翻正江潤歷代詩餘無正字

〔飲冰室攷證〕此是湘中送行作

〔啟勳案〕讀史方輿紀要：黃陵山在湘陰縣北四十里，上有舜二妃墓。

滿江紅

暮春

可恨東君，把春去、春來無迹。便過眼、等閑輸了，三分之一。晝永暖翻紅杏雨，風晴扶起垂楊力。更天涯、芳草最關情，烘殘日。

湘浦岸，南塘驛。恨不盡，愁如織。算年年辜負，對他寒食。便恁歸來能幾許，風流早已

非疇昔。凭畫欄．一綫數飛鴻．沉空碧。

如織四卷本甲集織作積早已四卷本作已自風晴歷代詩餘晴作清

〔飲冰室攷證〕篇中有湘浦岸南塘驛語，知是湘中作。（庚子）

木蘭花慢

席上送張仲固帥興元

漢中開漢業．問此地．是耶非。想劍指三秦．君王得意．一戰東歸。追亡事．今不見．但山川．滿目淚沾衣。落日胡塵未斷．西風塞馬空肥。一篇書是帝王師．小試去征西。更草草離筵．匆匆去路．愁滿旌旗。君思我．回首處．正江涵．秋影雁初飛。安得車輪四角．不堪帶減腰圍。

「啟勳案」詞見四卷本甲集乃丁未以前作玩詞意知是朝廷正對西方用兵仲固即以此時前赴興元任先生為之祖餞計淳熙七年庚子有西羌五部之變及沆黎西兵之變興元正是邊防重鎮是年三月變起五月川軍大敗制置使胡長文告急與「草草離筵匆匆去路愁滿旌旗」之詞意相合蓋國家正新敗之餘也時先生帥潭與「君恩我回首處正江涵秋影雁初飛」之詞意亦相合用兵在初秋與秋影雁初飛等亦相合但先生時在湖南仲固西上何以得要於道而餞之是一疑問或仲固由湘中調任歟　又查淳熙三年丙申有青羌之亂漢中亦邊防要地其時先生知江陵府正當西行孔道但此次之變在十一月非初秋也且國家戰勝為期且甚短並未乞援與山川滿目淚沾衣愁滿旌旗江涵秋影等句皆不相符姑以此詞繫於淳熙七年庚子

〔案〕興元即漢中　讀史方輿紀要禹貢為梁州地秦漢以來皆曰漢中宋平孟蜀升為興元府屬利州東路

滿庭芳

和洪丞相景伯韻

傾國無媒、入宮見妒、古來顰損蛾眉。看公如月、光彩衆星稀。袖手高山流水、聽羣蛙、鼓吹荒池。文章手、直須補袞、藻火燦宗彝。　癡兒。公事了、吳蠶纏繞、自吐餘絲。幸一枝麤穩、三徑新治。且約湖邊風月、功名事、欲使誰知。都休問、英雄千古、荒草沒殘碑。

題四卷本丙集作和洪景伯丞相韻　火燦四卷本燦作粲

和洪丞相景伯韻呈景盧內翰

急管哀絃、長歌慢舞、連娟十樣宮眉。不堪紅紫、風雨曉來稀。唯有楊花飛絮、依舊是、萍滿芳池。酴醾在、青

虬快剪插遍古銅彝　誰將春色去鸞膠難覓絃斷朱絲恨牡丹多病也費醫治夢裏尋春不見空腸斷怎得春知休惆悵一觴一詠須刻右軍碑

題四卷本甲集和洪丞相韵呈景盧舍人　曉來稀信州本作曉稀稀從淳熙本歷代詩餘亦作稀稀　朱絲信州本作蛛絲從淳熙本小草齋鈔本亦作朱

遊豫章東湖再用韵

柳外尋春花邊得句怪公喜氣軒眉陽春白雪清唱古今稀曾是金鑾舊客記鳳凰獨遶天池揮毫罷天顏有喜催賜尙方彝公在詞掖嘗拜尙方寶彝之賜　只今江海上鈞天夢覺清淚如絲算除非痛把酒療花治明日五

湖佳興扁舟去一笑誰知溪山好且拚一醉倚杖讀
韓碑堂記公所製也

題（四卷本甲集無題）寶彝（四卷本彝作鼎）江海（信州本海作遠從淳
熙本）過片第一句（歷代詩餘作只今江山遠）

〔飲冰室攷證〕景伯名适謚文惠景盧之兄也右
三詞決爲淳熙丁酉作蓋其時景盧在豫章已有
滿江紅詞可證〔四朝聞見錄云洪邁歸鄱陽日與
兄丞相适酬唱觴詠於林壑〕蓋二洪告歸後常相
合并而景伯卒於淳熙十一年甲辰二月雖距本
年尚有七年然先生自本年冬離江西赴行在即
轉任湖北湖南乙未冬乃得歸而景伯已前卒故
除本年以外更無與景伯酬唱之機會也

〔啟勳案〕景伯有詞集名盤洲樂章其眉韵滿庭
芳題曰〔辛丑春日作〕華髮蒼顏年年更變白雪輕
犯雙眉六句過四四七十古來稀問柳尋花興懶拈
節杖閑繞園池尊中有青州從事無意喚瓊彝
人生何處樂樓臺院落吹竹彈絲奈壯懷銷鑠病
費醫治漫道琴絃緣綺遊魚聽山水誰知盤州怨

盟鷗閑濶瘞鶴立新碑景伯原唱在淳熙八年辛丑則先生和韵必非淳熙四年丁酉可知和韵二首自是同時作 又案歷代詩餘洪景伯名适樂平人皓之長子紹興十二年與弟遵同舉博學宏詞科官至大學士謚文惠有盤洲樂章二卷 又洪景盧名邁號野處又號容齋皓之季子紹興十五年登第官至端明殿學士謚文敏有容齋隨筆夷堅志萬首唐詩絶句野處類稿行於世

輿地紀勝洪州春秋戰國時屬楚秦屬九江郡漢高帝始置豫章郡東湖在郡治東南周廣五里

又案趙應齋有同和一首題曰用洪景盧韵蝶粉蜂黄桃紅李白春風屢展愁眉曉來雨過應漸覺紅稀滿徑柔茵似染新晴後歛綠盈池休孤負幕天席地逸飲酩金彝 東君真好事絳唇歌雪玉指鳴絲念長卿多病非藥能治試假瑶琴一弄清音轉便許心知從今去園林好在休學峴山碑

案 孝宗淳熙八年辛丑先生四十二歲

滿江紅

席間和洪景盧舍人兼簡司馬漢章大監

天與文章看萬斛龍蛇筆力聞道是一詩曾換千金顏色欲說又休新意思强啼偷笑眞消息算人人合與共乘鸞鑾坡客　傾國豔難再得還可恨還堪憶看書尋舊錦衫裁新碧鶯蝶一春花裏活可堪風雨飄紅白問誰家卻有燕歸梁香泥溼

題（四卷本甲集作席間和洪舍人兼簡司馬漢章）

（啟動案）盤洲樂章有一首眉韵滿庭芳題爲（景盧有南昌之行用韵借別兼簡司馬漢章）自當亦是辛丑作時先生正與洪氏弟兄相酬唱而命題亦復相同似亦同時所作伯兄亦以此一首編入丁酉所持之理由亦如前首之滿庭芳（辛丑）

蝶戀花

和趙景明知縣韵

老去怕尋少年伴。畫棟珠簾風月無人管。公子看花朱碧亂。新詞攬斷相思怨。　涼夜愁腸千百轉。一雁西風。錦字何時遣。畢竟啼烏才思短。喚回曉夢天涯遠。

題　四卷本乙集作和江陵趙宰

〔飲冰室攷證〕乙集本此詞題爲和江陵趙宰則當時景明所知者江陵縣也集中江陵作僅見此首

〔啟勳案〕宋史本傳以平劇盜有功加祕閣修撰調京西轉運判官差知江陵府兼湖北安撫　輿地廣記　江陵縣故楚郢都秦分郢爲臨江縣漢景帝改臨江爲江陵即今湖北荆州府屬

水調歌頭

和趙景明知縣韵

官事未易了，且向酒邊來。君如無我，問君懷抱向誰開。但放平生邱壑，莫管旁人嘲罵，深蟄要驚雷。白髮還自笑，何地置衰顔。

五車書，千石飲，百篇才。新詞未到瓊瑰，先夢滿吾懷。已過西風重九，且要黃花入手，詩興未關梅。君要花滿縣，桃李趁時栽。

〔啟〕此一首不見於四卷本但篇中有「白髮還自笑向何地置衰顔」語作年定當不早前首蝶戀花信州本詞題與此相同四卷本乙集作〔和江陵趙宰伯兄〕據江陵二字以置於淳熙三年丙申蓋以是年先生知江陵府也但當時先生一年甫三十七似未必有「老去怕尋年少伴」等語此一首詞題相同又有白髮二句頗疑蝶戀花作年未必如是之早集中復有沁園春一首題爲〔送〕趙景明知縣東歸首句曰「佇立瀟湘」知是湖南作又以他種關係知該首沁園春乃作於淳熙十一年甲辰先生四十五歲沁園春乃送其去任東歸因將此兩首置於甲辰之前一年癸卯先生四十四歲時沁園

春既可以異地酬唱此兩首亦不必促膝聯吟也（癸卯）

水龍吟

甲辰歲壽韓南澗尚書

渡江天馬南來，幾人眞是經綸手。長安父老，新亭風景，可憐依舊。夷甫諸人，神州沈陸，幾曾回首。算平戎萬里，功名本是，眞儒事，公知否。 況有文章山斗。對桐陰、滿庭清晝。當年墮地，而今試看，風雲奔走。綠野風煙，平泉草木，東山歌酒。待他年整頓，乾坤事了，爲先生壽。

題四卷本甲集作爲南澗尚書壽甲辰歲

（飲冰室攷證）南澗名元吉，字无咎，維曾孫，開封人，徙居上饒。先生家居時相與唱和最多，此爲集中贈韓詞最初之一首讀末句可見先生是時功名心仍甚盛又可見此詞乃遙寄爲壽者尚未獲與南澗合并也南澗壽辰在五月先生時仍在湖南任抑已移江西不可攷

〔啟勳案〕據南宋文錄洪邁所作之稼軒記中有「約略位置而主人初未之識也」云云此文作於淳熙十二年乙巳則甲辰五月先生自當仍在湖南

〔案〕淳熙十一年甲辰先生四十五歲

沁園春

帶湖新居將成

三徑初成鶴怨猿驚稼軒未來甚雲山自許平生意氣衣冠人笑抵死塵埃意倦須還身閒貴早豈爲蓴羹鱸鱠哉秋江上看驚弦雁避駭浪船回 東岡更葺茅齋好都把軒窗臨水開要小舟行釣先應種柳疏籬護竹莫礙觀梅秋菊堪餐春蘭可佩留待先生

手自栽。沈吟久，怕君恩未許，此意徘徊。

題〔花庵詞選作退閒〕驚弦〔信州本弦作絃從四卷本甲集歷代詩餘作弦〕

〔啟勤案〕伯兄謂此詞為淳熙十年癸卯作，蓋未得見洪邁記文之故。據此文知先生之帶湖新居乃落成於淳熙十二年乙巳，則所謂將成者，其必為十一年甲辰無疑矣。讀先生詞者莫不欲知其帶湖新居之規模，今不避繁冗，錄其全文如次。且洪集已佚，唯南宋文錄僅存之，尤當廣其傳也。〔稼軒記〕國家行在武林，廣信最密邇畿輔，東舟西車，蠭午錯出，勢處便近，士大夫樂寄焉。環城中外，買宅且百數，基局不能寬，亦曰避燥濕寒暑而已耳。郡治之北可十里許，故有曠土，三面附城，前枕澄湖如寶帶，其縱千有二百三十尺，其衡八百有三十尺，截然砥平，可廬以居，而前乎相攸者皆莫識其處。天作地藏，擇然後予。濟南辛侯幼安最後至，一旦獨得之。既築室百楹，才占地什四，乃荒左偏以立圃，稻田泱泱，居然衍十弓。意他日釋位得歸，必躬耕於是，故憑高作屋，下臨之，是為稼軒。而命田邊立亭曰植杖，若將真秉耒耨之為者。東岡西阜，北墅南麓，以青徑欵竹扉，錦路行海棠。集山有樓婆娑有室，信步有亭，滌硯有洛，皆約略位置，規歲月緒成之，而主人初未之識也。繪圖畀余曰：吾甚愛吾軒，爲吾記。余謂侯本以中州雋人，抱忠仗義，章顯聞於南邦。齊虜巧負國，赤手領五十騎，縛取於五萬衆中，如挾毚兔，束馬銜枚，由關西奏淮，至通晝夜不粒食。壯聲英慨，儒士爲之興起，聖天子一見三歎，用是簡深知，入登九卿，出節使二道，四立連率幕府。頃賴氏禍作，自潭薄於江西，兩地震驚，譚笑掃空之。使遭事會之來，挈中原還職方氏，彼周公瑾、謝安石事業，侯固饒爲之。此志未償，因自詭放浪林泉，從老農學稼，無亦大不可歟？若余者，倀倀一世間，不能爲人軒輊，乃當急須袯襫，醉眠牛背，與蕘童牧豎肩相摩。幸未鑿老時，及見侯展大地，衣錦衣歸來，竟廈屋潭潭之樂，將荷笠擢舟，風乎玉谿之上，因園隸內謁曰：是嘗有力於稼軒者。侯當輟食迎門，曲席而坐，握手一笑，拂壁問石，細讀之，庶不爲生客。侯名棄疾，今以右文職修撰再安撫江南西路云。[illegible]

案：此文雖未署年月，但查辛敬甫所編先生年譜淳熙十二年乙巳之記事，謂先生是歲帥湖南，加右文殿修撰，差知隆興兼江西安撫使，與洪邁記文結語正相同，可知帶湖新居乃落成於乙巳

也伯兄以爲移帥隆興在十一年甲辰讀景盧此文知舊譜不誤

送趙景明知縣東歸再用前韵

佇立瀟湘。黃鵠高飛。望君未來。被東風吹斷。西江對語。急呼斗酒。旋拂塵埃。卻怪英姿。有如君者。猶欠封侯萬里哉。空贏得。道江南佳句。只有方回。　錦帆畫舫行齋。悵雪浪。粘天江景開。記我行南浦。送君折柳。君逢驛使。爲我攀梅。落帽山前。呼鷹臺下。人道花須滿縣栽。都休問。看雲霄高處。鵬翼徘徊。

未來四卷本甲集未作不歷代詩餘作未被東風信州本被作快從四卷本歷代詩餘作快江景四卷本景作影雪浪歷代詩餘雪作雲

〔啟動案〕用前韵當是同時作題云送東歸及首句之佇立瀟湘亦可證淳熙十一年甲辰即帶湖

新居落成之前一年先生猶在湖南也
（又案）沁園春詞趙應齋有和韵二章題（和辛帥
虎嘯風生龍躍雲飛時不再來試憑高望遠長淮
清淺傷今懷古故國氣埃壯志求伸匈奴未滅早
以家爲何謂哉多應是待着鞭事了稅駕方同
稼軒聊爾名齋笑學請樊遲心未開似南陽高臥
辛郊自樂磻溪韜略傳野鹽梅植杖亭前集山樓
下五柱三槐次第栽功名遂向急流勇退肯悠徘
徊又問舍東湖招隱西山惠然肯來有閑香
蘭桂無窮幽趣隔溪車馬何處輕埃微利虛名朝
榮暮辱笑爾焉能浼我哉閑欹枕被幽禽喚覺午
夢驚回無言獨坐南齋好喚取芳尊相對開符
醒時重醉疏籬透月醉時還醒畫角吹梅無用千
金休懸六印荊棘誰能滿地栽人間世任遊鵾獨
運斥鷃低徊趙應齋名善括隆興府人植杖
亭集山樓乃先生帶湖宅中庭院見韓景盧稼軒
記
邱宗卿亦有和章二首歷代詩餘題作（次辛稼軒
韵）文定詞題作（景明告行頗動懷歸之念得帥卿
詞因次其韵前闋奉送後闋以自見云）雨趣輕
寒風作秋聲燕歸雁來動天涯羈思登山臨水驚
心節物極目煙埃客裏逢君幾同一笑何遽言歸

如此哉別離久算不應與盡卻棹船回主人下
榻高齋更檢點笙歌頻宴開便留連不到迎春見
柳也須小駐度臘觀梅花上盈盈閨中脈脈應念
胡麻正好哉從教去正危闌望斷小椅徘徊又
匏繫彌年江北江南羡君去來笑山橫南浦朝
來爽致文書堆案胸次生埃放曠如君拘縻如我
試問人生誰樂哉眞難學是得留且住欲去須回
何時竹屋茅齋去相傍爲鄰三徑開撰小窗臨
木危亭當爐隨宜有竹着處須梅坐讀黃庭手援
紫藟一寸丹田時自栽當時暇更與君來往林下
徘徊

【案】讀兩人和章知趙應齋乃和帶湖一首邱宗
卿乃和送趙景明一首又因邱詞得知是年秋盡
冬初先生猶在湖南

稼軒詞卷一終

從子廷燦校字

稼軒詞卷二目錄

年　乾道五年己丑至淳熙十四年丁未

歲　三十至四十八

地　建康　臨安　滁州　豫章　湖湘　帶湖

目錄

卷二共八十九首

稼軒詞卷二

宋　歷城　辛棄疾　幼安

新會梁啟超輯　梁啟勳疏證

水龍吟

次年南澗用韻爲僕壽僕與公生日相去一日再和以壽南澗

玉皇殿閣微涼，看公重試薰風手。高門畫戟，桐陰閣道，青青如舊。蘭佩空芳，蛾眉誰妬，無言搔首。甚年年卻有，呼韓塞上，人爭問，公安否。　金印明年如斗，向中州、錦衣行晝。依然盛事，貂蟬前後，鳳麟飛走。富貴浮雲，我評軒冕，不如杯酒。待從公痛飲，八千餘歲，伴莊椿壽。

閒道四卷本甲集閒作閒莊椿花庵詞選莊作松

飲冰室攷證 題中次年二字據甲辰原唱題言即乙巳也南澗用韻壽先生詞云「南風五月江波使君莫袖平戎手燕然未勒渡瀘聲在宸衷懷舊」又云「便留公臏破蟠桃分我作歸來壽」稱使君知尚在帥任云留作來壽則尚未歸也云渡瀘懷舊則已離荆贛云江波則已移鎮江先生與南澗生日同在五月知是年五月先生恰在隆興帥任也

啟勳案 南澗和韻題曰〔壽辛侍郎〕南風五月江波使君莫袖平戎手燕然未勒渡瀘聲在宸衷懷舊」問古湖山樓橫百尺 詩成千首正菖蒲葉老芙蕖香嫩高門瑞人知否涼夜光躔牛北夢初回長庚如晝明年看取鋒旗 南下六贏西走功畫凌煙萬釘寶帶百壺清酒便留公臏破蟠桃分我作歸來壽南澗此詞乃乙巳年用先生甲辰壽詞之韻以壽先生者有「問古湖山樓橫百尺」之句可知乙巳五月帶湖新居已落成矣

案 淳熙十二年乙巳先生四十六歲

菩薩蠻

乙巳冬南澗舉似前作因和之

錦書誰寄相思語。天邊數遍飛鴻數。一夜夢千回。梅花入夢來。　漲痕紛樹髮。霜落瀟湘白。心事莫驚鷗。人間千萬愁。

題　信州本作用前韵，從四卷本乙集。　瀟湘　四卷本作沙洲

〔飲冰室考證〕此詞信州本只題用前韵三字，四卷本乙集全題如右。唯南澗作前澗，實不詞，吾以意校改，自信不謬。果爾則本年冬先生與南澗已會晤。南澗老矣〔是年六十八〕，栖隱上饒，細檢南澗甲乙稿及南澗詩餘，晚年絶無去饒遠游痕跡，則兩公握手可推定其必在饒。先生帥江西，饒爲轄境，雖未嘗不可巡閱蒞止，然以他方面資料綜核之，似是年秋冬間先生已落職歸饒，故得晤南澗於帶湖新居也。其旁證則於次年詳論列之。

〔啟勳案〕此詞頗奇，詞題所云前作乃〔金陵賞心

亭爲葉丞相賦」所謂用前韵即用賞心亭之韵前首四金陵及葉丞相等證據定爲乾道九年癸巳作此首則因四卷本題有乙巳二字絕無疑問與前首賞心亭作相去恰十二年何以相隔十數年忽而自和一首初因此首題詞中一擧似二字以爲誤入南澗作細案殊非且賞心亭一首在四卷本甲集編輯時曾經先生更不容有誤乾道癸巳先生與南澗同在金陵或則嘗同賞心亭之游亦有南澗乙巳冬南澗與先生通信偶及先生前作因而自和此首第一句「錦書誰寄相思語」似是通信「霜落瀟湘白」似仍在湖南未歸也

又

稼軒日向兒曹說。帶湖買得新風月。頭白早歸來。種花花已開。　功名渾是錯。更莫口思著。見說小樓東。好山千萬重。

【飲冰室攷證】本詞次句云「帶湖買得新風月」先生帶湖買宅其年雖難確指參伍鈞稽應以淳熙

四年丁酉爲最近是先生南歸後十餘年間何時始占籍定居殊屬疑問鵞湖夜坐詩云「十載客路旁」沁園春期思卜築詞云「老鶴高飛一枝投宿長笑蝸牛戴屋行」新居上梁文云「欲得置錐之地遂營環堵之宮」所謂新居者即帶湖新居也則前此無置錐地客路旁如蝸牛戴屋行或是實情疑其結婚頗晚中年以前家族簡單即以官爲家其在信饒之間或賃廡而居或有族屬僑寄其從弟祐之居浮梁雖署稼軒實同萍梗其始獲定栖實自帶湖新居落成後此新居蓋成於淳熙九年間時先生方久居湖南然其相宅定居必在出官兩湖以前舍本年外似無他時期也〔謂在乙未年亦得然彼年正平盜戍馬倥偬恐無暇及此本年冬間應召赴闕在信饒蓋頗有盤桓買得帶湖或即此時也〕

〔啟勳案〕伯兄以爲此詞之作乃在卜築之始然細玩詞意實似在落成之後據洪景盧之稼軒記〔見本年沁園春詞下〕知帶湖新宅乃在湖山勝處購得空地百萬方尺有奇先生自出意匠規畫而構造之且繪圖以寄景盧使爲之記並非購入他人之舊第也苟非落成後豈得有「種花花已開」及「見說小樓東」等句語且淳熙丁酉先生纔三十八

歲正當盛年按諸「頭白早歸來」之句亦不相似以爲當日先生在湖南任上得上饒家報知帶湖新居已落成喜極而說與兒曹耳並非欲築室而謀諸兒曹也因將此詞移至淳熙十二年乙巳卽帶湖新居落成之年

〔案〕此詞信州本缺四卷本甲集及稼軒詞補遺均有之疆村謂「口思原本作想思誤」鷺湖病起之鷓鴣天亦可與此詞相印證「只因買得青山好卻恨歸來白髮多」是初歸語「買得新風月頭白早歸來」是將歸語

鷓鴣天

鷺湖歸病起作

翠木千尋上薜蘿。東湖經雨又增波。只因買得青山好。卻恨歸來白髮多。明畫燭。洗金荷。主人起舞客齊歌。醉中只恨歡娛少。無奈明朝酒醒何。

題信州本無題從四卷本甲集　結句四卷本作明日醒時奈病何

〔飲泳堂〕〈攷證〉篇中云「東湖經雨又增波」，是去豫章時語。又云「只因買得青山好，卻恨歸來白髮多」，是初歸帶湖新居語。

〔攷〕鄧〔箋〕：帶湖新居成於乙巳，見前。《輿地紀勝》：「鵞湖在鉛山縣西南十五里。淳熙初，東萊呂公、晦菴朱公、象山陸公曾相會講道於此，稱鵞湖之會。」又「東湖在豫章郡東南，周廣五里。《續職方乘》云：豫章之東湖，猶錢塘之西湖也，雖不敢與西湖齒，然亦一郡之勝。」《讀史方輿紀要》：「東湖在府城東南隅，周廣五里，舊通章江。」

〔箋〕淳熙十三年丙午，先生四十七歲。

水調歌頭

盟鷗

帶湖吾甚愛，千丈翠奩開。先生杖屨無事，一日走千回。凡我同盟鷗鷺，今日既盟之後，來往莫相猜。白鶴在何處，嘗試與偕來。　破青萍，排翠藻，立蒼苔。窺魚笑汝癡計。不解舉吾杯。廢沼荒丘疇昔。明月清風此夜。人世幾歡哀。東岸綠陰少。楊柳更須栽。鷗鷺四卷本甲集鷺作鳥杖屨無事歷代詩餘屨作履花庵作無事杖相猜花庵作屨相猜相嫌更須歷代詩餘更作便

湯朝美司諫見和用韻爲謝

白日射金闕。虎豹九關開。見君諫疏頻上。談笑挽天回。千古忠肝義膽。萬里蠻煙瘴雨。往事莫驚猜。政恐不免耳。消息日邊來。　笑吾廬。門掩草徑封苔。未應兩手無用。要把蟹螯杯。說劍論詩餘事。醉舞狂歌欲倒。老子頗堪哀。白髮寧有種。一一醒時栽。

題四卷本甲集湯朝美司諫五字作湯坡二字談笑四卷本作高論

啟勳案 讀甲集詞題知朝美名坡

嚴子文同傳安道和前韵因再和謝之

寄我五雲子。恰向酒邊開。東風過盡歸雁。不見客星回。均道瑣窗風月。更著詩翁杖屨。合作雪堂猜。子文作雪齋寄書云近以旱無以延客歲旱莫留客。霖雨要渠來。短燈檠。長劍鋏。欲生苔。雕弓挂壁無用。照影落清杯。多病關心藥裹。小摘親鉏菜甲。老子政須哀。夜雨北窗竹。更倩野人栽。

題四卷本乙集作嚴子文同傳安道和盟鷗韵和以謝之邊開四卷本開作來均道四卷本均作聞注四卷本無注

飲冰室攷證 右三首爲同時先後作第一首先生杖屨無事一日走千回第二首笑吾廬門掩草

徑封苔。第三首雕弓挂壁無用多病關心藥裹小摘親鉏菜甲皆罷官閑居時語

案以上三首皆丙午作

浣溪沙

贈子文侍人名笑笑

儂是嶔崎可笑人。不妨開口笑時頻。有人一笑坐生春。歌欲顰時還淺笑。醉逢笑處卻輕顰。宜顰宜笑越精神。

啟勳案此詞信州本無與和嚴子文之水調歌頭同見四卷本乙集因附歸於前首之後

滿江紅

送湯朝美司諫自便歸金壇

瘴雨蠻煙。十年夢、尊前休說。春正好、故園桃李。待君

花發。兒女燈前和淚拜。雞豚社裏歸時節。看依然、舌在齒牙牢。心如鐵。　活國手。封侯骨。騰汗漫。排閶闔。待十分做了。詩書勳業。當日念君歸去好。而今卻恨中年別。笑江頭、明月更多情。今宵缺。

題（四卷本甲集作送湯朝美自便歸）活國（四卷本活作治）

〔飲冰室攷證〕南澗甲乙稿卷一亦有送湯朝美還金壇詩中云湯公涉南荒又幾年臥新州又謁來靈山隈（上饒志云靈山爲州之鎮山）巋然慰空谷濯足山下泉愛我泉上竹湯蓋以直諫獲罪會竄嶺表中間殆量移信州安置常與韓南澗及先生游宴至是得赦許自便故二公皆有詩送其歸云（丙午）

〔啟勳案〕讀史方輿紀要金壇縣在鎮江府南百三十里本曲阿縣之金山鄉垂拱四年析置金壇縣

念奴嬌

和韓南澗載酒見過雪樓觀雪

兔園舊賞悵遺蹤。飛鳥千山都絕。縞帶銀杯江上路。唯有南枝香別。萬事新奇。青山一夜。對我頭先白。倚巖千樹。玉龍飛上瓊闕。　莫惜霧鬢雲鬟。試教騎鶴。去約尊前月。自與詩翁磨凍硯。看掃幽蘭新闋。便擬明年。人間揮汗。留取層冰潔。此君何事。晚來曾為腰折。

題四卷本甲集無韓字　雲鬟四卷本雲作風　明年四卷本□□

飲冰室攷證　哭𩒗詩云足音苔苔來多在雪樓下知雪樓為帶湖新宅中之一樓南澗見過當在本年或次年冬

啟勳案　𩒗乃先生諸子之一早殤先生有詩十五章哭之慟

水調歌頭

九日遊雲洞和韓南澗尚書韵

今日復何日，黄菊爲誰開。淵明謾愛重九，胸次正崔嵬。酒亦關人何事，政自不能不爾，誰遣白衣來。醉把西風扇，隨處障塵埃。　爲公飲，須一日，三百杯。此山高處東望，雲氣見蓬萊。翳鳳驂鸞公去，落佩倒冠吾事，抱病且登臺。歸路踏明月，人影共徘徊。

題四卷本甲集無尚書二字　此山歷代詩餘山作心

〔啟勳案〕南澗原唱題作（水口洞）今日俄重九，莫負菊花開。試尋高處攜手，躡屐上崔嵬。放目蒼巖千仞，雲護晚霜成陣，知我與君來。古寺倚修竹，飛檻絕塵埃。　笑譚問，風滿座，酒盈杯。仙人跨海休問，隨處是蓬萊。（洞有仙骨巖）落日平原西望，鼓角秋深悲壯，戲馬但荒臺。細把茱萸看，一醉且徘徊。

輿地紀勝雲洞在信州府南二十里天欲雨則興雲

再用韵呈南澗

千古老蟾口雲洞插天開漲痕當日何事洶湧到崖嵬攫土摶沙兒戲翠谷蒼崖幾變風雨化人來萬里須臾耳野馬驟空埃　笑年來蕉鹿夢畫蛇杯黃花憔悴風露野碧漲荒萊此會明年誰健後日猶今視昔歌舞只空臺愛酒陶元亮無酒正徘徊

再用韵李子永提幹

君莫賦幽憤一語試相開長安車馬道上平地起崖嵬我愧淵明久矣猶借此翁湔洗素壁寫歸來斜日透虛隙一綫萬飛埃　斷吾生左持蟹右持杯買山

自種雲樹，山下斸煙萊。百鍊都成繞指，萬事直須稱好。人世幾輿臺。劉郎更堪笑，剛賦看花回。

題四卷本甲集作再用韻答李子永

〔飲冰室攷證〕右三首當是同時作。王象之輿地紀勝信州景物條下云：雲洞在州南二十餘里，天欲雨則興雲。先生與南澗所游即此。第二首笑年來蕉鹿夢，畫蛇杯，是被議落職後語。玩第三首全文，殆李子永贈詞爲先生深抱不平，先生反以達語開解之，故云君莫賦幽憤，一語試相開。我愧淵明久矣，猶借此翁湔洗，素壁寫歸來。又云買山自種雲樹，山下斸煙萊。百鍊都成繞指，萬事直須稱好。人世幾輿臺。皆達觀中尚帶痛憤也。

〔啟勳案〕以上數首，伯兄概爲丙午丁未間作。今以繫諸丙午，蓋帶湖新居成於乙巳，而乙巳冬先生猶在湖南，有是年之菩薩蠻可以證之，是則去職東歸必在丙午。答李子永一首，憤慨溢於言外，似是新受刺激語，而非在一年後也。

提幹李君索余賦野秀綠遶二詩，余詩尋醫

久矣姑合二榜之意賦水調歌頭以遺之然君才氣不減流輩豈求田問舍而獨樂其身耶

文字覷天巧。亭榭定風流。平生邱壑。歲晚也作稻粱謀。五畝園中秀野。一水田將綠遶。穲稏不勝秋。飯飽對花竹。可以便忘憂。　吾老矣。探禹穴。欠東遊。君家風月幾許。白鳥去悠悠。插架牙籤萬軸。射虎南山一騎。容我攬鬚。不更欲勸君酒。百尺卧高樓

〔飲冰室攷證〕子永名泳號蘭澤廬陵人嘗爲阬治司幹官據江西詩徵小傳案宋史職官志云提舉阬治司在饒者領江東淮浙福建等路子永時正在職在饒故日與辛韓唱和也

〔啟勳案〕歷代詩餘李子永名泳號蘭澤廬陵人嘗爲溧水令著李氏華萼集五卷兄弟五人洪漳

詠淦淛皆以文名於時（丙午）

蝶戀花

繼楊濟翁韻餞范南伯知縣歸京口

淚眼送君傾似雨。不折垂楊。只倩愁隨去。有底風光留不住。煙波萬頃春江艣。　老馬臨流癡不渡。應惜障泥。忘了尋春路。身在稼軒安穩處。書來不用多行數。

（歙冰室攷證）南伯似是當時上饒知縣後此一兩年間多與楊濟翁唱和之作則此詞或竟作於本年丁酉

（啟勳案）篇中有身在稼軒安穩處書來不用多行數之句確是上饒新居落成後之語氣謂已一變前此之浪漫生涯矣因移至淳熙十三年丙午一即帶湖新居落成之翌年亦即先生罷職家居上饒之初年然而淳熙四年丁酉下距十三年丙午

相隔九年，則縣令一職幾成南伯之終身官矣。濟翁原唱見《西樵語業》，題爲別范南伯離恨做成。

春夜雨。添得春江剗地東流去。弱柳繫船都不住。爲君愁絕聽鳴艫。　君到南徐芳草渡。想得尋春。依舊當年路。後夜獨憐回首處。亂山遮隔無重數。

（丙午）

昭君怨

豫章寄張守定叟

長記瀟湘秋晚。歌舞橘洲人散。走馬月明中。折芙蓉。　今日西山南浦。畫棟珠簾雲雨。風景不爭多。奈愁何。

（啓勳案）此詞見甲集，乃甫由湖南移知隆興詞意甚明，蓋淳熙十三年丙午也。伯兄亦以此詞爲乙巳作，因將由湖南移帥隆興推早一年之故。

西河

送錢仲耕自江西漕移守婺州

西江水道似西江人淚無情卻解送行人月明千里從今日日倚高樓傷心煙樹如薺 會君難別君易草草不如人意十年著破繡衣茸種成桃李問君可是厭承明東方鼓吹千騎 對梅花更消一醉看明年調鼎風味老病自憐憔悴過吾廬定有幽人相問歲晚淵明歸來未

題四卷本甲集移守二字作赴 道似四卷本似作是歷代詩餘作是 看明年四卷本看作有 老病歷代詩餘病作大

飲冰室攷證 讀末句則先生時尚未歸可知仲耕由江西漕移官蓋先生在江西任而與同官者由南昌往婺州必經廣信故有過吾廬語

啟勳案 伯兄亦以此詞爲乙巳作但據洪邁之

稼軒記知乙巳先生猶在湖南又據先生乙巳冬猶在之菩薩蠻有霜落瀟湘白之句可證乙巳冬猶在湖南此詞作於江西而有「對梅花更消一醉」及「歲晚淵明歸來未」之句其必爲丙午冬無疑矣因移於此

案邱宗卿有和章題爲餞錢漕仲耕移知婺州奏事用幼安韵清似水不了眼中供淚今宵忍聽唱陽關暮雲千里可堪客裏送行人眾山空老春蕪道別去如許易離合定非人意幾年回首望龍門近纔御李也知追詔有來時匆匆今見歸騎整弓刀徒御喜舉離觴飲醽無味端的慰人愁悴想天心注倚方深應是日日宣傳公來未

水調歌頭

慶韓南澗尚書七十

上古八千歲，纔是一春秋。不應此日，剛把七十壽君侯。看取垂天雲翼，九萬里風在下，與造物同遊。君欲計歲月，嘗試問莊周。　醉淋浪，歌窈窕，舞溫柔。從今杖屨南澗。白日爲君留。聞道鈞天帝所。頻上玉巵春酒。冠蓋擁龍樓。快上星辰去。名姓動金甌。

題（四卷本甲集無尚書二字）嘗試（甲集嘗作當）冠蓋（甲集蓋作珮）

【飲冰室攷證】據南澗集南劍道中詩注知南澗生於徽宗重和元年戊戌其七十壽當在淳熙十四年丁未甲辰乙巳間先生與南澗互相慶壽時先生服官在外郵筒往復而已此詞云「從今杖屨南澗白日爲君留」則同居上饒朝夕過從矣

【啟勳案】乙巳先生猶在湖南帥任上丙午遷江西安撫使丁未家居上饒帶湖新居乃落成於乙巳見洪邁所作之「稼軒記」

【案】淳熙十四年丁未先生四十八歲

六么令

用陸氏事送玉山令陸德隆侍親東歸吳中

酒羣花隊。攀得短轅折。誰憐故山歸夢。千里蓴羹滑。

便整松江一棹，點檢能言鴨。故人歡接。醉懷霜橘墮地金圓，醒時覺。長喜劉郎馬上，肯聽詩書說。誰對叔子風流，直把曹劉壓。更看君侯事業，不負平生學。離觴愁怯，送君歸後，細寫茶經煮香雪。

題 四卷本甲集無侍親東歸吳中六字歡接歷代詩餘歡作欲 離觴 歷代詩餘觴作腸

再用前韻

倒冠一笑，華髮玉簪折。陽關自來淒斷，卻怪歌聲滑。放浪兒童歸舍，莫惱比鄰鴨。水連山接。看君歸興，如醉中醒，夢中覺。江上吳儂問我，一一煩君說。忍使尊酒頻空，賸欠真珠壓。手把漁竿未穩，長向滄浪學問愁誰怯。可堪楊柳。先作東風滿城雪。

〔啟勳案〕右二首年月雖無攷，但俱在甲集，總是戊申以前。第一首之「送君歸後細寫茶經煮香雪」，第二首之「手把漁竿未穩長向滄浪學」，是初罷職家居語。玉山縣爲上饒屬，「攀得短轅折」，是送地方官語。計先生自上饒築室以後戊中以前，得以悠然家居者，唯罷隆興帥後之丁未一年，因以繫於丁未。

臨江仙

醉宿崇福寺寄祐之弟祐之以僕醉先歸

莫向空山吹玉笛。壯懷酒醒心驚。四更霜月太寒生。被翻紅錦浪。酒滿玉壺冰。　小陸未須臨水笑。山林我輩鍾情。今宵依舊醉中行。試尋殘菊處。中路候淵明。

題 四卷本甲集無弟祐之三字

〔啟勳案〕廣信府志崇福寺在上饒附郭之乾元鄉宋淳化中建先生四十九歲以前得以閒居上饒者唯丁未一年此詞當是丁未作祐之爲先生從弟詳見後「塵土西風」之滿江紅

再用韻送祐之弟歸浮梁

鍾鼎山林都是夢、人間寵辱休驚。只消閒處過平生。酒杯秋吸露、詩句夜裁冰。　記取小窗風雨夜、對牀燈火多情。問誰千里伴君行。曉山眉樣翠、秋水鏡般明。

題 四卷本甲集作和前韻

〔啟勳案〕此詞與前首同韻當是同時作　讀史方輿紀要浮梁縣屬饒州在東北百八十里漢鄱陽縣地唐武德四年析置新平縣開元四年改新昌縣天寶初改浮梁縣

朝中措

崇福寺道中歸寄祐之弟

籃輿嫋嫋破重岡。玉笛兩紅粧。這裏都愁酒盡，那邊正和詩忙。爲誰醉倒，爲誰歸去，都莫思量。白水東邊籬落，斜陽欲下牛羊。

題　信州本作醉歸寄祐之弟從四卷本甲集

〔啟勳案〕此亦崇福寺作，且同是寄祐之，疑是同時作。

洞仙歌

開南溪初成賦

婆娑欲舞，怪青山歡喜，分得清溪半篙水。記平沙鷗鷺，落日漁樵，湘江上，風景依然如此。東籬多種菊，待學淵明。酒興詩情不相似。十里漲春波。一棹歸來。只做個。五湖范蠡。是則是。一般弄扁舟。爭知道他家有個西子。

題四卷本丁集作所居山後爲仙人舞袖形

〔啟勳案〕玩「記平沙鷗鷺落日漁樵湘江上風景依然如此」及「一棹歸來」等句自是初從湖南歸來語然則四卷本詞題作〔所居山後〕云云其爲上饒之居必矣詞見丁集但丙丁兩集通各時代皆有因以附於丁未即先生歸居上饒之初年

水調歌頭

和信守鄭舜舉蔗庵韻

萬事到白髮。日月幾西東。羊腸九折歧路。老我慣經從。竹樹前溪風月。雞酒東家父老。一笑偶相逢。此樂竟誰覺、天外有冥鴻。　味平生、公與我、定無同。玉堂金馬自有、佳處著詩翁。好鎖雲煙窗戶、怕入丹青圖畫、飛去了無蹤。此語更癡絕、眞有虎頭風。

題　四卷本甲集無信守二字

〔啟勳案〕以下諸詞見四卷本甲集可斷爲戊申以前作因甲集有戊申元日范開一序文故也諸詞身心閑暇且多寫上饒景物確是帶湖家居時計帶湖新居成於乙巳有洪景盧之文可據丙午春先生由湖南移帥隆興有乙巳冬之菩薩蠻可據丁未春乃落職家居有送錢仲耕之西河可據則戊申以前得家居而身心閑暇者唯丁未一年耳因以此諸詞繫於丁未　鄭舜舉名汝諧清田人嘗知贛州府孝宗時知湖南武岡軍

滿江紅

送信守鄭舜舉被召

湖海平生，算不負、蒼髯如戟。聞道是、君王著意，太平長策。此老自當兵十萬，長安正在天西北。便鳳凰、飛詔下天來，催歸急。　車馬路，兒童泣。風雨暗，旌旗溼。看野梅官柳，東風消息。莫向蔗庵追笑語，只今松竹無顏色。問人間、誰管別離愁，杯中物。

題（四卷本甲集作送鄭舜舉郎中被召）

（飲冰室攷證）南澗甲乙稿有題鄭舜舉蔗庵詩云「吾州富佳山，修竹連峻嶺……豈知刺史宅，畔步閎清景。古木盤城隅，石徑幽且迴……鄭公閉閤暇，獨步毘盧頂。曰此氣象殊，逍遙步方丈……」知蔗庵在官署後靈山高處，舜舉作守時新築也。輿地紀勝引上饒志云：靈山爲州之鎮，山岡勢迤邐從北來，州宅實枕其趾。參以韓詩中刺史宅、毘盧頂諸語，略可得蔗庵所在。信守見集中者四人，鄭爲最先。想先生歸信未久，便去任，故唱和詞僅兩首也。

遊南巖和范先之韵

笑拍洪崖、問千丈、翠巖誰削。依舊是、西風白鳥、北村南郭。似整復斜僧屋亂、欲吞還吐林煙薄。覺人間萬事到秋來、都搖落。　呼斗酒、同君酌。更小隱、尋幽約。且丁寧休負、北山猿鶴。有鹿從渠求鹿夢、非魚定未知魚樂。正仰看飛鳥卻譍人、回頭錯。

題　四卷本甲集先作廓　白鳥　四卷本鳥作馬　更　四卷本空格歷代詩餘作更

【啟動案】太平寰宇記云南巖在上饒縣十餘里巖傍巨石儼然北向其下寬平可坐千人爲士女遊賞之處

和范先之雪

天上飛瓊。畢竟向人間情薄。還又跨、玉龍歸去。萬花搖落。雲破林梢添遠岫。月明屋角分層閣。記少年、駿馬走韓盧。掀東郭。　吟凍雁。嘲饑鵲。人已老。歡猶昨。對瓊瑤滿地。與君酬酢。最愛霏霏迷遠近。卻收擾擾還空濶。待羔兒、酒罷又烹茶。揚州鶴。

題（四卷本甲集先作廓）　月明（四卷本明作臨）　瓊瑤（歷代詩餘作瑤華）　卻收（歷代詩餘卻作都）　空濶（四卷本作寥廓歷代詩餘作空廓）　酒罷（歷代詩餘酒作飲）

烏夜啼

山行約范先之不至

江頭醉倒山公。月明中。記得昨宵歸路、笑兒童。　溪欲轉・山已斷・兩三松。一段可憐風月・欠詩翁。

題四卷本甲集先作廓先之見和復用韵

人言我不如公。酒杯中。更把平生湖海・問兒童。千尺蔓・雲葉亂・繫長松。卻笑一身纏繞・似衰翁。

題四卷本甲集先作廓酒杯四卷本杯作頻

〔欽冰室攷證〕集中與范先之酬唱詞頗多，其見於甲集者則此四首。先之名待考。醉翁操詞序云「先之與余遊八年，日從事詩酒間，」據此知兩人交誼甚篤，且繼續合并時頗長。又凡信州十二卷本之范先之，四卷本皆作廓之。蓋一人而有兩字者。余頗疑其人即編輯稼軒詞甲集之范開。開之與先與廓義皆相屬。甲集開自序云：「開久從公遊，裒集百首，皆親得之於公者」。亦與醉翁操序語意相合。唯前在帥任時絕無與先生往還痕跡，則知所謂從遊八年者，實家居時事。其年略當自乙巳丙

午問起算也（攷證別詳辛亥年條下）

念奴嬌

賦白牡丹和范先之韻

對花何似、似吳宮初教、翠圍紅陣。欲笑還愁羞不語、惟有傾城嬌韻。翠蓋風流、牙籤名字、舊賞那堪省。天香染露、曉來衣潤誰整。　最愛弄玉團酥、就中一朵、曾入揚州詠。華屋金盤人未醒、燕子飛來春盡。最憶當年、沈香亭北、無限春風恨。醉中休問、夜深花睡香冷。

題　四卷本甲集先作廓

〔啟勳案〕此詞亦見四卷本甲集伯兄謂只前四首殆一時錯算耳

新荷葉

和趙德莊韻

人已歸來，杜鵑欲勸誰歸。綠樹如雲，等閒付與鶯飛。兔葵燕麥，問劉郎、幾度沾衣。翠屏幽夢，覺來水繞山圍。　有酒重攜，小園隨意芳菲。往日繁華，而今物是人非。春風半面，記當年、初識崔徽。南雲雁少，錦書無箇因依。

付與　四卷本甲集付作惜

趙德莊原唱「欲暑還涼，如春有意重歸。

啟動案　春若歸來，任他鶯老花飛。輕雷澹雨，似晚風、欺得單衣。檐聲驚醉，起來新綠成圍。　回首分攜，光風冉冉菲菲。曾幾何時，故山疑夢還非。鳴琴再撫，將清恨、都入金徽。永懷橋下，繫船鄒柳依依。」又「細雨梅黃，去年雙燕還歸。多少繁紅，盡隨蝶舞蜂飛。陰濃綠暗。正參秋。猶衣羅衣香凝沈水。雅宜簾幕重圍。繡扇仍攜花枝塵架芳菲。遙想當時故交往往人非天涯。再見悅情話。景仰淸徽可人懷抱晚期蓮社相依。

再和前韻

春色如愁。行雲帶雨纔歸。春意長閒。游絲盡日低飛。閒愁幾許。更晚風。特地吹衣。小窗人靜。棊聲似解重圍。光景難攜。任他鶗鴂芳菲。細數從前。不應詩酒皆非。知音絃斷。笑淵明空撫餘徽。停杯對影。待邀明月相依。

題（四卷本甲集無前韻二字）晚風（歷代詩餘晚作曉）從前（歷代詩餘作前徳）

〔飲冰室攷證〕德莊名彥端一號介庵魏王廷美七世孫晚年亦僑寓信州故與韓南澗交最篤南

瀾嘗贈以詩七首以過去生中作弟兄爲韵本詞云「人已歸來杜鵑欲勸誰歸」知是歸田後所作〔信州本尚有水調歌頭壽趙漕介庵一首惟不見甲集未知何時作〕攷德莊年歲似較老於先生此作當非甚晚也

〔啟勳案〕趙德莊名彥端宋宗室乾道淳熙間以直寶文閣知建寧府有介庵詞四卷

水調歌頭

送鄭厚卿赴衡州

寒食不小住，千騎擁春衫。衡陽石鼓城下，記我舊停驂。襟以瀟湘桂嶺，帶以洞庭青草，紫蓋屹西南。文字起騷雅，刀劍化耕蠶。　看使君，於此事，定不凡。奮髯抵几堂上，尊俎自高談。莫信君門萬里，但使民歌五袴，歸詔鳳凰啣。君去我誰飲，明月影成三。

襟以帶以四卷本乙集以皆作似歷代詩餘作以西內四卷本西
作東明明蠶歷代詩餘明作新
〔啟動〕〔案〕輿地紀勝石鼓山在衡州城東三里酈道元水經注云臨蒸縣有石鼓高六尺湘水所逕

滿江紅

稼軒居士花下與鄭使君惜別醉賦侍者飛
卿奉命書

莫折荼蘼。且留取、一分春色。還記得、青梅如豆，共伊
同摘。少日對花渾醉夢，而今醒眼看風月。恨牡丹、笑
我倚東風，頭如雪。　榆莢陣，菖蒲葉。時節換，繁華歇。
算怎禁風雨，怎禁鶗鴂。老冉冉兮花共柳，是棲棲者
蜂和蝶。也不因、春去有閑愁，因離別。

題（信州本作餞鄭衡州厚卿席上再賦四卷本甲集題如右從四卷本）且留取（四卷本作倘留得）記得（四卷本得作取代詩餘記作待）歷渾醉（四卷本渾作昏）頭如（四卷本頭作形）過片三韻（四卷本作人漸遠君休說偷莢陣菖蒲葉算不因風雨只因鶗鴂歷代詩餘同信州本但陣作錢）

〔飲冰室攷證〕厚卿名籍待攷玩共伊同摘少日對花等句其人似是先生髫年故交水調歌頭之衡陽石鼓數句知是罷湘帥後作亦可見先生於治湘政績甚自喜也

〔啟勳案〕據四卷本之題辭得知先生有一姬人名飛卿通文翰觀稼軒居士云云知此題乃飛卿所自定

鷓鴣天

鄭守厚卿席上謝余伯山用其韻

夢斷京華故倦游只今芳草替人愁陽關莫作三疊

唱。越女應須爲我留。看逸韻。自名流。青衫司馬且江州。君家兄弟真堪笑。箇箇能修五鳳樓。

和人韻有所贈

趁得西風汗漫游。見他歌後怎生愁。事如芳草春長在。人似浮雲影不留。眉黛斂。眼波流。十年薄倖謾揚州。明朝短棹輕衫夢。只在溪南罨畫樓。

西風集西作春謾揚州謾謾作說 四卷本丁 歷代詩餘

菩薩蠻

送鄭守厚卿赴闕

送君直上金鑾殿。情知不久須相見。一日甚三秋。愁來不自由。九重天一笑。定是留中了。白髮少經過。

此時愁奈何。

〔啟動案〕以上贈厚卿之鷓鴣天及菩薩蠻四卷本無之唯見信州十二卷本其餘一首鷓鴣天見四卷本丁集與贈厚卿同韵知是同時作因綴於贈厚卿諸詞之後

最高樓

醉中有索四時歌爲賦

長安道。投老倦游歸。七十古來稀。藕花雨溼前湖夜。桂枝風澹小山時。怎消除。須殢酒。更吟詩。也莫向。竹邊辜負雪。也莫向。柳邊辜負月。閑過了。總成癡。種花事業無人問。惜花情緒只天知。笑山中。雲早出。鳥歸遲。

辜負 四卷本甲集辜均作孤 惜花情緒 四卷本作對花情味

〔飲冰室攷證〕篇中有投老倦游歸語，知是家居時作。

〔啟勳案〕因詞見甲集，知不是家居鉛山時。

和楊民瞻席上用前韵賦牡丹

西園買。誰載萬金歸。多病勝游稀。風斜畫竹，天香夜。涼生翠蓋，酒酬時。待重尋居士譜。謫仙詩。看黃底。御袍元自貴。看紅底。狀元新得意。如斗大。笑花癡漢妃，翠被嬌無奈。吳娃粉陣恨誰知。但紛紛。蜂蝶亂，笑春遲。

題信州本無前字，從四卷本甲集。笑花癡四卷本笑作只。

〔啟勳案〕此首用前韵，且同見甲集，知是同時作。

滿江紅

和楊民瞻送祐之弟還侍浮梁

塵土西風，便無限、淒涼行色。還記取、明朝應恨，今宵輕別。珠淚爭垂華燭暗，雁行欲斷哀箏切。看扁舟、幸自澀清溪，休催發。　白石路，長亭側。千樹柳，千絲結。怕行人西去，棹歌聲闋。黃卷莫教詩酒污，玉階不信仙凡隔。但從今、伴我又隨君，佳哉月。

欲斷　四卷本甲集欲作中　白石　四卷本石作首　側　四卷本側作仄

（啟勳案）祐之是先生從弟，有母在。南先生西江月詞（壽祐之弟新居落成）中有「先向太夫人賀」語。家浮梁，與上饒鉛山接境。文采風流，殆肖先生。參觀伯兄箸先生年譜之發凡。

生查子

山行寄楊民瞻

昨宵醉裏行山吐。三更月不見可憐人。一夜頭如雪。今宵醉裏歸。明月關山笛。收拾錦囊詩。要寄揚雄宅。

民瞻見和再用韵

誰傾滄海珠。簸弄千明月。喚取酒邊來。軟語裁春雪。人間無鳳凰。空費穿雲笛。醉裏卻歸來。松菊陶潛宅。

〔欽定〕〔四部叢刊本〕〔證〕民瞻名籍待攷集中與渠唱和詞凡七首右四首見甲集餘見丙丁集詩文知是信州朋舊也

念奴嬌

賦雨巖效朱希真體

近來何處有吾愁，何處還知吾樂。一點淒涼千古意，獨倚西風寥濶。剪竹尋泉，和雲種樹，喚做眞閑客。此心閑處，未應長藉邱壑。　休說往說皆非，而今云是，且把清尊酌。醉裏不知誰是我，非月非雲非鶴。露冷松梢，風高桂子，醉了還醒卻。北窗高臥，莫教啼鳥驚著。

題（四卷本甲集作賦雨巖）寥濶（四卷本濶作廓，歷代詩餘作廓）剪竹（四卷本剪作竝）云是（歷代詩餘云作覺）閒客（信州本客作個，從四卷本）（歷代詩餘作閒確）未應（四卷本未作不）露冷二句（四卷本風高與松梢倒置）

【飲冰室攷證】雨巖爲上饒附郭名勝，故家居時游詠頻數。

（敢動案）查上饒附郭無雨巖之名輿地紀勝永豐縣東南四十餘里有雨石山舊經云歲旱禱之多應故名山西有巖洞有石如蝸盤如虎踞如鶴立如鸞翔云以次首摸魚兒之詞題證之當即此處永豐東南正與上饒接壤也

摸魚兒

雨巖有石狀甚怪取離騷九歌名曰山鬼因賦摸魚兒改名山鬼謠

問何年此山來此西風落日無語看君似是羲皇上直作太初名汝溪上路算只有紅塵不到今猶古一杯誰舉笑我醉呼君崔嵬未起山鳥覆杯去　須記取昨夜龍湫風雨門前石浪掀舞四更山鬼吹燈嘯驚倒世間兒女依約處還問我清游杖屨公良苦神

交心許。待萬里攜君，鞭笞鸞鳳，誦我遠遊賦。石浪庵外巨石也長三十餘丈

調 四卷本甲集作山鬼謠　太初 歷代詩餘初作虛　溪上路 歷代詩餘路作住　誦我 歷代詩餘誦作送

蝶戀花

月下醉書雨巖石浪

九畹芳菲蘭佩好。空谷無人，自怨蛾眉巧。寶瑟泠泠千古調。朱絲絃斷知音少。　冉冉年華吾自老。水滿汀洲，何處尋芳草。喚起湘纍歌未了。石龍舞罷松風曉。

用前韻送人行

意態憨生元自好學畫鴉兒舊日偏他巧蜂蝶不禁花引調西園人去春風少　春已無情秋又老誰管閒愁千里青青草今夜倩簪黃菊了斷腸明日霜天曉

〔啟勳案〕前首見四卷本甲集此首見乙集用前韻當是同時作

洞仙歌

訪泉於期思得周氏泉爲賦

飛流萬壑共千巖爭秀孤負平生弄泉手歎輕衫短帽幾許紅塵還自喜濯髮滄浪依舊　人生樂行耳身後虛名何似生前一杯酒便此地結吾廬待學淵明更手種門前五柳且歸去父老約重來問如此青

山定重來否。

〔飲冰室攷證〕讀此詞知後此期思卜築機已動於此時矣

〔啟勳案〕期思在鉛山縣據辛敬甫所編年譜謂瓢泉在鉛山縣期思市瓜山之下則期思乃一市鎮也

菩薩蠻

雪樓賞牡丹席上用楊民瞻韻

紅牙籤上羣仙格。翠羅蓋底傾城色。和雨淚闌干。沈香亭北看。　東風休放去。怕有流鶯訴。試問賞花人。曉粧勻未勻。

〔啟勳案〕雪樓乃先生帶湖宅中之一樓此詞不見四卷本唯信州本有之似是與最高樓和民瞻一首同時作

醜奴兒近

博山道中效李易安體

千峰雲起。驟雨一霎兒價。更遠樹斜陽。風景怎生圖畫。青旗賣酒。山那畔別有人家。只消山水光中。無事過者一夏。　午醉醒時。松窗竹戶。萬千瀟灑。野鳥飛來。又是一般閑暇。卻怪白鷗。覷着人。欲下未下。舊盟都在。新來莫是。別有說話。

兒價　四卷本甲集兒作時　人家　四卷本家作間　過者　四卷本者作這

調　四卷本無近字

【啟勳案】讀舊盟都在一句。知此詞當作在盟鷗之後。輿地紀勝。博山在廣豐西二十里。古名通元峰。以形似廬山玉爐峰。故改今名。唐德韶國師建刹其中。寺後有卓錫泉。

江神子

博山道中書王氏壁

一川松竹任横斜。有人家，被雲遮。雪後疏梅，時見兩三花。比着桃源溪上路，風景好，不爭些。　旗亭有酒徑須賖。晚寒咱，怎禁他。醉裏匆匆，歸騎自隨車。白髮蒼顔吾老矣，只此地，是生涯。

比着（四卷本甲集着字脫）爭些（四卷本些作多）寒咱（四卷本咱作些）

清平樂

博山道中卽事

柳邊飛鞚。露濕征衣重。宿鷺窺沙孤影動。應有魚蝦入夢。　一川明月疏星。浣紗人影娉婷。笑背行人歸去。門前稚子啼聲。
霧溼四卷本甲集霧作露窺沙孤四卷本作鷺窺沙明月四卷
本明作淡

又

茅簷低小。溪上青青草。醉裏吴音相媚好。白髮誰家
翁媪。大兒鋤豆溪東。中兒正織雞籠。最喜小兒亡
賴。溪頭卧剝蓮蓬。
吴音四卷本甲集吴作蠻卧剝信州本與歷代詩餘卧作看從四卷本

獨宿博山王氏庵

遶牀飢鼠。蝙蝠翻燈舞。屋上松風吹急雨。破紙窗間
自語。平生塞北江南。歸來華髮蒼顏。布被秋宵夢

覺眼前萬里江山。

〔啟勳案〕補遺中有出塞春寒一首伯兄以爲先生不應有出塞之作此詞亦有平生塞北江南之句或則先生於未南歸之先亦嘗至塞外也

醜奴兒

書博山道中壁

煙蕪露麥荒池柳。洗雨烘晴。洗雨烘晴。一樣春風幾樣青。提壺脫袴催歸去。萬恨千情。萬恨千情。各自無聊各自鳴。

露麥 信州本麥作麦從四卷本甲集

〔飲冰室攷證〕大清一統志博山在廣豐縣西南三十餘里南臨溪流遠望如廬山之香爐峯按廣豐西距上饒界十五里故先生家居常往來其地

〔啟勳案〕廣信府志博山寺之側有稼軒書舍宋

辛棄疾嘗讀書於此云

鷓鴣天

鵞湖道中

一榻清風殿影涼涓涓流水嚮回廊千章雲木鉤輈叫十里溪風穲稏香。衝急雨趁斜陽山園細路轉微茫。倦途卻被行人笑只爲林泉有底忙。

題 四卷本甲集作鵞湖寺道中 水嚮 信州本嚮作響從四卷本

鵞湖歸病起作

枕簟溪堂冷欲秋。斷雲依水晚來收。紅蓮相倚渾如醉白鳥無言定自愁。書咄咄且休休。一丘一壑也風流。不知筋力衰多少但覺新來嬾上樓。

題花庵詞選作秋意　如醉花庵醉作怨

〔飲冰室攷證〕輿地紀勝　鵞湖在鉛山縣西南十五里集中游鵞湖詞甚多此二首則見甲集者

〔啟勳案〕廣信府志鵞湖山在鉛山縣東北十五里唐大歷間僧大義植錫山中建仁壽院又名鵞湖寺宋朱呂二陸四先生講學於此始建鵞湖書院　又云鵞湖寺在鉛山縣北十五里以鵞湖山得名唐大歷中大義禪師結庵峰頂後移臨官道輿地紀勝與廣信府志所言鵞湖之方位各不相同未知孰是

清平樂

檢校山園書所見

連雲松竹。萬事從今足。拄杖東家分社肉。白酒牀頭初熟。　西風梨棗山園。兒童偷把長竿。莫遣旁人驚去。老夫靜處閑看。

又

斷崖松竹。竹裏藏冰玉。路轉清溪三百曲。香滿黃昏雪屋。行人繫馬疏籬。折殘猶有高枝。留得東風數點。只緣嬌嬾春遲。

題四卷本甲集題同前首松竹四卷本松作脩歷代詩餘作疏嬌嬾四卷本嬾作嫩從四卷本

啟勳案計山園落成後先生得如此安閑以曳杖於其間者唯丁未一年因將甲集諸閑居詞彙附於此

賀新郎

賦水仙

雲卧衣裳冷。看蕭然、風前月下。水邊幽影。羅襪生塵淩波去・湯沐煙波萬頃。愛一點・嬌黃成暈・不記相逢曾解佩・甚多情爲我香成陣。待和淚・收殘粉。靈均千古懷沙恨・記當時・悤悤忘把此仙題品。煙雨淒迷僝僽損・翠袂搖搖誰整。謾寫入・瑤琴幽憤。絃斷招魂無人賦・但金杯的皪銀臺潤。愁殢酒・又獨醒。

記當時（四卷本甲集記字脫歷代詩餘作記）

啓勳案 以下諸詞俱見甲集知爲丁未以前作因彙錄於此雖不知年然所知者則皆先生四十九歲以前作品也

滿江紅

中秋寄遠

快上西樓・怕天放浮雲遮月。但喚取・玉纖橫管・一聲吹裂誰做冰壺涼世界最憐玉斧脩時節問嫦娥孤冷有愁無應華髮　雲液滿瓊杯滑長袖舞清歌咽歎十常八九欲磨還缺但願長圓如此夜人情未必看承別把從前離恨總包藏歸時說

橫管（四卷本甲集管作笛歷代詩餘作笛）涼世界（四卷本涼作浮）孤冷（信州本冷作令從四卷本歷代詩餘作孤處）但願（四卷本作若得）包藏（四卷本及十二卷本皆作成歡從歷代詩餘）

病中俞山甫教授訪別病起寄之

曲几團蒲記方丈君來問疾更夜雨匆匆別去一杯南北萬事莫侵閒鬢髮百年正要佳眠食最難忘此語重殷勤千金直　西崦路東巖石攜手處今陳迹

望重來猶有、舊盟如日。莫信蓬萊風浪隔、垂天自有扶搖力。對梅花、一夜苦相思、無消息。

記方丈（四卷本甲集作方丈裏） 陳迹（信州本陳作塵，從甲集）

〔啟勳案〕此或當是卧病博山寺之作。信州府志東巖在永豐縣南，即虹橋其下，水清石瘦，風景殊佳。云博山在永豐，永豐縣屬寺旁有稼軒書舍，爲先生所常至，而詞中又有東巖石之句，故疑非家居

水調歌頭

和王政之右司吴江觀雪見寄

造化故豪縱、千里玉鸞飛。等閒更把萬斛瓊粉蓋玻瓈。好卷垂虹千丈、只放冰壺一色、雲海路應迷。老子舊游處、回首夢耶非。　謫仙人、鷗鳥伴、兩忘機。掀髯把酒一笑、詩在片帆西。寄語煙波舊侶、聞道蓴鱸正

美休裂芰荷衣上界足官府汗漫與君期

題四卷本甲集政作正造化甲集與歷代詩餘化作物玻瓈四卷本甲集作頗黎休裂四卷本甲集裂作製

聲聲慢

嘲紅木犀余兒時嘗入京師禁中凝碧池因書當時所見

開元盛日天上栽花月殿桂影重重十里芬芳一枝金粟玲瓏管絃凝碧池上記當時風月愁儂翠華遠但江南草木煙鎖深宮　只爲天姿冷澹被西風醞釀徹骨香濃枉學丹蕉葉展偷染妖紅道人取次裝束是自家香底家風更怕是爲淒涼長在醉中

題（嘲四卷本甲集作賦犀字下空一格小草齋鈔本犀字下作小注）葉展（信州本展作底從四卷本）

〔啟勳案〕辛敬甫所編之世系譜先生祖父名贊仕金封隴西郡開國男知開封府先生殆隨任在官署故兒時得入禁中也

江神子

和人韻

賸雲殘日弄陰晴。晚山明。小溪橫。枝上綿蠻，休作斷腸聲。但是青山山下路，春到處，總堪行。

當年綵筆賦蕪城。憶平生。若爲情。試把靈槎，歸路問君平。花底夜深寒較甚，須拚卻，玉山傾。

春到處（信州本春作青從四卷本甲集歷代詩餘作青）較甚（四卷本甲

集作色重

和人韵

梨花着雨晚來晴。月朧明。淚縱橫。繡閣香濃深鎖鳳簫聲。未必人知深意思。還獨自遶花行。

酒兵昨夜壓愁城。太狂生。轉關情。寫盡胸中磈磊未全平。卻與平章珠玉價。看醉裏。錦囊傾。

題 四卷本乙集作和人韵 信州本無題從四卷本

〔啟動案〕此一首雖見乙集但用前首之韵知是同時作蓋甲集雖無四十八歲以後作唯乙丙丁集則有四十八歲以前作也

和陳仁和韵

玉簫聲遠憶驂鸞。幾悲歡。帶羅寬。且對花前痛飲莫

留殘歸去小窗明月在雲一縷玉千竿 吴霜應點鬢雲斑綺窗閒夢連環說與東風歸與有無閒芳草姑蘇臺下路和淚看小屏山

歸與四卷本甲集與作意綺窗歷代詩餘窗作牕

用前韻

寶釵飛鳳鬢驚鸞望重歡水雲寬腸斷新來翠被粉香殘待得來時春盡也梅結子筍成竿 湘筠簾捲淚痕斑珮聲閒玉垂環箇裏溫柔容我老其間卻笑平生三羽箭何日去定天山

題四卷本乙集作用前韻信州本無題從四卷本

〔啟勳案〕此首亦見乙集但用前首甲集之韻當是同時作

和人韻

梅梅柳柳門纖穠。亂山中。爲誰容。試着春衫。依舊怯東風。何處踏青人未去。呼女伴。認驕驄。　兒家門戶幾重重。記相逢。畫樓東。明日重來。風雨暗殘紅。可惜行雲春不管。裙帶褪。鬢雲鬆。

青玉案

元夕

東風夜放花千樹。更吹落。星如雨。寶馬雕車香滿路。鳳簫聲動。玉壺光轉。一夜魚龍舞。　蛾兒雪柳黃金縷。笑語盈盈暗香去。衆裏尋他千百度。驀然迴首。那人卻在。燈火闌珊處。

燈火四卷本甲集脫此二字

定風波

春日漫興

少日春懷似酒濃。插花走馬醉千鍾。老去逢春如病酒，唯有，茶甌香篆小簾櫳。卷盡殘花風未定，休恨，花開元自要春風。試問春歸誰得見，飛燕，來時相遇夕陽中。

題四卷本甲集作春日漫興信州本無題從四卷本

臨江仙

探梅

老去惜花心已嬾，愛梅猶遶江村。一枝先破玉溪春。

更無花態度，全是雪精神。牕向青山餐秀色，爲渠著句清新。竹根流水帶溪雲。醉中渾不記，歸路月黃昏。

全是　四卷本甲集是作有　餐秀　甲集餐作飡　不記　歷代詩餘記作覺

〔啟勳案〕玉溪在玉山縣，乃信江支流。

蝶戀花

送祐之弟

衰草斜陽三萬頃。不算飄零，天外孤鴻影。幾許淒涼須痛飲。行人自向江頭醒。　會少離多看兩鬢。萬縷千絲，何況新來病。不是離愁難整頓。被他引惹其他恨。

斜陽（花庵斜作殘）

小重山

席上和人韵送李子永提幹

旋製離歌唱未成。陽關先畫出、柳邊亭。中年懷抱管絃聲、難忘處、風月此時情。 夜雨共誰聽、盡教清夢去、兩三程。商量詩價重連城、相如老、漢殿舊知名。

〔啟勳案〕此詞亦見甲集李子永見前「文字覷天巧」之水調歌頭

茉莉

倩得薰風染綠衣。國香收不起、透冰肌。略開些箇未多時。窗兒外、卻早被人知。 越惜越嬌癡。一枝雲鬢

上，那人宜。莫將他去比荼蘼。分明是，他更韵些兒。些箇 四卷本甲集箇作子 韵些 甲集韵作的

南鄉子

舟中記夢

欹枕艣聲邊。貪聽咿啞聒醉眠。夢裏笙歌花底去，依然。翠袖盈盈在眼前。　別後兩眉尖。欲說還休夢已闌。只記埋冤前夜月，相看。不管人愁獨自圓。

鷓鴣天

代人賦

晚日寒鴉一片愁。柳塘新綠卻溫柔。若教眼底無離恨，不信人間有白頭。　腸已斷，淚難收。相思重上小

紅樓。情知已被雲遮斷，頻倚闌干不自由。

雲遮 四卷本甲集雲作山

送人

唱徹陽關淚未乾。功名餘事且加餐。浮天水送無窮樹，帶雨雲埋一半山。今古恨，幾千般只今離合是悲歡。江頭未是風波惡，別有人間行路難。

題 四卷本甲集作送人信州本無題從四卷本

〔啟動案〕信州本此詞之眉伯兄一批云頗疑是悲歡之是字當作足字但諸本皆作是猶記一次與伯兄同讀稼軒集亦聞其作是說今余之稼軒集此詞之跌有一足字猶是伯兄手筆也

朝中措

綠萍池沼絮飛忙。花入蜜脾香長。惟春歸何處，誰知笛裏迷藏。殘雲賸雨些兒意思、直恁思量。不是流鶯驚覺、夢中啼損紅粧。

菩薩蠻

送祐之弟歸浮梁

無情最是江頭柳。長條折盡還依舊。木葉下平湖。雁來書有無。雁無書尚可。好語憑誰和。風雨斷腸時。小山生桂枝。

好語 四卷本甲集好作妙

席上分賦得櫻桃

香浮乳酪玻璃琖。年年醉裏嘗新慣。何物比春風。歌脣一點紅。江湖青夢斷。翠籠明光殿。萬顆瀉輕勻。

低頭愧野人。

題（四卷本甲集作坐中賦櫻桃）玻璃琖（信州本琖作盌從歷代詩餘）瀉（甲集作寫歷代詩餘作寫）

太常引

壽韓南澗尚書

君王着意履聲間。便合押紫宸班。今代又尊韓。道吏部文章泰山。一杯千歲問公何事。早伴赤松閒。功業後來看。似江左風流謝安。

題（四卷本甲集作壽南澗）

杏花天

無題

病來自是於春嬾。但別院笙歌一片。蛛絲網遍玻璃盞。更問舞裙歌扇。有多少鶯愁蝶怨。甚夢裏春歸不管。楊花也笑人情淺。故故沾衣撲面。

甚夢裏 歷代詩餘甚作任

霜天曉角

旅興

吳頭楚尾。一棹人千里。休說舊愁新恨。長亭樹今如此。宦游吾倦矣。玉人留我醉。明日落花寒食。得且住為佳耳。

題 花庵作落花 別意 四卷本甲集落作萬

一絡索

閨思

羞見鑑鸞孤卻。倩人梳掠。一春長是爲花愁，甚夜夜、東風惡。　行遶翠簾珠箔。錦牋誰託。玉觴淚滿卻停觴，怕酒似、郎情薄。

（飲冰室攷證）以上諸首皆見四卷本甲集，可斷定爲丁未（先生四十八歲）以前作。

南歌子

萬萬千千恨，前前後後山。傍人道我轎兒寬。不道被他遮得、望伊難。　今夜江頭樹，船兒繫那邊。知他熱後甚時眠。萬一不成眠也、有誰扇。

（啟勳案）此一首爲信州本所無，見四卷本甲集，因附錄於此。

踏歌

擷厥看精神壓一䴡兒劣更言語一似春鶯滑一團兒美滿天和雪　去也把春衫換卻同心結向人道不怕輕離別問昨宵因甚歌聲咽　秋被夢春閨月舊家事卻對何人說告第一莫趁蜂和蝶有春歸花落時節

啟動案　此詞不見信州本唯四卷本甲集及稼軒詞補遺皆有之以其見甲集當是丁未以前作據彊村校證謂此爲雙曳頭調原本分二段以問昨宵句爲過片據朱敦儒樵歌改正云

鵲橋仙

爲人慶八十席上戲作

朱顏暈酒方瞳點漆閒傍松邊倚杖不須更展畫圖看自是箇壽星模樣　今朝盛事一杯深勸更把新

詞齊唱人間八十最風流長貼在兒兒額上

題四卷本甲集席上作席間長貼甲集貼作帖

清平樂

爲兒鐵柱作

靈皇醮罷。福祿都來也。試引鵷鶵花樹下。斷了驚驚怕怕。　從今日日聰明。更宜潭妹嵩兒。看取辛家鐵柱。無災無難公卿。

題四卷本丁集無

〔飲冰室攷證〕先生有子九人，𨯖早殤，遺詩有哭𨯖十五章，餘八子名皆從禾，疑𨯖乃在贛州時所生，因此字頗僻，無所取義也。其餘八子疑皆先生自號稼軒後所產，命名與名軒同意也。哭𨯖詩無一語涉及有兒姊且哀悼特甚，疑是長子。鐵柱不知是某子之小名，詞中有「斷了驚驚怕怕無災無難〕等語當是靨殤後所生者〔啟勳案〕右之攷證乃節錄伯兄所著先生年譜中世系譜之一段果如是則此詞作年當甚早故雖見於丁集因以移附甲集諸詞之後

稼軒詞卷二終

從子廷燦校字

稼軒詞卷三目錄

年　淳熙十五年戊申至紹熙二年辛亥

歲　四十九至五十二

地　帶湖

目錄

目錄

目錄

浣溪沙三　虞美人五

浪淘沙　南歌子二

杏花天　惜分飛

生查子二　尋芳草

憶王孫　歸朝歡

最高樓三　新荷葉二

行香子　卜算子六

水調歌頭　清平樂二

好事近　糖多令

一剪梅

卷三共一百二十七首

稼軒詞卷三

宋 歷城 辛棄疾 幼安

新會梁啟超輯　梁啟勳疏證

蝶戀花

戊申元日立春席間作

誰向椒盤簪綵勝。整整韶華，爭上春風鬢。往日不堪重記省。爲花常把新春恨。　春未來時先借問。晚又開遲，早又飄零近。今歲花期消息定。只愁風雨無憑準。

題信州本只有元日立春四字。四卷本乙集及花庵詞選同。从四卷本。常把，四卷本常作長。

〔飲冰室攷證〕先生居上饒是年元旦門人范開輯稼軒詞甲集成自爲之序序文云「揮毫未竟而客爭藏去或閑中書石興來寫地亦或微吟而不錄漫錄而焚稿以故多散逸」

〔啓勳案〕四卷本甲集集成於丁未冬故戊申元旦作不在甲集從知四卷有斷代編年性質凡甲集本之不知年者亦必不在丁未後矣

〔案〕孝宗淳熙十五年戊申先生四十九歲

沁園春

戊申歲奏邸忽騰報謂余以病掛冠因賦此

老子平生、笑盡人間、兒女怨恩。況白頭能幾、定應獨往、青雲得意、見說長存。抖擻衣冠、憐渠無恙、合挂當年神武門。都如夢、算能幾許、雞曉鐘昏。　此心無有親冤。況抱甕年來自灌園。但淒涼顧影、頻悲往事、慇勤對佛、欲問前因。卻怕青山也妨賢路、休鬥尊前見

此身山中友試高吟楚些重與招魂
親寃諸本皆作新寃飲冰室改作親歷代詩餘作親怨恩歷代詩餘恩作
根都如歷代詩餘都作多

〔飲冰室攷證〕戊申歲公早已落職家居其落職
也實緣讒劾非謝病故忽見奏邸作此騰報不禁
詫歎詞中有抱甕年來自灌園語則作此詞時非在
官可知有笑盡人間兒女怨恩此心無有親寃等
語言不以讒劾介懷也有合挂當年神武門語言
本當早謝病勿待被劾也青山也妨賢路蓋加倍
牢騷語山中友重與招魂意謂去官尚嫌未足更
當再去也　若戊申公尚在官則范開所編稼軒
甲集成於丁未臘前者中多家居作便不可解又
本傳所謂久之主管冲佑觀者亦無從見其久矣
十七年九月八日記

〔啟勳案〕右一段攷證乃批在信州本稼軒詞本
關之眉歷代詩餘新寃果作親寃可見伯兄所改
不誤敬甫稼軒先生年譜原文〔淳熙十五年戊申
先生年四十九以言罷江西安撫任案先生沁園
春詞題云戊申奏邸忽騰報謂余以病挂冠又案

先生離豫章別司馬漢章大監鷓鴣天詞云三年歷遍楚山川蓋自丙午至戊申恰三年矣（戊申）

鷓鴣天

離豫章別司馬漢章大監

聚散匆匆不偶然。二年歷遍楚山川。但將痛飲酬風月、莫放離歌入管絃。縈綠帶、點青錢。東湖春水碧連天。明朝放我東歸去、後夜相思月滿船。

二年　歷代詩餘二作三、

〔飲冰室攷證〕此詞作於淳熙四年丁酉篇中有二年歷遍楚山川句蓋去年方由江西漕赴江陵帥湖北今年復移帥江西誠歷遍春秋時楚境矣又云明朝放我東歸去似先生時已僑居信州故言東歸舊譜以鷓鴣天詞編入戊申年殊誤

〔啟勳案〕伯兄之所謂舊譜者乃指辛敬甫之稼軒先生年譜舊譜淳熙戊申年下之記事已見前首沁園春所案丁酉年下之記事錄如次〔淳熙四

年丁西先生三十八歲遷知隆興府兼江西案撫使以大理少卿召出爲湖北湖南轉運副使）是則先生於淳熙西年之離豫章乃西行而非東下遷調而非放歸與本詞「明朝放我東歸去」一句不相合若此次（卽淳熙十五年戊申）之離豫章則眞罷官放歸矣從此家居上饒三年至五十三歲王子乃起用帥閩此一反證也　又先生之帶湖新居成於淳熙十二年乙巳見洪景盧所作之稼軒記是則淳熙四年離豫章時尚未卜築去將安歸與「明朝放我東歸去」一句亦不相合此二反證也是以仍將此詞移在本年下

（案）洪邁所作之稼軒記乃帶湖新居落成時記其地勢與結構時先生正在湖南帥任上文中有謂（約略位置規畫數月成之繪圖畀余而主人初未之識也）見南宋文錄卷十伯兄似未見此文其結語曰「侯名棄疾今以右文職修撰再案撫江南西路云」查薇甫所編之年譜乙巳年下之記事曰（淳熙十二年乙巳先生四十六歲帥湖南……加右文殿修撰差知隆興兼江西按撫使）所記與景盧之文相吻合洪氏弟兄乃當時達官又爲先生之摯友所言定當不謬然則前首沁園春詞之飲氷室攷證謂先生於此數年間乃落職家居云

云又不能無疑矣（戊申）

賀新郎

陳同父自東陽來過余留十日與之同遊鵞湖且會朱晦庵於紫溪不至飄然東歸既別之明日余意中殊戀戀復欲追路至鷺鷥林則雪深泥滑不得前矣獨飲方村悵然久之頗恨挽留之不遂也夜半投宿吴氏泉湖四望樓聞隣笛悲甚爲賦乳燕飛以見意又五日同父書來索詞心所同然者如此可發千里一笑

把酒長亭說。看淵明、風流酷似，卧龍諸葛。何處飛來林間鵲・蹙踏松梢殘雪。要破帽・多添華髮。剩水殘山無態度・被疏梅・料理成風月。兩三雁・也蕭瑟。　佳人重約還輕別。悵清江・天寒不渡・水深冰合。路斷車輪生四角・此地行人銷骨。問誰使・君來愁絕。鑄就而今相思錯・料當初・費盡人間鐵。長夜笛・莫吹裂。

題 乳燕飛宋四卷本乙集作賀新郎 殘雪 四卷本殘作微歷代詩餘作殘

〔飲冰室攷證〕鵞湖勝遊朱陸以後復有辛陳此地真足千古矣查龍川集及朱子大全集知是同父有書與晦庵約為紫溪之會朱以事不果來此時先生與晦庵似尚未識面且尚未深知先生之為人也茲遊當在本年臘將盡之數日間先生詞中「蹙踏松梢殘雪」「剩水殘山無態度被疏梅料理成風月」「悵清江天寒不渡水深冰合」等句寫節物已甚明顯同父和詞云「樽酒相逢成二老卻憶去年風雪」已是隔年語矣朱子答同父書亦云「過五七日便是六十歲人」亦可知作書時正當歲杪也

〔啟勳案〕此詞之攷證甚詳約有二千言當參觀飲冰室箸之稼軒先生年譜淳熙庚申條下案朱子生於南宋高宗建炎四年庚戌長於先生恰十歲至淳熙庚申乃五十一歲所以復同父書謂過五七日便是六十歲人而先生是年則四十九歲時五代適相合 同父和章見龍川集題爲〔懷辛幼安用前韻〕話殺渾閑說不成教齊民也解爲伊爲葛樽酒相逢成二老卻憶去年風雪新著了幾莖華髮百世尋人猶接踵歎只今兩地三人月寫舊恨向誰瑟 男兒何用傷離別況古來幾番際會風從雲合千里情親長晤對妙體本心次骨臥百尺高樓斗絕天下適安耕且老看買犁賣劍平家鐵壯士淚肺肝裂 案鵞湖在鉛山縣北十五里紫溪在鉛山縣南四十里東陽縣在金華府東一百三十里（戊申）

好事近

席上和王道夫賦元夕立春

綵勝鬥華燈平把東風吹卻喚取雪中明月伴使君

行樂。紅旗鐵馬響春冰。老去此情薄。唯有前村梅在。倩一枝隨著。

［啟勳案］淳熙二年乙未乃「章歲」，三年丙申至十年癸卯凡三閏，章歲後第三閏歲差甚微，下至十三年丙午置一閏，歲差三日十八小時弱，十四年丁未又積餘十一日六小時弱，共得十五日。「誰向椒盤簪綵勝」之蝶戀花題曰戊申元日立春，則十四年丁未立春宜在上元，此詞應上遷一年。

水調歌頭

席上用黃德和推官韻壽南澗

上界足官府。公是地行仙。青瑣劍履舊物。玉立近天顏。莫怪新來白髮。恐是當年柱下。道德五千言。南澗舊活計。猿鶴且相安。

歌秦缶。寶康瓠。世皆然。不知清廟鐘磬。零落有誰編。莫問行藏用舍。畢竟山林鐘

鼎底事有虧全。再拜荷公賜雙鶴。一千年。（公以雙鶴見壽）近天顏（四卷本乙集近作侍）莫問（乙集作堪笑）畢竟（乙集作試）

問注（乙集無）

〔啟動案〕南澗詩餘有水調歌頭一首題〔席上次韵王德和〕世事不須問我老但宜仙南谿一曲獨對蒼翠與孱顏月白風清長夏醉裏相逢林下欲辨已忘言無客問生死有竹報平安少年期功名事覓燕然如今憔悴蕭蕭華髮抱塵編萬里蓬萊歸路一醉瑤臺風露因酒得天全笑指雲階夢今夕是何年先生所和者正是此韵德和原唱雖未得見但因南澗之詞知是此人也但先生作黃德和而南澗曰王德和未知孰是 廣東方言黃王不分聞江西亦然宜有此誤

臨江仙

卽席和韓南澗韵

風雨催春寒食近。平原一片丹青。溪頭喚渡柳邊行。

花飛蝴蝶亂，桑嫩野蠶生。綠野先生閒袖手，卻尋詩酒功名。未知明日定陰晴。今宵成獨醉，卻笑衆人醒。

〔飲冰室考證〕先生每年皆有壽南澗詞。丁未南澗七十壽詞已見甲集。此水調歌頭或是戊申作也。

〔啟勳案〕青韵臨江仙南澗詩餘失載。（戊申）

鷓鴣天

徐衡仲撫幹惠琴不受

千丈陰崖百丈溪。孤桐枝上鳳偏宜。玉音落落雖難合，橫理庚庚定自奇。（山谷聽摘阮歌云：玄璧庚庚有橫理） 人散後，月明時。試彈幽憤淚空垂。不如卻付騷人手，留和南風解慍詩。

玉音 信州本音作香 从四卷本乙集

〔啟勳案〕信州府志徐安國字衡仲號西窗上饒人紹興壬子進士

用前韵和趙文鼎提舉賦雪

莫上扁舟訪剡溪。淺斟底唱正相宜。從教犬吠千家白。且與梅成一段奇。　香暖處。酒醒時。畫簷玉筯已偷垂。笑君解釋春風恨。倩拂蠻牋只費詩。

〔啟勳案〕此與前首同韵知是同時作　文鼎名善扛號解林居士宋宗室

滿江紅

送徐撫幹衡仲之官三山時馬叔會侍郎帥閩

絶代佳人。曾一笑。傾城傾國。休更歎。舊時青鏡。而今華髮明日伏波堂上客。老當益壯翁應說。恨苦遭鄧禹笑人來長寂寂。詩酒社。江山筆。松竹徑。雲煙屐。怕一觴一詠。風流絃絕。我夢橫江孤鶴去。覺來卻與君相別。記功名萬里要吾身。佳眠食。

題 信州本作送徐衡仲撫幹从四卷本乙集

（飲冰室攷證）據四卷本乙集題可證此詞作於先生帥閩前

（啟勳案）福州府志淳熙九年趙汝愚以集英殿修撰知福州越四載移四川制置紹熙初以敷文閣學士再知福州踰年擢知樞密院事後任郎爲先生計趙汝愚兩次帥閩中間只隔丁未戊申己酉三年此詞在乙集知必非丁未因以附於戊申蓋馬之帥閩即在此三年間也前兩首鷓鴣天有連屬關係亦在乙集因彙附之（戊申）

蝶戀花

用趙文鼎提舉送李正之提刑韻送鄭元英

莫向樓頭聽漏點。說與行人，默默情千萬。總是離愁無近遠。人間兒女空恩怨。　錦繡心胸冰雪面。舊日詩名，曾道空梁燕。傾蓋未償平日願。一杯早唱陽關勸。

題（花庵作別意）樓頭（花庵樓作城）

啟勳案　此詞見四卷本乙集，因附錄於與趙文鼎唱和之後

歸朝歡

寄題三山鄭元英巢經樓，樓之側有尚友齋，欲借書者就齋中取讀，不借出

萬里康成西走蜀。藥市船歸書滿屋。有時光彩射星

躔。何人汗蕑雠天祿。好之寧有足。請看良賈藏金玉。記斯文。千年未喪。四壁聞絲竹。　試問辛勤攜一束。何似牙籤三萬軸。古來不作借人癡。有朋只就雲窗讀。憶君清夢熟。覺來笑我便便腹。倚危樓。人問誰舞掃地八風曲。

題　四卷本丁集無三山二字元英下有文山二字

啟勳案　詞見四卷本丁集題曰寄知非在三山時作三山鄭氏巢經樓與鉛山趙晉臣之書樓完全是公開閱覽性質其管理法與現代之圖書館無異絕非私人藏書用以自娛者可比此二樓者或爲最早之公開圖書館未可知也趙晉臣書樓見題晉臣敷文積翠巖之歸朝歡案語

玉樓春

寄題文山鄭元英巢經樓

悠悠莫向文山去，要把襟裾牛馬。汝遥知書帶草邊行，正在雀羅門裏住。平生插架昌黎句，不似拾柴東野苦。侵天且擬鳳凰巢，掃地從他鸜鵒舞。

〔啟勳案〕此首不見於四卷本，信州十二卷本有之，因與前首同題，故彙附於此。集中與鄭元英詞只此三首。蝶戀花一首乃送別，歸朝歡與玉樓春皆日寄題巢經樓，想是元英臨別時向先生乞題者。他年先生歸闕，亦無與鄭元英往來痕跡，因將此三首彙附於戊申。

水調歌頭

元日投宿博山寺，見者驚歎其老

頭白齒牙缺，君勿笑衰翁。無窮天地今古，人在四之中。臭腐神奇俱盡，貴賤賢愚等耳，造物也兒童。老佛更堪笑，談妙說虛空。坐堆豗，行答颯，立龍鍾。有時三盞兩盞淡酒，醉濛鴻。四十九年前事，一百八盤狹路，拄杖倚牆東。老境竟何似，只與少年同。

竟何　宋四卷本乙集作何所

〔飲冰室攷證〕詞中有「四十九年前事」句，知是本年作。先生與同父別於鵞湖後，踽踽獨歸，在途中度歲除，而以元日投宿蕭寺，正足見其高情逸致。大清一統志：博山在廣豐縣西南三十餘里，臨溪流。又云：博山寺在廣豐縣崇義鄉，五代時建。鵞湖寺在鉛山縣北十五里，稍北行便入廣豐縣。

〔啟勳案〕博山寺在廣豐縣，距縣治西二十五里崇善鄉。本名能仁寺，五代時天台德韶國師開山，有綉佛、羅佛、羅漢留傳寺中。宋紹興間悟本禪師奉詔開堂，辛稼軒爲記。見信州府志。

〔案〕孝宗淳熙十六年己酉，先生五十歲。

鵲橋仙

己酉山行書所見

松岡避暑，茅簷避雨，閒去閒來幾度。醉扶怪石看飛泉，又卻是、前回醒處。　東家娶婦，西家歸女，燈火門前笑語。釀成千頃稻花香，夜夜費、一天風露。

怪石　宋四卷本乙集怪作孤

賀新郎

同父見和再用韻答之

老大那堪說。似而今、元龍臭味，孟公瓜葛。我病君來高歌飲，驚散樓頭飛雪。笑富貴、千鈞一髮。硬語盤空誰來聽，記當時、只有西窗月。重進酒，換鳴瑟。　事無兩樣人心別。問渠儂、神州畢竟，幾番離合。汗血鹽車無人顧，千里空收駿骨。正目斷、關河路絕。我最憐君中宵舞、道男兒、到死心如鐵。看試手、補天裂。

那堪 宋四卷本乙集那作猶 換鳴瑟 四卷本換作喚

〔飲冰室考證〕此和鵞湖韵也。同父和章有「去年風雪」語。先生再答自當亦在本年

〔啟勳案〕同父復有和韵二首。見龍川集〔寄辛幼安和見懷韵〕老去憑誰說。看幾番、神奇臭腐、夏裘冬葛。父老長安今餘幾、後死無讐可雪。猶未燥、當時生髮。二十五絃多少恨、算世間、那有平安月。胡婦弄、漢宮瑟。 樹猶如此堪重別。只使君、從來與我、話頭多合。行矣置之無足問。誰換妍皮癡骨。但莫使、伯牙絃絕。九轉丹砂牢拾取。管精金、只是尋常鐵。龍共虎、夜聲裂。 又〔酬辛幼安再用韵見寄〕離亂從頭說。愛吾民、金繒不愛、蔓藤纍葛。壯筆畫消人脆好、冠蓋陰山觀雪。虧殺我、一星星髮。涕出女吴成倒轉、問魯爲齊弱何年月。丘也幸、由之瑟。 斬新換出旗麾別。把當時、一椿大義、拆開收合。據地一呼吾往矣、萬里搖肢動骨。這話霸、只成癡絕。天地洪爐誰扇韛、算於中、安得長堅鐵。淝水破、關東裂。〔己酉〕

用前韵贈金華杜仲高

細把君詩說。恍餘音、鈞天浩蕩，洞庭膠葛。千丈陰崖塵不到，唯有層冰積雪。乍一見、寒生毛髮。自昔佳人多薄命，對古來、一片傷心月。金屋冷，夜調瑟。　去天尺五君家別。看乘空、魚龍慘淡，風雲開合。起望衣冠神州路，白日銷殘戰骨。歎夷甫、諸人清絕。夜半狂歌悲風起，聽錚錚、陣馬簷間鐵。南共北，正分裂。

題　四卷本乙集作用前韵送杜叔高

此亦和鵞湖韵也，故知爲本年作。

【飲冰室攷證】仲高名旟，金華蘭谿人，著有癖齋小集。兄弟五人皆字曰高，而冠以伯仲叔季。幼葉水心詩所謂「杜子五兄弟，詞林俱上頭」也。陳同父有復杜仲高書，極稱其滿江紅詞之「半落半開花有恨，一晴一雨春無力」、「別纜解時風度緊，離觴盡處花飛急」。又云伯高之賦如奔風逸足而鳴以和鸞叔高之詩如干戈森立有吞虎食牛之氣而左右發春妍以輝映於其間非獨一門之盛可謂一門之豪其爲人可想見先生與仲高酬唱詞頗不少此殆其最初之一首或出同父介以定交耶四卷本凡仲高皆作叔高未知孰是

啟勳案　歷代詩餘記此段評論詞句中微有不同謂葉正則贈杜幼高詩有杜子五兄弟才名不相下之語蓋伯高早登東萊之門云云下文則略相似　己酉

破陣子

爲陳同甫賦壯詞以寄之

醉裏挑燈看劍。夢回吹角連營。八百里分麾下炙。五十絃翻塞外聲。沙場秋點兵。　馬作的盧飛快。弓如霹靂弦驚。了卻君王天下事。贏得生前身後名。可憐白髮生。

題（四卷本丁集詞作語之字無）

飲冰室攷證：此詞作年無攷，姑以附同父唱和諸詞後。若說部所稱作於先生帥淮時，則無稽之談也。（己酉）

水調歌頭

送信守王桂發

酒罷且勿起，重挽使君鬚。一身都是和氣，別去意何如。我輩情鍾休問，父老田頭說尹，淚落獨憐渠。秋水見毛髮，千尺定無魚。

望青闕，左黃閣，右紫樞。東風桃李陌上，下馬拜除書。屈指吾生餘幾，多病妨人痛飲，此事正愁余。江湖有歸雁，能寄草堂無。

題（四卷本乙集作送太守王秉）　使君（乙集使作史）　妨人（乙集妨作

故

〔飲冰室攷證〕此詞作年無攷然自次年以後任信守者似爲王道夫則桂發之去任疑在鄭舜舉後王道夫前此詞或作於己酉也據乙集題知桂發名秉

沁園春

再到期思卜築

一水西來千丈晴虹十里翠屏喜草堂經歲重來杜老斜川好景不負淵明老鶴高飛一枝投宿長笑蝸牛戴屋行平章了待十分佳處著箇茅亭 青山意氣崢嶸似爲我歸來嫵媚生解頻教花鳥前歌後舞更催雲水暮送朝迎酒聖詩豪可能無勢我乃而今駕馭卿清溪上被山靈卻笑白髮歸耕

題信州本無再到二字从四卷本乙集一水歷代詩餘水作曲投宿歷代詩餘投作移

〖飲冰室攷證〗據詞中草堂經歲重來杜老句則當與訪泉期思一詞相距非久期思新居似成於帥閫以前則此詞之作當在己酉

〖啟勳案〗期思別館自是成於帥閫前參觀下年些韻之水龍吟案語

踏莎行

庚戌中秋後二夕帶湖篆岡小酌

夜月樓臺，秋香院宇，笑吟吟地人來去。是誰秋到便淒涼，當年宋玉悲如許。

隨分杯盤，等閑歌舞，問他有甚堪悲處。思量卻也有悲時，重陽節近多風雨。

〖案〗光宗紹熙元年庚戌先生五十一歲

念奴嬌

和信守王道夫席上韵

風狂雨横，是邀勒園林，幾多桃李。待上層樓無氣力，塵滿欄杆誰倚。就火添衣，移香傍枕，莫捲朱簾起。元宵過也，春寒猶自如此。　爲問幾日新晴，鳩鳴屋上，鵲報簷前喜。揩拭老來詩句眼，要看拍隄春水。月下憑肩，花邊繫馬，此興今休矣。溪南酒賤，光陰只在彈指。

一絡索

信守王道夫席上用趙達夫賦金林檎韵

錦帳如雲高處，不知重數。夜深銀燭淚成行，算都把、

心期付。莫待飛燕泥污問花花訴不知花定有情無似卻怕新詞妒

泥污 歷代詩餘污作戶

清平樂

壽信守王道夫

此身長健。還卻功名願枉讀平生三萬卷。滿酌金杯聽勸。男兒玉帶金魚。能消幾許詩書。料得今宵醉也。兩行紅袖爭扶。

〔啟勳案〕南宋文錄王道夫名自中淳熙中登進士卒於紹熙中廣信府志云王自中字道夫平陽人登進士紹興初出知信州云云因而大惑蓋紹興初先生尚未生年代不相應也無柰廣信府之名宦志及職官志皆云紹興初繼查錢士升之南宋書云王自中平陽人淳熙中登進士云云有淳

熙中」三字始知廣信府志之誤紹熙爲紹興蓋宋代乃府縣制知府即外官之最高級苟非有殊勳未有不登進士而能作知府者亦未有既作地方最高長官乃再應童子試而取進士者王道夫登進士於淳熙中則紹熙初出知信州距釋褐後八九年則相合矣時先生亦適家居於信州之上饒也即以此三首繫於紹熙元年庚戌

沁園春

期思舊呼奇獅或云碁師皆非也余考之荀卿書云孫叔敖期思之鄙人也期思屬弋陽郡此地舊屬弋陽縣雖古之弋陽期思見之圖記者不同然有弋陽則有期思也橋壞復成父老請余賦作沁園春以證之

有美人兮玉珮瓊琚吾夢見之問斜陽猶照漁樵故

里長橋誰記今古期思物化蒼苝神遊彷彿春與猿吟秋鶴飛還鷩笑向晴波忽見千丈虹霓　覺來西望崔嵬更上有清楓下有溪待空山自薦寒泉秋菊中流卻送桂棹蘭旗萬事長嗟百年雙鬢吾非斯人誰與歸憑闌久正清愁未了醉墨休題

吾夢（歷代詩餘吾作我）今古期思（歷代詩餘期作相誤）寒泉（歷代詩餘泉作冰）

【啓勳案】期思屬鉛山縣即瓢泉所在地此詞與鄉人父老相周旋當是卜築以後參觀下文本年用些語之水龍吟案語（庚戌）

【案】信州府志期思橋在鉛山縣東二十里

答余叔良

我試評君君定何如玉川似之記李花初發乘雲共

語梅花開後，對月相思。白髮重來，畫橋一望，秋水長天孤鶩飛。同吟處，看珮搖明月，衣捲青霓。　相君高節崔嵬。是此處、耕巖與釣溪。被西風吹盡，村簫社鼓，青山留得，松蓋雲旗。弔古愁濃，懷人日暮，一片心從天外歸。新詞好，似淒涼楚些，字字堪題。

共語（歷代詩餘共作笑）

答楊世長

我醉狂吟，君作新聲，倚歌和之。算芬芳定向，梅間得意，輕清多是，雪裏尋思。朱雀橋邊，何人會道，野草斜陽春燕飛。都休問，甚元無霽雨，卻有晴霓。　詩壇千丈崔嵬。更有筆如山墨作溪。看君才未數，曹劉敵手，

風騷合受屈宋降旗誰識相如平生自許慷慨須乘駟馬歸長安路問垂虹千柱何處曾題

（敏勤案）此三首沁園春皆不見於四卷本唯信州十二卷本有之後兩首用期思之韵當是同時作

鵲橋仙

和范先之送祐之弟歸浮梁

小窗風雨從今便憶中夜笑談清軟啼鴉衰柳自無聊更管得離人腸斷　詩書事業青氈猶在頭上貂蟬會見莫貪風月卧江湖道日近長安路遠

柳梢青

和范先之席上賦牡丹

姚魏名流。年年攬斷。雨恨風愁。解釋春光。剩須破費。酒令詩籌。　玉肌紅粉温柔。更染盡。天香未休。今夜簪花。他年第一。玉殿東頭。

題四卷本乙集先之作廓之　攬斷乙集攬作攬

鷓鴣天

送范先之秋試

白苧千袍入嫩涼。春蠶食葉響迴廊。禹門已準桃花浪。月殿先收桂子香。　鵬北海。鳳朝陽。又攜書劍路茫茫。明年此日青雲上。卻笑人間舉子忙。

題四卷本乙集作送廓之秋試　千袍乙集千作新歷代詩餘作新　青雲上乙集上作去　卻笑歷代詩餘作笑看

定風波

席上送范先之游建鄴

聽我尊前醉後歌。人生無奈別離何。但使情親千里近。須信。無情對面是山河。寄語石頭城下水。居士。而今渾不怕風波。借使未成鷗鷺伴。經慣。也應學得老漁簑。

題四卷本乙集先作廓鄴作康成鷗鷺伴乙集作如鷗鳥慣經慣乙集作相伴

〔啓勳案〕讀史方輿紀要孫吳都建業東晉改爲建鄴宋齊梁陳因之隋平陳郡廢於石頭城置蔣州

謁金門

和廓之五月雪樓小集韵

遮素月。雲外金蛇明滅。翻樹啼鴉聲未徹。雨聲驚落葉。寶炬成行嫌熱。玉腕藕絲誰雪。流水高山絃斷絕。怒蛙聲自咽。

題信州本無題此題从四卷本丁集

〔斂勳案〕雪樓乃先生帶湖宅中庭院此詞見四卷本丁集因是與范先之唱和之作故彙附於此先之於紹熙二年辛亥即與先生別故此諸詞當在庚戌

又

山吐月。畫燭從教風滅。一曲瑤琴纔聽徹。金蕉三兩葉。驟雨微涼還熱。似欠舞瓊歌雪。近日醉鄉音問絕。有時清淚咽。

〔啟勳案〕此詞與前首同韵當是同時作

醉翁操

頃余從范廓之求觀家譜見其冠冕蟬聯世載勳德廓之甚文而好修意其昌未艾也今天子即位覃慶中外勳臣子孫無見仕者官之先是朝廷屢詔甄錄元祐黨籍家合是二者廓之應仕矣將告諸朝行有日請余作詩以贈屬余避謗持此戒甚力不得如廓之請又念廓之與余游八年日從事詩酒間意相得歡甚於其別也何獨能恝然顧廓之長於楚詞而妙於琴輒擬醉翁操爲之詞以敘別

異時廓之縮組東歸僕嘗買羊沽酒廓之爲
鼓一再行以爲山中盛事云

長松之風。如公肯余從。山中人心與吾兮誰同。湛湛
千里之江。上有楓。噫送子于東。望君之門兮九重。女
無悅己。誰適爲容。不龜手藥或一朝兮取封。昔與
遊兮皆童。我獨窮兮今翁。一魚兮一龍。勞心兮忡忡。
噫命與時逢。子之所食兮萬鍾。

題 从四卷本丁集信州本廓之皆作先之 覃慶之上無今天子郎位五字而代以
一時字勳臣之上無中外 二字屢詔上無朝廷二字 之所取之丁集作過
片 歷代詩餘以女無悅己爲過片似誤

〈飲冰室攷證〉右詞四卷本在丁集丁集各時代詞皆有不能確指其作於何年文中今天子郎位

云云非光宗則寧宗然先生自紹熙三年壬子至五年甲寅出帥閩此三年絶無與范唱和之作且丙集全部不見范名（丙）集係帥閩後帥越前所作題中云廓之與余遊八年日從事詩酒是八年間從未分攜然則此詞非作於寧宗初元決矣疑者之蓋自先生罷職歸上饒後始終相隨八年云廓自乙巳冬至壬子春首尾八年也壬子春先生赴閩憲任廓之亦告朝將行自此二人卽不合并無唱和痕跡矣頗疑廓之卽手編甲集之范開果爾則並乙集亦或成於其手故此兩集別裁皆甚嚴丙集以下因范不在旁他人沿舊名續編不免攙入贗鼎矣

（啟勳案）題中今天子即位云云參以紹熙元年二月殿中侍御史劉光祖之奏章力言甄録人才及尊崇元祐諸君子等語與本題之語意似相脗合則所謂今天子者其必為光宗無疑苟如是則此詞幾可決為紹熙元年庚戌作也是年先生五十一歲

（案）先生每自謂不能詩本題云避謗持戒不得如廓之請又爻字覷天巧之水調歌頭詞題云提幹李君索詩余詩尋醫久矣云云蓋避之甚力也

（庚戌）

念奴嬌

瓢泉酒酣和東坡韵

倘來軒冕，問還是、古今人間何物。舊日重城愁萬里，風月而今堅壁。藥籠功名，酒壚身世，可惜蒙頭雪。浩歌一曲，坐中人物三傑。　休歎黃菊凋零，孤標應也，有梅花爭發。醉裏重揩西望眼，唯有孤鴻明滅。萬事從教，浮雲來去，枉了衝冠髮。故人何在，長庚應伴殘月。

題　四卷本乙集作用東坡赤壁韵　古今　乙集作今古歷代詩餘作古今　三傑　乙集三作之歷代詩餘作三　休歎　乙集休作堪歷代詩餘作休　長庚　乙集庚作歌歷代詩餘作庚

再用韻和洪莘之通判丹桂詞

道人元是，道家風來作煙霞中物。翠幰裁犀遮不定，紅透玲瓏油壁。借得春工，惹將秋露，薰做江梅雪。我評花譜，便應推此爲傑。　憔悴何處芳枝，十郎手種，看明年花發。坐斷虛空香色界，不怕西風起滅。別駕風流，多情更要，簪滿嫦娥髮。等閒折盡，玉斧重倩修月。

坐斷　四卷本乙集斷作對。

瑞鶴仙

壽上饒倅洪莘之時攝郡事且將赴漕舉

黃金堆到斗。怎得似、長年畫堂，勸酒蛾眉最明秀。向水沈煙裏。雨行紅袖。笙歌擁就。爭說道。明年時候。被姮娥做了。殷勤仙桂。一枝入手。　知否。風流別駕。近日人呼文章太守。天長地久。歲歲上酒迎翁壽。記從來人道。相門出相。金印纍纍。儘有。但直須。周公拜前。魯公拜後。

題　四卷本乙集作上洪倅壽　擁就　乙集作擱擁　歲歲　乙集脫一歲字

（飲冰室攷證）萃之名榫文敏邁長子故壽詞云歲歲上酒迎翁壽又云相門出相周公拜前魯公拜後時文敏尚健在也錢竹汀洪文敏年譜於紹熙三年係下云長子榫通判信州蓋據夷堅志有紹熙三年秋信州解試時大兒通判州事語唯志文言其在任耳並非言始任紹熙三年稼軒已赴闕憲任不復能在饒與洪唱和故萃之倅信當在一兩年以前也又錢譜不得榫之字可據本集補之（庚戌）

水龍吟

瓢泉

稼軒何必長貧，放泉簷外瓊珠瀉。樂天知命，古來誰會，行藏用舍。人不堪憂，一瓢自樂，賢哉回也。料當年曾問，飯蔬飲水，何爲是，棲棲者。　且對浮雲山上，莫匆匆、去流山下。蒼顔照影，故應零落，輕裘肥馬。遶齒冰霜，滿懷芳乳，先生飲罷。笑挂瓢風樹，一鳴渠碎，問何如啞。

用瓢泉韵戲陳仁和，兼簡諸葛元亮，且督和詞

被公驚倒瓢泉，倒流三峽詞源瀉。長安紙貴，流傳一

字、千金爭舍。割肉懷歸、先生自笑、又何廉也。但啣杯、莫問人間、豈有如孺子、長貧者。誰識稼軒心事、似風乎、舞雩之下。回頭落日、蒼茫萬里、塵埃野馬。更想隆中、卧龍千尺、高吟纔罷。倩何人與、問雷鳴瓦釜、甚黄鍾啞。

注 四卷本丁集廉也之下有渠坐事失官五字小注

〔飲冰室攷證〕仁和似是當時上饒縣知縣水龍吟詞中有注云「渠坐事失官」更有永遇樂一首題云送陳仁和自便東歸度先生帥閩前已去職矣

〔啟勳案〕瓢泉一首見乙集戲陳仁和一首見丁集用韵自是同時作 廣信府志瓢泉在鉛山東二十五里泉形如瓢辛棄疾居此云〔庚戌〕

永遇樂

送陳仁和自便東歸陳至上饒之一年得子

甚喜

紫陌長安，看花年少，無限歌舞。白髮憐君，尋芳較晚，捲地驚風雨。問君知否，鴟夷載酒，不似井瓶身誤。細思量、悲歡夢裏，覺來總無尋處。　芒鞋竹杖，天教還了，千古玉溪佳句。落魄東歸，風流贏得，掌上明珠去。起看青鏡，南冠好在，拂了舊時塵土。向君道、雲霄萬里，這回穩步。

校勘案：題，四卷本乙集作「送陳光宗知縣」。陳仁和名光宗，見《歷代詩餘》。

念奴嬌

雙陸和陳仁和韵

少年橫槊。氣憑陵。酒聖詩豪餘事。袖手旁觀初未識。兩兩三三而已。變化須臾。鷗翻石鏡。鵲抵星橋外。搗殘秋練。玉砧猶想纖指。　堪笑千古爭心。等閒一勝。拚了光陰費。老子忘機渾謾與。鴻鵠飛來天際。武媚宮中。韋娘局上。休把興亡記。布衣百萬。看君一笑沉醉。

題　四卷本乙集作雙陸和坐客韵　橫槊　乙集橫作握　鷗翻　乙集翻作飛

又

洞庭春晚。舊傳恐是。人間尤物。收拾瑤池傾國豔。來向朱欄一壁。透戶龍香。隔簾鶯語。料得肌如雪。月妖眞態是誰教避人傑。酒罷歸對寒窗相留昨夜應是梅花發賦了高唐猶想像不管孤燈明滅半面難期多情易感愁點星星髮繞梁聲在爲伊忘味三月

(啟勳案)此亦東坡赤壁韵不見四卷本唯信州十二卷本有之第二句脫一字此一首似與「瓢泉酒酣」同時作(庚戌)

水龍吟

用些語再題瓢泉歌以飲客聲語甚諧客皆爲之釂

聽兮清珮瓊瑤些明兮鏡秋毫些君無去此流昏漲膩生蓬蒿些虎豹甘人渴而飲汝寧猿猱些大而流江海覆舟如芥君無助狂濤些 路險兮山高些愧

余獨處無聊些。冬槽春盎、歸來爲我、製松醪些。其外芬芳、團龍片鳳、煮雲膏些。古人兮既往、嗟余之樂、樂簞瓢些。

去此歷代詩餘作此去 愧余歷代詩餘作余塊

〔飲冰室攷證〕大清一統志瓢泉在鉛山縣東二十五里前所錄詞題有「訪泉於期思得周氏泉一首」蓋即此此後此先生遷居鉛山遂終老於其地「再到期思卜築」即此營此新居也事在何年無從確攷唯集中有浣溪沙一首題云「壬子春赴閩憲別瓢泉」則帥閩前已常盤桓於瓢泉之側可知故將乙集中涉及期思瓢泉諸作彙列於此推定爲辛亥前作品·

〔啟勳案〕先生以淳熙十四年丁未遷入帶湖新宅丁戊己庚辛五年長在上饒之帶湖紹熙三年壬子赴閩憲任壬癸甲三年在三山慶元元年乙卯罷職仍返帶湖二年丙辰帶湖之宅燬於火乃遷鉛山之瓢泉丙丁戊己庚辛壬七年長在瓢泉嘉泰三年癸亥乃起任浙東安撫帶湖之宅有

景盧之「稼軒記」可見其規模之宏敞瓢泉之宅雖無圖記可攷唯讀邱宗卿之漢宫春詞亦可以約略得之「聞說瓢泉占煙霏空翠中著精廬旁連吹臺燕榭人境清殊……」此宗卿贈先生之作也由此觀之則瓢泉之宅亦殊不局蹐此等精廬非倉卒可辦帶湖宅燬隨即遷入瓢泉雖則遷入後可以隨時增修但總以爲帶湖未火之先瓢泉之别館已築矣庚戌一年常在瓢泉讌客諒非借他人之亭館也帶湖乃其本宅且爲先生所甚愛（見盟鷗詞）乃壬子赴閩專以一詞别瓢泉非自己得意之别墅能如此留戀耶以爲將「訪泉期思」附丁未「期思卜築」附己酉瓢泉遊讌諸作附庚戌當無大過（庚戌）

水調歌頭

送施樞密聖與帥江西信之讖云水打烏龜石方人也大奇實施字

相公倦台鼎要伴赤松遊高牙千里東下笳鼓萬貔

繇試問東山風月，更著中年絲竹，留得謝公不。孺子宅邊水雲影自悠悠。　占古語方人也正黑頭穹龜突兀千丈石，打玉溪流金印沙隄時節，畫棟珠簾雲雨，一醉早歸休。賤子祝再拜，西北有神州。

題 四卷本丙集祝四卷本江西作隆興祝作親

〔飲冰室攷證〕聖與名師點，信州人。淳熙十四年除知樞密院事，紹熙三年除知隆興府、江西安撫使。〔辛亥〕

〔啟勳案〕廣信府志：烏龜山在上饒西南五里，一名五桂山。諺云：水打烏龜石，信州出狀元。

定風波

施樞密聖與席上賦

春到蓬壺特地晴。神仙隊裏相公行。翠玉相挨呼小字須記。笑簪花底是飛瓊。總是傾城來一處。誰妬。誰攜歌舞到園亭。柳妬腰肢花妬豔。聽看。流鶯直是妬歌聲。

〔啟勳案〕聖與以紹熙二年出樞密院出撫江西先生以紹熙三年離江西赴閩帥任二人合并當在本年

〔案〕光宗紹熙二年辛亥先生五十二歲

浣溪沙

常山道中卽事

北隴田高踏水頻。西溪禾早已嘗新。隔牆沽酒煮纖鱗。忽有微涼何處雨。更無留影霎時雲。賣瓜人過竹邊村。

〔啟勳案〕宋史紹熙二年二月甲申以辛棄疾爲福建安撫使召見　常山乃浙江衢州府屬與江

西接鄰是年先生居上饒若召見赴行在必道出常山舍此而外先生似無緣在常山道中也姑以繫於二年辛亥

〔案〕伯兄於所著先生年譜紹熙二年辛亥條下之攷證謂起任閩憲在二年冬赴任則在三年蓋本傳只言二年起用而無月日唯宋史及續通鑑則詳書二年二月甲申朔初五日伯兄殆但據本傳推測而未查史鑑也唯二年春以詔起用三年春乃赴任亦大奇然而瓢泉一闋浣溪沙先生固明明自書壬子春赴閩憲也常山道中詞若果為赴行在之道中作則當在夏秋之間蓋篇中所書皆夏秋間景物也如此則二年春以詔起用夏秋間赴臨安陛見明春乃赴閩任故此詞當是辛亥作讀史方輿紀要 常山縣在衢州府西八十里後漢建安四年孫氏分新安置定陽縣三國吳寶鼎初屬東陽郡晉以後因之隋廢入信安唐咸亨五年復析置常山縣屬婺州垂拱二年改屬衢州乾元初屬信州後復故宋初因之咸淳末改爲新安縣元復曰常山

賀新郎

賦琵琶

鳳尾龍香撥。自開元霓裳曲罷。幾番風月。最苦潯陽江頭客。畫舸亭亭待發。記出塞黃雲堆雪。馬上離愁三萬里。望昭陽宮殿孤鴻沒。絃解語。恨難說。遼陽驛使音塵絕。瑣窗寒。輕攏慢撚。淚珠盈睫。推手含情還卻手。一抹梁州哀徹。千古事雲飛煙滅。賀老定場無消息。想沉香亭北繁華歇。彈到此。爲嗚咽。

題四卷本乙集賦作聽歷代詩餘作賦

飲冰室攷證　下列諸詞皆見於四卷本之乙集者乙集爲何人何年所編雖無攷然閩中詞不見一首可推定其編成在先生帥閩以前其中雖有少數爲丁未前作補甲集所遺者其大部分蓋皆作於戊申至辛亥四年中先生始終家居上饒生涯最平穩之數年也

（啟動案）以下八十首所以不能確指其年者因時間甚短只有四年空間甚窄只在上饒且屬閒居更無特別之事迹可攷而優悠林下作品又獨多故也然而總不外四十九至五十二之四年間而已

念奴嬌

戲贈善作墨梅者

江南盡處，墮玉京仙子，絕塵英秀。彩筆風流偏解寫，姑射冰姿清瘦。笑殺春工，細窺天巧，妙絕應難有。丹青圖畫，一時都愧凡陋。　還似籬落孤山，嫩寒清曉，祇欠香沾袖。淡竚輕盈誰付與，弄粉調朱纖手。疑是花神，揭來人世，沾得佳名久。松篁佳韻，倩君添作三友。

沾袖歷代詩餘沾作黏

韻梅

疏疏淡淡。問阿誰堪比。太眞顏色。笑殺東君虛占斷。多少朱朱白白。雪裏温柔。水邊明秀。不借春工力。骨清香嫩。迥然天與奇絶。

嘗記寶籞寒輕。瑣窗人睡起。玉纖輕摘。漂泊天涯空瘦損。猶有當年標格。萬里風煙。一溪霜月。未怕欺他得。不如歸去。閬風有箇人惜。

太眞四卷本乙集太作天　嘗記歷代詩餘嘗作常　人睡歷代詩餘無人字　玉纖歷代詩餘作玉纖纖

滿江紅

家住江南，又過了、清明寒食。花徑裏、一番風雨，一番狼藉。紅粉暗隨流水去，園林漸覺清陰密。算年年、落盡刺桐花，寒無力。　庭院靜，空相憶。無處說，閑愁極。怕流鶯乳燕，得知消息。尺素如今何處也，彩雲依舊無蹤跡。謾教人、羞去上層樓，平蕪碧。

紅粉暗隨流水去（四卷本乙集作流水暗隨紅粉去）　彩雲（信州本彩作綠，从乙集、歷代詩餘作綠）

又

敲碎離愁，紗窗外、風搖翠竹。人去後、吹簫聲斷，倚樓人獨。滿眼不堪三月暮，舉頭已覺千山綠。但試把、一紙寄來書，從頭讀。　相思字，空盈幅。相思意，何時足。

滴羅襟點點，淚珠盈掬。芳草不迷行客路，垂楊只礙離人目。最苦是、立盡月黃昏，欄干曲。

試把 四卷本乙集把作將

沁園春

弄溪賦

有酒忘杯，有筆忘詩，弄溪柰何。看縱橫斗轉，龍蛇起陸；崩騰決去，雪練傾河。嫋嫋東風，悠悠倒影，搖動雲山水又波。還知否，欠菖蒲攢港，綠竹緣坡。　長松誰剪嵯峨。笑野老來耘山上禾。算只因魚鳥，天然自樂；非關風月，閒處偏多。芳草春深，佳人日暮，濯髮滄浪獨浩歌。裴回久，問人間誰似，老子婆娑。

四卷本乙耘集作芸

飲冰室攷證 弄溪似是期思附近勝景

敵勳案 弄溪在池州，亦名清溪，又名弄水。杜牧清溪詩云「弄溪終日到黃昏」。郭祥正和倪敦復留題池州弄水亭「我寄江南隱，數爲弄水遊。讀君弄水篇，感慨攀巢由」。池州在信州北，與期思相距甚遠。可見先生閒居上饒之數年間，常作汗漫遊也。讀此詞，知弄溪之氣象甚大，非涓涓小水。

水龍吟

寄題京口范南伯知縣家文官花。花先白，次緋，次紫。唐會要載學士院有之

倚闌看碧成朱，等閒褪了香袍粉。上林高選，匆匆又換，紫雲衣潤。幾許春風，朝薰暮染，爲花忙損。笑舊家桃李，東塗西抹，有多少、淒涼恨。 擬倩流鶯說與，記

榮華易消難整人間得意千紅萬紫轉頭春盡白髮憐君儒冠曾悞平生官冷算風流未減年年醉裏把花枝問

萬紫（四卷本乙集萬作百歷代詩餘作萬）香袍（歷代詩餘袍作苞）

題雨巖巖類今所畫觀音普陀巖中有泉飛出如風雨聲

普陀大士虛空翠巖誰記飛來處蜂房萬點似穿如碍玲瓏窗戶石髓千年已垂未落嶙峋冰柱有怒濤聲遠落花香在人疑是桃源路　又說春雷鼻息是卧龍彎環如許不然應是洞庭張樂湘靈來去我意長松倒生陰壑細吟風雨竟茫茫未曉只應白髮是

開山祖。

〔啟勳案〕雨巖見前念奴嬌案語

盤園任帥子嚴挂冠得請取執政書中語以高風名其堂來索詞爲賦水龍吟薌林侍郎向公告老所居高宗皇帝御書所賜名也與盤園相並云

斷崖千丈孤松挂冠更在松高處。平生袖手故應休矣。功名良苦。笑指兒曹人間醉夢莫嗔驚汝。問黃金餘幾旁人欲說田園計。君推去。　歎息薌林舊隱對先生。竹窗松戶。一花一草。一觴一詠風流杖屨野馬塵埃。扶搖下視蒼然如許。恨當年九老圖中忘卻畫盤園路。

題信州本作盤園任子嚴安撫挂冠得請客以高風名其堂書來索詞爲賦从四卷本乙集

〔啟勳案〕向子諲字伯恭臨江人建炎初直龍圖閣累遷至戶部侍郎以忤秦檜罷歸卜築清江顏其堂曰薌林自號薌林居士有酒邊詞四卷清江縣在江西臨江府盤園既與薌林並亦在清江可知

只愁風雨重陽。思君不見令人老。行期定否。征車幾輛。去程多少。有客書來。長安卻早。傳聞追詔。問歸來何日。君家舊事。直須待爲霖了。　從此蘭生蕙長。吾誰與玩茲芳草。自憐拙者。功名相避。去如飛鳥。只

別傳先之提舉時先之有召命

去聲

有叚朋東阡西陌安排似巧到如今巧處依前又拙把平生笑

玩茲 歷代詩餘玩作翫 依前 歷代詩餘前作然

一枝花

醉中戲作

千丈擎天手萬卷懸河口黃金腰下印大如斗更千騎弓刀揮霍遮前後百計千方久似鬬草兒童贏得箇他家偏有

算枉了雙眉長恁皺白髮空回首那時間說向山中友看丘隴牛羊更辨賢愚否且自栽花柳怕有人來但只道今朝中酒

恁皺 歷代詩餘恁字無 中酒 歷代詩餘中作病

御街行

無題

闌干四面山無數。供望眼。朝與暮。好風催雨過山來。吹盡一簾煩暑。紗厨如霧。簟紋如水。別有生凉處。冰肌不受鉛華污。更旎旎。眞香聚。臨風一曲最妖嬈。唱得行雲且住。藕花都放。木犀開後。待與乘鸞去。

行雲 四卷本乙集雲作人

山中問盛復之提幹行期

山城甲子冥冥雨。門外青泥路。杜鵑只是等閑啼。莫被他催歸去。垂楊不語。行人去後。也會風前絮。情知夢裏尋鵷鷺。玉殿追班處。怕君不飮太愁生。不是苦留君住。白頭笑我，年年送客，自喚春江渡。

感皇恩

七十古來稀，人人都道。不是陰功怎生到。松姿雖瘦，偏耐雪寒霜曉。看君雙鬢底，青青好。 樓雪初晴，庭闈嬉笑。一醉何妨玉壺倒。從今康健，不用靈丹仙草。更看一百歲，人難老。

定風波

大醉歸自葛園家人有痛飲之戒故書於壁

昨夜山翁倒載歸。兒童應笑醉如泥。試與扶頭渾未醒，休問，夢魂猶在葛家溪。 欲覓醉鄉今古路，知處，溫柔東畔白雲西。起向綠窗高處看，題遍，劉伶元自有賢妻。

今古（四卷本乙集作來往）

〔啟勳案〕題曰葛園，詞中則曰葛家溪。輿地紀勝：葛溪，溪在弋陽，上有葛玄家，故曰葛溪。廣信府志：葛溪在弋陽西二里，其源出自上饒之靈山。弋陽雖與上饒爲鄰，但創載此醉翁奔馳百數十里，有是理否？豈上饒別有一葛溪耶？

用藥名招婺源馬荀仲游雨巖馬善醫

山路風來草木香。雨餘涼意到胡牀。泉石膏肓吾已甚。多病隄防風月費篇章。孤負尋常山簡醉。獨自。故應知子草玄忙。湖海早知身汗漫。誰伴。只甘松竹共凄涼。

〔啟勳案〕讀史方輿紀要：婺源縣在浮梁西北百五十五里，本休寧縣境，唐開元二十八年析置婺

源縣屬徽州宋因之

藥名

仄月高寒水石鄉。倚空青碧對禪房。白髮自憐心似鐵。風月使君子細與平章。　平昔生涯筇竹杖。來往郤慚沙鳥笑人忙。便好膹留黃絹句。誰賦銀鉤小草晚天涼。

使君信州本使作史从四卷本乙集平昔。四卷本乙集作已判

賦杜鵑花

百紫千紅過了春。杜鵑聲苦不堪聞。郤解啼教春小住。風雨空山招得海棠魂。　恰似蜀宮當日女無數。猩猩血染赭羅巾。畢竟花開誰作主。記取大都花屬

惜花人。

恰似（四卷本乙集「恰」作「一」）

再用韵和趙晉臣敷文

野草閒花不當春。杜鵑卻是舊知聞。謾道不如歸去、住。梅雨石榴花又是、離魂。前殿羣臣深殿女、口赭袍一點萬紅巾。莫問興亡今幾主、聽取。花前毛羽已羞人。

〔啟勳案〕此詞不見四卷本，唯信州十二卷本有之，因與前首同韵，知是同時作。晉臣名不迂，茂嘉之弟，直敷文閣。

臨江仙

爲岳母壽

住世都知菩薩行。仙家風骨精神。壽如山岳福如雲。金花湯沐誥。竹馬綺羅羣。　更願昇平添喜事。大家禱祝殷勤。明年此地慶佳辰。一杯千歲酒。重拜太夫人。

南鄉子

無題

隔戶語春鶯。纔掛簾兒斂袂行。漸見淩波羅襪步。盈盈。隨笑隨顰百媚生。　著意聽新聲。盡是司空自教成。今夜酒腸難道窄。多情。莫放紗籠蠟炬明。

贈妓

好箇主人家。不問因由便去嗏。病得那人妝晃子。巴巴。繫上裙兒穩也哪。　別淚沒些些。海誓山盟總是賒。今日新歡須記取。孩兒更過十年也似他。

〔啟勳案〕此詞信州十二卷本失載見四卷本乙集及補遺

鷓鴣天

代人賦

陌上柔桑破嫩芽。東鄰蠶種已生些。平岡細草鳴黃犢。斜日寒林點暮鴉。　山遠近。路橫斜。青旗沽酒有人家。城中桃李愁風雨。春在溪頭薺菜花。

題 信州本無題从四卷本乙集花庵同乙集 柔桑 乙集桑作條花庵作桑

破嫩 乙集作初破 薺菜 乙集作野薺

鵞湖歸病起作

著意尋春懶便回。何如信步雨三杯。山纔好處行還倦。詩未成時雨早去聲催。攜竹杖。更芒鞋。朱朱粉粉野蒿開。誰家寒食歸寧女。笑語柔桑陌上來。

題信州本無从四卷本乙集花庵與草堂題作春行即事

重九席上再賦

有甚閒愁可皺眉。老懷無緒自傷悲。百年旋逐花陰轉。萬事長看鬢髮知。溪上枕。竹間棋。怕尋酒伴懶吟詩。十分筋力誇彊健。只比年時病起時。

題信州本無从四卷本乙集

席上再用韻

水底明霞十頃光。天教鋪錦襯鴛鴦。最憐楊柳如張緒。卻笑蓮花似六郎。　方竹簟小胡牀。晚來消得許多涼。背人白鳥都飛去。落日殘鴉更斷腸。

〔啟勳案〕此首題作再用韵原唱失載因見四卷本乙集故附於此

石門道中

山上飛泉萬斛珠。懸崖千丈落鼪鼯。已通樵逕行還礙。似有人聲聽卻無。　閒略彴。遠浮屠。溪南修竹有茅廬。莫嫌杖屨頻來往。此地偏宜著老夫。

〔啟勳案〕讀史方輿紀要石門在廬山西南雙闕壁立千仞瀑布出其中山疏云石門者乃天池鐵船二峰對峙如門也慧遠詩序略云石門一名障山雙闕對峙其前重巖映帶其後七嶺之美蘊奇於此

敗棋罰賦梅雨

漠漠輕陰撥不開。江南細雨熟黃梅。有情無意東邊日。已怒重驚忽地雷。雲柱礎。水樓臺。羅衣費盡博山灰。當時一識和羹味。便道爲霖消息來。

元溪不見梅

千丈冰溪百步雷。柴門都向水邊開。亂雲賸帶炊煙去。野水閒將日影來。穿窈窕。過崔嵬。東林試問幾時栽。動搖意態雖多竹。點綴風流卻欠梅。

春日即事題毛村酒壚

春入平原薺菜花。新耕雨後落羣鴉。多情白髮春無奈。晚日青帘酒易賒。 閒意態。細生涯。牛欄西畔有桑麻。青裙縞袂誰家女。去趁蠶生看外家。

題（四卷本乙集作遊鵞湖醉書酒家壁）春入（信州本入作日歷代詩餘作日花庵亦同從四卷本乙集）薺菜（歷代詩餘薺作蒿）

〔啟勳案〕合觀四卷本及十二卷本兩題之異同得知鵞湖附近有一毛家村又可見先生通顯之後仍時作浪漫生活

送歐陽國瑞入吳中

莫避春陰上馬遲、春來未有不陰時。人情輾轉（四卷本乙集輾作展）閒中看、客路崎嶇倦後知。梅似雪、柳如絲。試聽別語慰相思。短蓬炊飯鱸魚熟、除卻松江枉費詩。

送元濟之歸豫章

敧枕婆娑兩鬢霜。起聽簷溜碎喧江。那邊玉筯銷啼粉。這裏車輪轉別腸。 詩酒社。水雲鄉。可堪醉墨幾淋浪。畫圖恰似歸家夢。千里河山寸許長。

題 四卷本乙集作送元省幹

玉樓春

席上贈別上饒黃倅

往年籠從堂前路。路上人誇通判雨。去年拄杖過瓢泉。縣吏垂頭民笑語。 學窺聖處文章古。清到窮時風味苦。尊前老淚不成行。明日送君天上去。籠從雨巖堂名 通判雨當時民謠吏垂頭亦渠攝郡時事

笑語 信州本笑作歎从四卷本乙集

客有遊山者忘攜具而以詞來索酒用韻以

畣余時以病不往

山行日日妨風雨，風雨晴時君不去。牆頭塵滿短轅車。門外人行芳草路。城南東野應聯句。好記瑯玕題字處。也應竹裏著行厨。已向甕邊防吏部。

題 余時以病四卷本乙集作時余有事 甕邊 乙集邊作頭

再和

人間反覆成雲雨。鳧雁江湖來又去。十千一斗飲中仙。一百八盤天上路。舊時楓落吳江句。今日錦囊無著處。看封關外水雲侯。剩按山中詩酒部。

楓落 四卷本乙集落作葉

敬勳案 此首用前韵當是同時作

鵲橋仙

慶岳母八十

八旬慶賀、人間盛事、齊勸一杯春釀。臙脂小字點眉間、猶記得舊時宮樣。　綵衣更著、功名富貴、直過太公以上。大家著意記新詞、遇著箇十年便唱。

贈八

風流標格、惺忪言語、口箇十分奇絕。三分蘭菊十分梅、鬥令就一枝風月。　笙簧未語、星河易轉、涼夜厭厭留客。只愁酒盡各西東、更把酒推辭一霎。

〔校勘案〕此詞信州十二卷本失載、唯宋四卷本有之、因在乙集、知是紹熙辛亥五十二歲以前作。

送粉卿行

轎兒挑了。擔兒裝了。杜宇一聲催起。從今一步一回頭。怎睚得。一千餘里。舊時行處舊時歌。處處空有燕泥香墜。莫嫌白髮不思量。也須有。思量去裏。

〔校勘記〕此詞信州本亦失載，四卷本乙集及辛敬甫從永樂大典輯得之補遺皆有之

壽徐伯熙察院

豸冠風采。繡衣聲價。曾把經綸少試。看看有詔日邊來。便入侍明光殿裏。東君未老。花明柳媚。且引玉船沈醉。好將三萬六千場。自今日從頭數起。

題四卷本乙集作賀余察院生日 玉船乙集船作塵

漁家傲

爲余伯熙察院壽信之讖云水打烏龜石三

台出此時伯熙舊居城西直龜山之北溪水齧山足矣意伯熙當之耶伯熙學道有新功一日語余云溪上嘗得異石有文隱然如記一姓名且有長生等字余未之見也因其生朝摭二事爲詞以壽之

道德文章傳幾世。到今合上三台位。自是君家門戶事。當此際。龜山正抱西江水。　三萬六千排日醉。鬢毛只恁青青地。江裏石頭爭獻瑞。分明是中間有箇長生字。

題四卷本乙集余作金

〔欽冰室攷證〕玩題知余爲信州人也鵲橋仙之徐伯熙當即此人乙集本余又作金未知孰是

〔啟勳案〕廣信府志烏龜山在上饒西南五里一名五桂山諺云水打烏龜石信州出狀元宋徐元杰嘗應其讖云可知徐元杰必徐伯熙無疑作余作金者皆非

西江月

夜行黃沙道中

明月別枝驚鵲，清風半夜鳴蟬。稻花香裏說豐年。聽取蛙聲一片。　七八箇星天外，兩三點雨山前。舊時茆店社林邊。路轉溪橋忽見。

〔啟勳案〕輿地紀勝黃沙嶺在迴龍嶺南兩峯相對下有峯頂院蓋郎上饒之靈山山脈在城之西北

和楊民瞻賦丹桂韵

宮粉厭塗嬌額，濃粧而壓秋花。西真人醉憶仙家。飛珮丹霞羽化。十里芬芳未足。一亭風露先加。杏腮桃臉費鉛華。終慣秋蟾影下。

題四卷本乙集作和民瞻丹桂再壓乙集再作要歷代詩餘作偏

啟勳案 此詞四卷本乙丁兩集重出

朝中措

爲人壽

年年金蘂豔西風。人與菊花同。霜鬢經春重綠。仙姿不飲長紅。 焚香度日儘從容。笑語調兒童。一歲一杯爲壽。從今更數千鍾。

題信州本無从此二句歷代詩餘作四卷本乙集儘從容笑語儘調兒童

菩薩蠻

雙韵賦摘阮

阮琴斜挂香羅綬。玉纖初試琵琶手。桐葉雨聲乾。珍珠落玉盤。朱絃調未慣。笑倩東風伴。莫作別離聲。且聽雙鳳鳴。

題信州本無雙韵二字从四卷本乙集 東風四卷本乙集東作春

又

淡黃弓樣鞋兒小。腰肢只怕風吹倒。驀地管絃催。一團紅雪飛。 曲終嬌欲訴。定憶梨園譜。指日按新聲。主人朝玉京。

（啟勳案）此詞信州十二卷本失載見宋四卷本乙集

浣溪沙

漫興作

未到山前騎馬回。風吹雨打已無梅。共誰消遣兩三杯。一似舊時春意思，百無是處老形骸。也曾頭上戴花來。

題信州本無从乙集戴四卷本乙集戴花乙集作帶

種梅菊

不世孤芳肯自媒。直須詩句與推排。不然喚近酒邊來。自有陶潛方有菊，若無和靖卽無梅。秪今何處向人開。

秪今四卷本乙集秪作只 不世信州本不作百，从歷代詩餘 詩句歷代詩餘作興 喚近歷代詩餘喚近作起

別澄上人并送性禪師

梅子生時到幾回。桃花開後不須猜。重來松竹意徘徊。慣聽禽聲應可譜。飽觀魚陣已能排。晚風挾雨喚歸來。

題（四卷本乙集澄作成）生時（乙集生作熟）應可（乙集應作渾）晚風（乙集風作雲）

〔啟勳案〕此詞韓仲止有和韵題（和辛卿壁間韵）只恐山靈俗駕回。海鷗飛下莫驚猜。機心消盡重徘徊。宿雨乍晴千澗落。曉雲微露兩山排。新苗時翼好風來。讀澗泉詞題頗奇。豈先生贈別之作不爲與兩法師而題於壁間耶

〔案〕先生遊跡所至雖常寄宿寺院但絶少與方外人往還此一闋爲集中僅見

虞美人

賦荼蘼

羣花泣盡朝來露。爭怨春歸去。不知庭下有荼蘼。偷得十分春色怕春知。　淡中有味清中貴。飛絮殘紅避。露華微浸玉肌香。恰似楊妃初試出蘭湯。

爭怨四卷本乙集怨作柰　殘紅乙集紅作英　微浸乙集浸作滲

壽趙文鼎提舉

翠屏羅幕遮前後。舞袖翻長壽。紫髯冠佩御爐香。看取明年歸奉萬年觴。　今宵池上蟠桃席。咫尺長安日。寶煙飛焰萬花濃。試看中間白鶴駕仙風。

送趙達夫

一杯莫落他人後。富貴功名壽。胸中書傳有餘香。寫得蘭亭小字記流觴。問誰分我漁樵席。江海消閒日。看看天上拜恩濃。卻怕畫樓無處著春風。

題（信州本作用前韻 从四卷本乙集）他人（乙集他作吾）

又

夜深困倚屏風後。試請毛延壽。寶釵小立白翻香。旋唱新詞猶誤笑時觴。四更山月寒侵席。歌舞催時日。問他何處最情濃。卻道小梅搖落不禁風。

〔啟勳案〕此一首信州十二卷本失載，見宋四卷本乙集。三首同韵，當是同時作。

賦虞美人草

當年得意如芳草。日日春風好。拔山力盡忽悲歌。飲罷虞兮從此奈君何。人間不識精誠苦。貪看青青舞蹁然斂袂卻亭亭。怕是曲中猶帶楚歌聲。

浪淘沙

賦虞美人草

不肯過江東。玉帳匆匆。只今草木憶英雄。唱著虞兮當日曲，便舞春風。　兒女此情同。往事朦朧。湘娥竹上淚痕濃。舜蓋重瞳堪痛恨，羽又重瞳。

南歌子

山中夜坐

世事從頭減，秋懷徹底清。夜深猶送枕邊聲。試問清溪底事未能平。　月到愁邊白，雞先遠處鳴。是中無有利和名。因甚山前未曉有人行。

未能　四卷本乙集未作不

獨坐蔗庵

玄入參同契，禪依不二門。細看斜日隙中塵，始覺人間何處不紛紛。　病笑春先到，閒知嬾是眞。百般啼鳥苦撩人，除卻提壺此外不堪聞。

玄入　歷代詩餘玄作妙

啟勳案　蔗庵攷證見「湖海平生」之滿江紅

杏花天

嘲牡丹

牡丹比得誰顏色，似宮中、太眞第一。漁陽鼙鼓邊風急，人在沈香亭北。　買栽池館多何益，莫虛把千金拋擲。若教解語應傾國。一箇西施也得。

買栽 信州本栽作裁从四卷本乙集 應傾 乙集作傾八

惜分飛

春思

翡翠樓前芳草路。寶馬墜鞭曾駐。最是周郎顧。尊前幾度歌聲誤。望斷碧雲空日暮。流水桃源何處。聞道春歸去。更無人管飄紅雨。

曾駐 信州本曾作暫从四卷本乙集 尊前 信州本脫此二字从四卷本乙集

生查子

獨遊雨巖

溪邊照影行。天在清溪底。天上有行雲。人在行雲裏。高歌誰和余。空谷清音起。非鬼亦非仙。一曲桃花水。

【啟動案】雨巖見前「近來何處」之念奴嬌

又

青山非不佳。未解留儂住。赤腳踏層冰。爲愛清溪故。朝來山鳥啼。勸上山高處。我意不關渠。自要尋蘭去。

題（四卷本乙集題同前首）層冰（乙集作滄浪）我意（信州本我作裁从四卷本）自要（信州本要作在从四卷本）尋蘭（信州本蘭作詩从四卷本）清溪（信州本清作青从歷代詩餘）

尋芳草

嘲陳莘叟憶内

有得許多淚，更閒卻、許多鴛被。枕頭兒、放處都不是。舊家時、怎生睡。　更也沒書來，那堪被、雁兒調戲。道無書、卻有書中意。排幾個、人人字。

調四卷本作王孫信

憶王孫

秋江送別，集古句

登山臨水送將歸。悲莫悲兮生別離。不用登臨怨落暉。昔人非。唯有年年秋雁飛。

歸朝歡

題趙晉臣敷文積翠巖

我笑共工緣底怒觸斷峩峩天一柱補天又笑女媧忙却將此石投閑處野煙荒草路先生拄杖來看汝倚蒼苔摩挲試問千古幾風雨　長被兒童敲火苦時有牛羊磨角去霍然千丈翠巖屏鏘然一滴甘泉乳結亭三四五會相暖熱攜歌舞細思量古來寒士不遇有時遇

飲冰室攷證　大清一統志積翠巖在貴溪縣西三里此或别是一地爲趙晉臣所發見也

啟勳案　太平寰宇記積翠巖在貴溪縣西三十里先生「蒼壁初開」之詞題謂觀者意其如積翠清風巖石玲瓏之勝云云可見積翠巖乃信州極有名之勝境不能爲晉臣所私有且晉臣居鉛山而積翠巖在貴溪此或晉臣私宅之一邱壑取一名勝之名以名之亦如先生瓢泉之秋水觀耳

（案）晉臣名不迂直敷文閣在鉛山嘗剏一書樓謂因邑人舊無藏書士病於所求乃儲書數萬卷分經史子集四部使一人司鑰掌之來者導之登設几席使得縱觀云見信州府志茲事與本題無關因見此書樓實公開圖書館之最早者因附記之亦可以見晉臣之品學也

最高樓

客有敗碁者代賦梅

花知否。花一似何郎。又似沈東陽。瘦稜稜地天然白。冷清清地許多香。笑東君。還又向。北枝忙。

著一陣。霎時間底雪。更一箇。缺些兒底月。山下路。水邊牆。風流怕有人知處。影兒守定竹旁廂。且饒他。桃李趁。少年場。

用韵答趙晉臣敷文

花好處，不趁綠衣郎。縞袂立斜陽。面皮兒上因誰白，骨頭兒裏幾多香。儘饒他，心似鐵，也須忙。　甚喚得雪來白倒雪，便喚得，月來香殺月。誰立馬，更窺牆，將軍止喝山南畔，相公調鼎殿東廂。忒高才，經濟地，戰爭場。

（啟勳案）此亦乙集詞前首見丙集但爲此首原唱自是同時作

送丁懷忠教授入廣渠赴調都下久不得書或謂從人辟置或謂徑歸閩中矣

相思苦，君與我同心。魚沒雁沉沉。是夢他松後追軒冕，是化爲鶴後去山林。對西風，直悵望到如今。　待不飲，柰何君有恨。待痛飲，柰何君又病。君起舞，試重斟。蒼梧雲外湘妃淚・鼻亭山下鷓鴣吟。早歸來・流水外・有知音。

題（四卷本乙集作送丁懷忠）又病（乙集又作有）

新荷葉

再題傅巖叟悠然閣

種豆南山・零落一頃爲萁。歲晚淵明・也吟草盛苗稀。風流划地・向尊前・采菊題詩。悠然忽見・此山正繞東籬。千載襟期・高情想像當時。小閣橫空・朝來翠撲人衣。是中眞趣・問騁懷・遊目誰知。無心出岫・白雲一片孤飛。

趙茂嘉趙晉臣和韻見約初秋訪悠然再用

韻

物盛還衰。眼看春葉秋萁。貴賤交情。翟公門外人稀。酒酣耳熱。又何須。幽憤裁詩。茂林修竹。小園曲徑疏籬。　秋以爲期。西風黃菊開時。拄杖敲門。任他顛倒裳衣。去年堪笑。醉題詩。醒後方知。而今東望。心隨去鳥先飛。

題　四卷本乙集作初秋訪悠然

啓勳案　前首見丁集後一首見乙集因同韻知是同時作丁集所收乃補甲乙丙集之遺本不以年限也茂嘉名不遜乃晉臣之兄

行香子

歸去來兮。行樂休遲。命由天。富貴何時。百年光景。七

十者稀桼一番愁一番病一番衰　名利奔馳寵辱驚疑舊家時都有些兒而今老矣識破關機算不如閑不如醉不如癡

〔敵勳案〕此一首信州十二卷本失載見四卷本乙集

卜算子

用莊語

一以我爲牛一以我爲馬人與之名受不辭善學莊周者　江海任虛舟風雨從飄瓦醉者乘車墜不傷全得於天也

漫興

夜雨醉瓜廬春水行秧馬檢點田舍快活人未有如

翁者。掃秃兔毫錐。磨透銅臺瓦。誰伴揚雄作解嘲。烏有先生也。

又

珠玉作泥沙。山谷量牛馬。試上纍纍邱壠看。誰是强梁者。水浸淺深簷。山壓高低瓦。山水朝來笑問人。翁早歸來也。

早歸 四卷本丁集早下有去聲二小字

又

千古李將軍。奪得胡兒馬。李蔡爲人在下中。却是封侯者。芸草去陳根。筧竹添新瓦。萬一朝廷舉力田。舍我其誰也。

用韻答趙晉臣敷文趙有眞得歸方是閒堂

百郡怯登車，千里輸流馬。乞得膠膠擾擾身，卻笑區區者。野水玉鳴渠，急雨珠跳瓦。一榻清風方是閒，眞是歸來也。

又

萬里籋浮雲，一噴空凡馬。歎息曹瞞老驥詩，伏櫪如公者。山鳥哢窺簷，野鼠飢翻瓦。老我癡頑合住山，此地菟裘也。

〔啟勳案〕右卜算子六首答趙晉臣一首見四卷本乙集「萬里籋浮雲」一首四卷本失載唯見十二卷本餘四首則俱見丁集乙集既見一首此外五首皆同韻自當是同時作因以附於戊申至辛亥四年作品中

水調歌頭

題趙晉臣敷文眞得歸方是閑二堂

十里深窈窕。萬瓦碧參差。青山屋上流水。屋下綠橫溪。眞得歸來笑語。方是閑中風月。剩費酒邊詩。點檢笙歌了。琴罷更圍棋。王家竹。陶家柳。謝家池。知君勳業未了。不是枕流時。莫向癡兒說夢。且作山人索價。頗怪鶴書遲。一事定嗔我。已辦北山移。

〔啟勳案〕此詞亦見四卷本丁集。唯玩詞題及詞意。似是與答題晉臣之卜算子同時作。因移於此。

清平樂

壽趙民則提刑時新除且素不喜飲

詩書萬卷。合上光明殿。案上文書看未遍。眉裏陰功早見。十分竹瘦松堅。看君自是長年。若解尊前痛飲。精神便是神仙。

題上盧橋

清泉犇快。不管青山礙。十里盤盤平世界。更著溪山襟帶。古今陵谷茫茫。市朝往往耕桑。此地居然形勝。似曾小小興亡。

（啟勳案　信州府志上盧亦名上瀘在鉛山縣西北）

好事近

送李復州致一席上和韵

和淚唱陽關。依舊字嬌聲穩。回首長安何處。怕行人歸晚。垂楊折盡只啼鴉。把離愁勾引。卻笑遠山無歎被行雲低損。

題 四卷本乙集無

糖多令

淑景鬥清明。和風拂面輕。小杯盤。同集郊坰。頓著箇轎兒不肯上。須索要。大家行。 行步漸輕盈。行行笑語頻。鳳鞋兒。微褪些根。蹺忽地倚人陪笑道。眞箇是腳兒疼。

啟勳案 此詞信州十二卷本失載見四卷本乙集及補遺

一翦梅

記得同燒此夜香。人在回廊。月在回廊。而今獨自睚昏黃。行也思量。坐也思量。 錦字都來三兩行。千斷

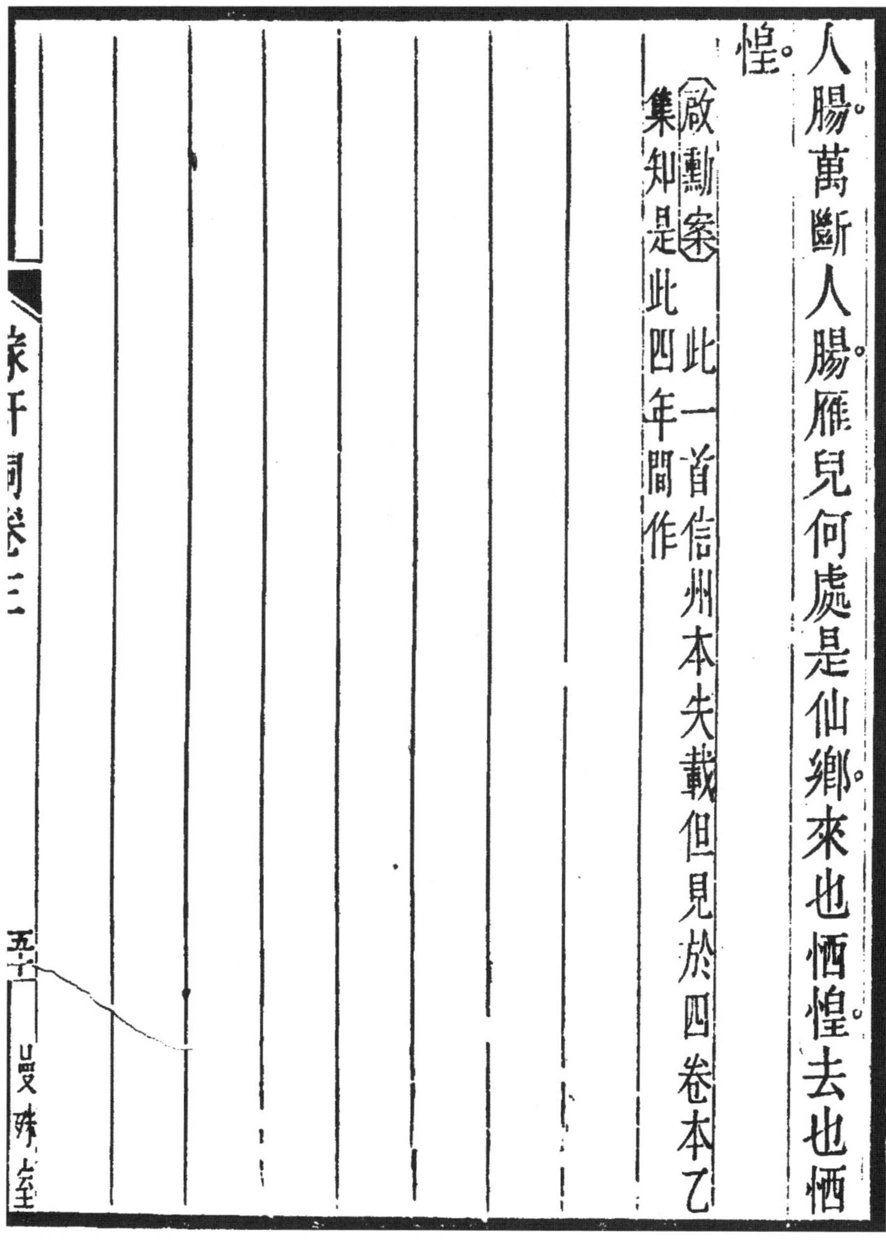
人腸。萬斷人腸。雁兒何處是仙鄉。來也恓惶。去也恓惶。

〔啟勳案〕此一首信州本失載，但見於四卷本乙集，知是此四年間作。

稼軒詞卷三終

從子廷燦校字

稼軒詞卷四目錄

年　紹熙三年壬子至嘉泰元年辛酉

歲　五十三至六十二

地　三山　帶湖　瓢泉

目錄

目錄

卷四共一百零四首

稼軒詞卷四

宋　歷城　辛棄疾　幼安

新會梁啟超輯　梁啟勳疏證

浣溪沙

壬子春赴閩憲別瓢泉

細聽春山杜宇啼。一聲聲是送行詩。朝來白鳥背人飛。對鄭子真巖石卧。赴陶元亮菊花期。而今堪誦北山移。

題　四卷本丙集作泉湖道中赴閩憲別諸君

〔飲冰室攷證〕宋史本傳稱紹熙二年起提點福建刑獄據此詞題知是去年拜命本年乃赴任也

〔啟勳案〕宋史「紹熙二年辛亥二月甲申以辛棄疾爲福建安撫使」即繼趙汝愚之任

山花子

三山戲作

記得瓢泉快活時。長年耽酒更吟詩。驀地捉將來斷送老頭皮。 遶屋人扶行不得。閑窗學得鷓鴣啼。卻有杜鵑能勸道。不如歸。

〔飲冰室攷證〕篇中句云驀地捉將來斷送老頭皮是久罷職後再出山初到任時趣語亦可見先生宦情已久淡再起非其本意也

〔啟勳案〕大中祥符元年宋真宗東封遂問得隱士楊璞載與俱歸上問璞曰卿行時可有人作詩相送否對曰有臣妻一絕句云更休落魄耽杯酒莫再猖狂愛作詩今日捉將官裏去這回斷送老頭皮上大笑

〔案〕讀史方輿紀要福州三山一曰越王山在府城北又名屏山亦曰平山二曰九仙山在府城內東南隅又名九日山亦曰于山三曰烏石山在府城內西南隅與九仙山東西對峙唐天寶八載改

日闕山宋熙寧間改日道山三山皆在城中故郡有三山之名

案 紹熙三年壬子先生五十三歲

最高樓

慶洪景盧內翰七十

金閨老。眉壽正如川。七十且華筵。樂天詩句香山裏。杜陵酒債曲江邊。問何如。歌窈窕。舞嬋娟。　更十歲太公方出將。又十歲。武公方入相。留盛事。看明年。直須腰下添金印。莫教頭上欠貂蟬。向人間。長富貴。地行仙。

方入相 四卷本乙集方作才

飲冰室攷證 據錢竹汀洪文敏年譜知景盧以本年登七十則詞必作於本年也唯此詞見四卷

本乙集中乙集無闕中詞或景盧生日在春初詞仍作於信州耶

〔啟勳案〕四卷本詞年代相混者共只三首此其一也

臨江仙

和信守王道夫韵謝其爲壽時僕作閩憲

記取年年爲壽客。只今明月相隨。莫教絃管便生衣。引壺觴自酌。須富貴何時。

入手清風詞更好。細書白璽烏絲。海山問我幾時歸。棗瓜如可啖。直欲覓安期。

題　四卷本丁集無僕字

〔飲冰室攷證〕此詞本年五月作王道夫任信守已久此後似亦去任矣

〔啟勳案〕先生生日在五月十一日（壬子）

水調歌頭

壬子三山被召陳端仁給事飲餞席上作

長恨復長恨·裁作短歌行。何人爲我楚舞·聽我楚狂聲。余既滋蘭九畹·又樹蕙之百畮·秋菊更餐英。門外滄浪水·可以濯吾纓。　一杯酒·問何似·身後名。人間萬事毫髮·常重泰山輕。悲莫悲生離別·樂莫樂新相識·兒女古今情。富貴非吾事·歸與白鷗盟。

題　四卷本丙集作壬子被召端仁相餞席上作

〔飲冰室攷證〕集中別有西江月一首題云癸丑正月四日三山被召知此詞作於本年臘將盡時被命戒行同官相餞然盡是年迄未離閩境也

〔啟勳案〕宋史載先生爲福建安撫未期歲而治績大著乃臺臣劾其用錢如泥沙殺人如草芥遂乞祠歸是以此詞頗多幽憤語（壬子）

西江月

癸丑正月四日三山被召經從建安席上和陳安行舍人韻

風月亭危致爽。管絃聲脆休催。主人只是舊情懷。錦瑟旁邊須醉。　玉殿何曾儂去。沙堤正要公來。看看紅藥又翻階。趁取西湖春會。

題　四卷本丁集作癸丑正月四日和建寧陳安行舍人時被召

何曾　四卷本會作須

〔飲冰室攷證〕既有壬子三山被召之水調歌頭此題復言三山被召故知去職奉命即行途中度歲正月四日乃道經建安也

〔啟勳案〕陳安行名居仁慶化人慶元元年以寶文閣待制知福州即接先生後任者建安縣乃建寧府屬

用韻和李兼濟提舉

且對東君痛飲、莫教華髮空催。瓊瑰千字已盈懷。消得津頭一醉。　休唱陽關別去、只今鳳詔歸來。五雲兩兩望三台。已覺精神聚會。

（啟勳案）用前韻當是同時作（癸丑）

三山作

貪數明朝重九、不知過了中秋。人生有得許多愁。只有黃花如舊。　萬象亭中殢酒、九仙閣上扶頭。城鴉喚我醉歸休。細雨斜風時候。

只有　四卷本丁集只作惟

（啟勳案）輿地紀勝萬象亭九仙樓均在州治九仙閣想即九仙樓也（癸丑）

瑞鶴仙

南劍雙溪樓

片帆何太急。望一點須臾，去天咫尺。舟人好看客。似三峽風濤，嵯峨劍戟。溪南溪北。正遐想，幽人泉石。看漁樵，指點危樓，卻羨舞筵歌席。

歎息。山林鍾鼎，意倦情遷，本無欣戚。轉頭陳迹。飛鳥外，晚煙碧。問誰憐舊日，南樓老子，最愛月明吹笛。到而今，撲面黃塵，欲歸未得。

題 信州本作南澗花庵與四卷本俱作南劍從四卷本丁集

〔飲冰室考證〕南劍信州本作南澗此從四卷本丁集南澗雙溪樓已詳紹熙二年條下此詞末句云云似是過延平之雙溪閣或者鉛山縣之南澗雙溪樓正當舟行孔道爲由閩赴杭所必經先生

過此咫尺里門而不得歸故生感耶要之此詞爲本年赴召往還時所作殆近之

（啟勳案）與地紀勝雙溪閣在南劍州劍津之上劍津在劍浦縣乃建州邵武二水合流之處云雙溪之名當即以此信州本此詞之居伯兄有批一條曰「玩結句知是福建之南劍州公帥閩時作題作南澗者誤（癸丑）

水龍吟

過南劍雙溪樓

舉頭西北浮雲，倚天萬里須長劍。人言此地，夜深長見斗牛光焰。我覺山高，潭空水冷，月明星淡。待燃犀下看，憑闌卻怕，風雷怒，魚龍慘。　峽束蒼江對起，過危樓、欲飛還斂。元龍老矣，不妨高臥，冰壺涼簟。千古興亡，百年悲笑，一時登覽。問何人又卸，片帆沙岸，繫斜陽纜。

題（信州本劍作澗，四卷本乙集與花庵俱作劍，從乙集）峽束蒼（四卷本乙集峽下脫二字）蒼江（花庵蒼作滄）

〔飲冰室攷證〕集中有南澗雙溪樓詞兩首，四卷本皆作南劍，未知孰是。攷宋之南劍州，爲今福州延平府南平縣治，相傳延津合劍處也。玩兩詞文頗有似題詠此地者。輿地紀勝及其他地志紀南劍有雙溪閣，無雙溪樓。而南澗詩餘則有九日登雙溪樓一首，其詞卻非遊歷異鄉者。攷鉛山志山川門有雙溪一條，注云：二水發閩界，循鵞山流入善政鄉。或南澗建樓其地，故先生屢過從也。

〔啟勳案〕伯兄以前首瑞鶴仙歸三山作，而以此首水龍吟歸鉛山作，竊以爲不然。晉張茂先與雷孔章望氣於斗牛間，知其爲寶劍之精，未幾得二劍於豐城，各寶其一。後孔章爲之子華爲建安從事，佩之往延平津，劍躍之潭間，遣人沒取之，見二龍縈潭下云。庾子山所謂劍沒豐城，氣存牛斗，卽指此。玩詞意所謂斗牛光燄，犀下看，潭空水冷，風雷怒，魚龍慘，極似詠此事。伯兄謂爲過從韓南澗之作但篇中未見有懷南澗語唯見寫此神話因仍以此詞移入三山作品中所惑者乃此詞見於四卷本乙集乙集輯於先生帥閩前不應有三山作品但吳子似明明於慶元五年作鉛尉而乙集乃有送吳子似縣尉一首其殆續刻羼入者歟姑繫於癸丑以存疑 又輿地紀勝福建延平有雙溪閣羅源有雙溪亭婺女有雙溪樓

定風波

三山送盧國華提刑約上元重來

少日猶堪話別離。老來怕作送行詩。極目南雲無過雁，君看，梅花也解寄相思。 無限江山行未了，父老，不須和淚看旌旗。後會丁寧何日是，須記，春風十里送燈時。

題 四卷本丙集無三山國華四字

用韵時國華置酒歌舞甚盛

莫望中州歎黍離。元和盛德要君詩。老去不堪誰似我，歸臥青山活計費尋思。誰築詩壇高十丈，直上看君斬將更搴旗。歌舞正濃還有語，記取鬚髯不似少年時。

盛德 四卷本丙集盛作聖

自和

金印纍纍佩陸離。河梁更賦斷腸詩。莫擁旌旗眞箇去，何處玉堂元自要論思。且約風流三學士，同醉春風看試幾槍旗。從此酒酣明月夜，耳熱，那邊應是說儂時。

〔餘冰室攷證〕右三詞同韵當是同時作云約上元重來則當作於冬月〔國華移漕建安相距甚近且福州亦漕使轄境故可往來去冬先生方由提刑被召赴闕本年上元不在三山故知諸詞應作於癸丑冬所云上上元者甲寅上元也若乙卯上元則先生又已歸矣

〔案〕光宗紹熙四年癸丑先生五十四歲

菩薩蠻

和盧國華提刑

旌旗依舊長亭路。尊前試點鶯花數。何處捧心顰。人間別樣春。功名君自許。少日聞雞舞。詩句到梅花。春風十萬家。時籍中有放自便者

滿江紅

盧國華由閩憲移漕建安陳端仁給事同諸

公餞別余爲酒困卧清涂堂上三鼓方醒國華賦詞留別席上和韻清涂端仁堂名也

宿酒醒時算只有清愁而已人正在清涂堂上月華如洗紙帳梅花歸夢覺蓴羹鱸鱠秋風起問人生得意幾何時吾歸矣 君若問相思事料長在歌聲裏這情懷只是中年如此明月何妨千里隔顧君與我如何耳向尊前重約幾時來江山美

題 四卷本丙集首十字作盧憲移漕建寧六字及國華賦詞作盧賦詞

和盧國華

漢節東南看駟馬光華周道須信是七閩還有福星來到庭草自生心意足榕陰不動秋光好問不知何

處着君侯。蓬萊島。還自笑。人今老。空有恨。縈懷抱。記江湖十載。厭持旌纛。濩落我材無所用。易除殆類無根潦。但欲搜好語謝新詞。羞瓊報。

（飲冰室攷證）國華既已冬間去閩。憲任則凡與彼唱和贈別之詞。皆應在本年。故併錄於此。（癸丑）

鷓鴣天

三山道中

拋卻山中詩酒窠。卻來官府聽笙歌。閑愁做弄天來大。白髮栽埋日許多。新劍戟。舊風波。天生予懶奈予何。此身已覺渾無事。卻教兒童莫恁麽。

（啟勳案）壬癸甲三年。先生在閩。以下四首無年月可攷。姑以繫於中間一年。（癸丑）

又

點盡蒼苔色欲空。竹籬茅舍要詩翁。花餘歌舞歡娛外，詩在經營慘澹中。　聽軟語，笑衰容。一枝斜墮翠鬟鬆。淺顰深笑誰堪聽，看取瀟然林下風。

用前韻賦梅三山梅開時猶有青葉予時病齒

病繞梅花酒不空。齒牙牢在莫欺翁。恨無飛雪青松畔，卻放疏花翠葉中。　冰作骨，玉爲容。常年宮額鬢雲鬆。直須爛醉燒銀燭，橫笛難堪一再風。

又

桃李漫山過眼空。也宜惱損杜陵翁。若將玉骨冰姿比李蔡爲人在下中。　誇驛使，寄芳容。隴頭休放馬蹄鬆。若家籬落黃昏後，剩有西湖處士風。

〔飲冰室攷證〕右三首同用一韵，知是同時作。第二首賦三山梅，故知同屬福州作。〔癸丑〕

好事近

春意滿西湖，湖上柳黃時節。瀕水霧窗雲戶，貯楚宮人物。　一年管領好花枝，東風共披拂。已約醉騎雙鳳，玩三山風月。

〔飲冰室攷證〕宦閩時作，此福州西湖也。

〔啟勳案〕右一條批在稼軒詞補遺本詞之下。此詞十二卷本及四卷本皆失載，有「玩三山風月」語，自是福州作，以附癸丑。

行香子

三山作

好雨當春，要趁歸耕，況而今已是清明。小窗坐地，側聽簷聲。恨夜來風，夜來月，夜來雲。　花絮飄零，鶯燕丁寧，怕妨儂湖上閒行。天心肯後，費甚心情。放霎時陰，霎時雨，霎時晴。

題四卷本丙集三山作福州

〔飲冰室攷證〕此告歸未得請時作也發端三句直出本意文義甚明次五句謂受讒謗迫擾不能堪忍也下半闋首三句尚慮有種種牽制不得自由歸去也又次五句謂只要諭旨一允萬事便了卻是君意難測然疑問作令人悶殺也

〔啟勳案〕伯兄此段評論甚長論先生此次乞休之心事見年譜之紹熙甲寅年下

〔案〕光宗紹熙五年甲寅先生五十五歲

賀新郎

三山雨中游西湖有懷趙丞相經始

翠浪吞平野。挽天河。誰來照影。卧龍山下。煙雨偏宜晴更好。約略西施未嫁。待細把。江山圖畫。千頃光中堆灩澦。似扁舟欲下瞿塘馬。中有句。浩難寫。　詩人例入西湖社。記風流。重來手種。綠成陰也。陌上遊人誇故國。十里水晶臺榭。更複道。橫空清夜。粉黛中洲歌妙曲。問當年。魚鳥無存者。堂上燕。又長夏

題四卷本丙集作福州遊西湖　成陰四卷本作陰成歷代詩餘作成陰

【斂劇案】宋史光宗紹熙五年甲寅七月乙亥以趙汝愚為右丞相汝愚曰同姓之卿不幸處君臣之變敢言功乎辭不拜同年八月丙辰以趙汝愚為右丞相是則丞相之稱始自甲寅秋翌年先生即去閩歸上饒則此詞必作於甲寅秋冬間可知且篇中如挽天河卧龍煙雨偏宜扁舟下瞿塘等句分明是頌彼於宮闈紛亂之時協太后以迎立嘉王之功若云遊湖則不應作此種波濤澎湃語

州立嘉王事在本年七月元和志云西湖在閩縣西二里

和前韻

覓句如東野。想錢塘風流處士。水仙祠下。更憶小孤煙浪裏。望斷彭郎欲嫁。是一色空濛難畫。誰解胸中吞雲夢。試呼來草賦看司馬。須更把。上林寫。　雞豚舊日漁樵社。問先生帶湖春漲。幾時歸也。爲愛瑠璃三萬頃。正卧水亭煙榭。對玉塲微瀾深夜。雁鶩如雲休報事。被詩逢敵手皆勍者。春草夢。也宜夏。

微瀾　歷代詩餘微作潋

啟勳案　輿地紀勝福州東禪院有東野亭蔡襄書額

又和

碧海成桑野。笑人間江翻平陸，水雲高下。自是三山顔色好，更着雨婚煙嫁。料未必、龍眠能畫。擬向詩人求幼婦，倩諸君、妙手皆談馬。須進酒，爲陶寫。　回頭鷗鷺飄泉社。莫吟詩、莫拋尊酒，是吾盟也。千騎而今遮白髮，忘卻滄浪亭榭。但記得、灞陵呵夜。我輩從來文字飲，怕壯懷、激烈須歌者。蟬噪也，綠陰夏。

（啟動案）此二首用前韵，知是同時作（甲寅）

水調歌頭

三山用趙丞相韵，答帥幕王君，且有感於中秋近事，併見之末章

說與西湖客，觀水更觀山。淡粧濃抹西子，喚起一時

觀種柳人今天上。對酒歌翻水調。醉墨捲秋瀾。老子興不淺。歌舞莫教閑。看尊前。輕聚散。少悲歡。城頭無限今古。落日曉霜寒。誰唱黃雞白酒。猶記紅旗清夜。千騎月臨關。莫說西州路。且盡一杯看。

〔啟勳案〕趙汝愚嘗兩次安撫福建。第二次即由福建擢知樞密院。先生接其後任。故有「種柳人今天上」之句。前首賀新郎「記風流重來手種綠成陰也」亦同。〔甲寅〕

〔案〕伯兄疑先生帥閩時乞祠得請乃在甲寅夏但細玩懷趙丞相兩詞則秋冬間猶在三山也參觀飲冰室箸先生年譜紹熙甲寅年下

最高樓

吾擬乞歸。犬子以田產未置止我。賦此罵之 按此題元刻作名了此從汲古閣本吾衰矣。須富貴何時。富貴是危機。暫忘設醴抽身去。未曾得米棄官歸。穆先生。陶縣令。是吾師　待葺箇園兒名佚老。更作箇亭兒名亦好。閑飲酒。醉吟詩。千年田換八百主。一人口插幾張匙。便休休。更說甚是和非。

題小草齋本亦作名了便休四卷本乙集便作休

〔飲冰室攷證〕此詞題中雖無三山等字樣細推當爲閩中作蓋先生之去湖南乃調任去江西乃被劾皆非乞歸也若去越時又太老其子不應不解事乃爾〔甲寅〕

小重山

三山與客泛西湖

綠漲連雲翠拂空。十分風月處。着衰翁。垂楊影斷岸

西東君恩重。教且種芙蓉。十里水晶宮。有時騎馬
去。笑兒童殷勤。卻謝打頭風。船兒住。且醉浪花中。

題 四卷本丙集無三山二字泛作游 衰翁 歷代詩餘衰作山

〔欽勘案〕先生在閩前後只三年本年有雨中游西湖之賀新郎因亦以此首歸入甲寅

鷓鴣天

欲上高樓本避愁。愁還隨我上高樓。經行幾處江山
改。多少親朋盡白頭。歸休去。去歸休。不成人總要
封侯。浮雲出處元無定。得似浮雲也自由。

又

一片歸心擬亂雲。春來諳盡惡黃昏。不堪向晚簷前
雨。又待今宵滴夢魂。爐燼冷。鼎香氛。酒寒誰遣爲

重温。何人柳外橫雙笛・客耳那堪不忍聞。

〔啟勳案〕此兩首信州本失載見四卷本丁集玩詞意知是宦途厭倦意興闌珊時丙丁兩集所收詞乃斷自壬子至辛酉之十年間其中宦游在外者唯壬癸甲三年餘七年皆家居矣故此二首可斷爲三山作又玩歸休去及一片歸心等句可決爲甲寅將歸時作

柳梢青

三山歸途代白鷗見嘲

白鳥相迎・相憐相笑・滿面塵埃・華髮蒼顏・去時曾勸・聞早歸來。而今豈是高懷。爲千里・蓴羹計哉。好把移文・從今日日・讀取千回。

〔欽冰室攷證〕此是閩中詞最後之一首但不能確指在何月

〔啟勳案〕以前二首鷓鴣天證之或當是暮春作

（甲寅）

賀新郎

和徐斯遠下第謝諸公載酒相訪韵

逸氣軒眉宇。似王良、輕車熟路，驊騮欲舞。我覺君非池中物，咫尺蛟龍雲雨。時與命、猶須天付。蘭佩芳菲無人問，歎靈均、欲向重華訴。空壹鬱，共誰語。　兒曹不料揚雄賦。怪當年、甘泉誤說，青葱玉樹。風引船回滄溟闊，目斷三山伊阻。但笑指、吾廬何許。門外蒼官千百輩，盡堂堂、八尺鬚髯古。誰載酒，帶湖去。

題　信州本無相訪二字，從四卷本丁集。天付　信州本與歷代詩餘付作賦，從四卷本丁集。千百　信州本與歷代詩餘作三百，從丁集。載酒　歷代詩餘及辛啓泰本酒均作我。

嵌勳案 信州府志 徐文卿字斯遠玉山人嘉定四年進士抱道自守不求聞達與趙昌父韓仲止扶植遺緒以文達志爲後生法有蕭秋詩一卷斯遠登第甚晚計其成進士時已在先生卒後四年矣此詞之作仍在帶湖效先生自三山歸來仍居帶湖者唯乙卯一年耳

黄機竹齋詩餘有同韵一首題曰次徐斯遠韵寄稼軒興發元同宇與君來滓君大白爲君起舞滿斑斑功名酒淚百歲風吹急雨愁與恨憑誰分付醉裏狂歌空漫觸且休歌只倩琵琶訴人不語絃自語詩成更將君自賦渺樓頭煙迷碧草雲連方樹草樹那能知人意悵望關河夢阻有心事幾天天許繡帽輕裘眞男子政何須紙上分今古未辦得賦歸去

案 寧宗慶元元年乙卯先生五十六歲

木蘭花慢

題上饒郡圖翠微樓

舊時樓上客愛把酒對南山笑白髮如今天教放浪

來往其間。登樓更誰念我，卻回頭西北望層欄。雲雨珠簾畫棟，笙歌霧鬢風鬟。　近來堪入畫圖看。父老願公歡。甚拄笏悠然，朝來爽氣，正爾相關。難忘使君後日，便一花一草報平安。與客攜壺且醉，雁飛秋影江寒。

〔啟勳案〕詞見四卷本丙集，攷丙丁兩集乃壬子至辛酉十年間作品，其中居上饒者唯乙卯一年耳，故此詞可定為五十六歲乙卯作。輿地紀勝：翠微樓在郡治後。信州府志：翠微樓在上饒縣治南，慶元間知州趙伯瓚建。

玉樓春

有自九江以石中作觀音像持送者，因以詞賦之琵琶亭畔多芳草。時對香爐峯一笑。偶然重傍玉溪東。不是白頭誰覺老。普陀大士神通妙。影入石頭光了了。看來持獻可無言。長似慈悲顏色好。〔啟勳案〕輿地紀勝琵琶亭在江州西門外面大江香爐峯乃廬山西北之一峯玉溪乃信江支流源出懷玉山故名亦即上饒江此詞不載於四卷本然篇中有「偶然重傍玉溪東」之句當是作於家居上饒時晚作而在上饒姑以附於乙卯

水調歌頭

送楊民瞻

日月如磨蟻。萬事且浮休。君看簷外江水。滾滾自東流。風雨瓢泉夜半。花草雪樓春到。老子已菟裘。歲晚問無恙。歸計橘千頭。夢連環。歌彈鋏。賦登樓。黃雞

白酒君去，村社一番秋。長劍倚天誰問，夷甫諸人堪笑，西北有神州。此事君自了，千古一扁舟。

〔啟勳案〕此詞四卷本失載，見信州本。雪樓乃帶湖宅中亭院，見哭子詩篇中云「風雨飄泉夜半花，草雪樓春到老子已菟裘」。瓢泉之別館既成，而帶湖之甲第未燬，當是慶元乙卯前於此字韵之水龍吟案語中謂疑是瓢泉別館成於徙居鉛山之先，此詞可證推測之不謬。

臨江仙

侍者阿錢將行，賦錢字以贈之

一自酒情詩意懶，舞裙歌扇闌珊。好天良月夜團團。杜陵真好事，留得一錢看。　歲晚人欺程不識，怎教阿堵留連。楊花榆莢雪漫天。從今花影下，只看綠苔圓。

〔啟勳案〕詞苑云稼軒有姬名錢錢辛年老遣去賦臨江仙與之此詞當是慶元元年乙卯作說見下文漢宮春郎事詞攷證

諸葛元亮席上見和再用韻

夜語南堂新瓦響，三更急雨珊珊。交情莫作碎沙團。死生貧富際，試向此中看。　記取他年耆舊傳，與君名字牽連。清風一枕晚涼天。覺來還自笑，此夢倩誰圓。

題（四卷本丁集無諸葛兩字）碎沙（四卷本碎作細）

再用圓字韻

窄樣金杯教換了，房櫳試聽珊珊。莫教秋扇雪團團。古今悲笑事，長付後人看。　記取桔槔春雨後，短畦菊艾相連。拙於人處巧於天。君看流水地、難得正方圓。

〔啟勳案〕三首同韻當是同時作先生自本年乙卯家居上饒明年徙居鉛山從此七年不出直至癸亥冬乃起帥浙東

水調歌頭

將遷新居不成戲作時以病止酒且遣去歌者末章及之

我亦卜居者、歲晚望三閭。昂昂千里、泛泛不作水中鳧。好在書攜一束、莫問家徒四壁、往日置錐無、借車載家具、家具少於車、　舞烏有、歌亡是、飲子虛、二三子者愛我、此外故人疏。幽事欲論誰共、白鶴飛來似可，忽去復何如。衆鳥欣有托，吾亦愛吾廬。

〔啟勳案〕此詞題有遺去歌者一語，因附於阿錢一首之後

沁園春

將止酒戒酒杯使勿近

杯汝前來，老子今朝，點檢形骸。甚長年抱渴，咽如焦釜，于今喜眩，氣似奔雷。汝說劉伶，古今達者，醉後何妨死便埋。渾如許，歎汝於知己，眞少恩哉。更憑歌舞爲媒。算合作，人間鴆毒猜。況怨無小大，生於所愛，物無美惡，過則爲災。與汝成言，勿留亟退，吾力猶能肆汝杯。杯再拜，道麾之卽去，招亦須來。

喜眩　四卷本丙集本眩作睡，歷代詩餘作溢　人間　丙集作平居，花庵亦

同小大丙集作大小怨花庵作愁歷代詩餘作疾亦須丙集本亦作則汝說歷代詩餘汝作漫招亦歷代詩餘作有招

城中諸公載酒入山余不得以止酒爲解遂破戒一醉再用韻

杯汝知乎酒泉罷侯鴟夷乞骸更高陽入謁都稱虀臼杜康初筮正得雲雷細數從前不堪餘恨歲月都將麴糵埋君詩好似提壺卻勸沽酒何哉　君言病豈無媒似壁上雕弓蛇暗猜記醉眠陶令終全至樂獨醒屈子未免沈菑欲聽公言慚非勇者司馬家兒解覆杯還堪笑借今宵一醉爲故人來用邴原事

沈菑歷代詩餘菑作災

玉蝴蝶

杜仲高書來戒酒用韵

貴賤偶然渾似，隨風簾幕籬落飛花。空使兒曹馬上，羞面頻遮。向空江、誰捐玉珮，寄離恨、應折疏麻。暮雲多。佳人何處，數盡歸鴉。　儂家。生涯蠟屐，功名破甑，交友摶沙。往事曾論，淵明似勝卧龍些。算從來、人生行樂，休更說、日飲亡何。快斟呵。裁詩未穩，得酒良佳。

題四卷本丁集作叔高書來戒酒用韵，算作丁集記，更說丁集作問，說作歷代詩餘更作便

追別杜仲高

古道行人來去，香紅滿樹，風雨殘花。望斷青山，高處

都被雲遮。客重來。風流觴詠。春已去。光景桑麻。苦無多。一條垂柳。兩箇啼鴉。人家疏疏翠竹。陰陰綠樹。淺淺寒沙。醉兀籃輿。夜來豪飲太狂些。到如今都齊醒。卻只依舊無奈愁何。試聽呵。寒食近也。且住爲佳。

題 四卷本丙紅歷代詩餘集仲作杈紅滿作滿紅

〔啟勳案〕此首用前韵自是同時作

漢宮春

即事

行李溪頭。有釣車茶具。曲几團蒲。兒童認得。前度過者籃輿。時時照影。甚此身徧滿江湖。悵野老行過不住。定堪與語。難呼。一自東籬搖落。問淵明歲晚。心賞何如。梅花政自不惡。曾有詩無。知翁止酒。待重教蓮社人沽。空悵望。風流已矣。江山特地愁余。

政自 四卷本乙集政作正

〔飲沐室攷證〕以上諸詞皆難確指何年因水調歌頭題以病止酒及遣去歌者語故類次於此沁園春詞題諸公載酒入山云云應仍是居上饒時作蓋帶湖之居在信州附郭亦名山城徙鉛後則不復有此稱亦可證以病止酒係居饒時事也漢宮春篇中有「知翁止酒」語知當作於是時臨江仙後兩首皆用遣侍者阿錢韵故知是時同作又據舊譜先生遷居鉛山在慶元丙辰則將遷新居不成或當在丙辰之前一年如此繫於此

〔啟勳案〕辛敬甫之辛稼軒先生年譜原文謂寧宗慶元元年乙卯先生年五十六落職居上饒二年丙辰先生年五十七所居燬於火徙居鉛山縣期思市瓜山之下有期思卜築詞又有上梁文案先生菖蒲綠一闋是年三月三日作也云據伯兄所攷證上梁文非丙辰作所謂上梁者乃帶湖新居之梁非瓢泉也以上十首因遣姬戒酒遷居和

韵四種連帶關係，知是同時作。又因將遷居而知爲乙卯作。

（案）慶元元年乙卯，先生五十六歲。

鷓鴣天

和章泉趙昌父

萬事紛紛一笑中。淵明把菊對秋風。細看爽氣今猶在，唯有南山一似翁。　情味好，語言工。三賢高會古來同。誰知止酒停雲老，獨立斜陽數過鴻。

題　四卷本丙集作和昌父　古來　歷代詩餘作今來

（啟）動（案）韓仲止有同和一首，題曰（次韵昌甫），見澗泉詩餘：老去情懷酒味中，水邊林下古人風。歲云暮矣，江空晚，誰識儋州禿鬢翁。人易遠，語難工。春時猶記一尊同。苦心未免皆如此，祇合揮絃目送鴻。

清平樂

呈趙昌甫時僕以病止酒昌甫作詩數篇末章及之

雲煙草樹，山北山南雨。溪上行人相背去，唯有啼鴉一處。門前萬斛春寒，梅花可噉摧殘。使我長忘酒易，要君不作詩難。

題

信州本無章字，從四卷本。

臨江仙

冷雁寒雲渠有恨，春風自滿余懷。更教無日不花開。未須愁菊盡，相次有梅來。多病近來渾止酒，小槽空壓新醅。青山卻自要安排。不須連日醉，且進兩三杯。

〔啟動案〕此詞不載於四卷本唯信州十二卷本有之右三首亦止酒之作因以附於乙卯

和葉仲洽賦羊桃

憶醉三山芳樹下。幾曾風雨忘懷。黃金顏色五花開。味如盧橘熟。貴似荔枝來。　聞道商山餘四老。橘中自釀秋醅。試呼名品細推排。重重香肺腑。偏殢聖賢杯。

肺腑　四卷本丁集作腑藏

〔啟動案〕此詞見四卷本丁集因與前首同韵知是同時作首句「憶醉三山芳樹下」知是閩中歸來以後作壬癸甲三年先生在福建乙卯落職歸來居上饒然則遣姬止酒諸作果在乙卯矣自發見此詞後頗自喜從前推算之不謬

鷓鴣天

黄沙道中即事

句裏春風正剪裁。溪山一片畫圖開。輕鷗自趁虚船去，荒犬還迎野婦回。松共竹，翠成堆。要擎殘雪鬭疏梅。亂鴉畢竟無才思，時把瓊瑤蹴下來。

題四卷本丙集無即事二字。共竹丙集作菊。共

（啟勳案）黄沙嶺在上饒。詞見丙集。丙集編在壬子後。壬子以後先生猶居上饒者唯慶元元年。年故此詞當是乙卯作。

浣溪沙

黄沙嶺

寸步人間百尺樓。孤城春水一沙鷗。天風吹樹幾時

休。　突兀趁人山石狠。朦朧避路野花羞。人家平水

廟東頭。

〔啟動案〕此詞亦見四卷本丙集，當亦乙卯居上饒之年所作。

山花子

簡傅巖叟

總把平生入醉鄉。大都三萬六千場。今古悠悠多少

事。莫思量。　微有些寒春雨好。更無尋處野花香。年

去年來還又笑。燕飛忙。

些寒　四卷本丙集作寒些

用前韻謝傅巖叟餽名花鮮蕈

楊柳溫柔是故鄉。紛紛蜂蝶去年場。大率一春風雨

事最難量。滿把擕來紅紛面，堆盤更覺紫芝香。幸自麯生閒去了，又教忙。纔止酒

〔啟勳案〕此二首見四卷本丙集，因原註有「纔止酒」三字，疑亦是乙卯作，因附於此。巖叟與先生交甚早，乙集已有酬唱。

歸朝歡

靈山齊庵菖蒲港，皆長松茂林，獨野櫻花一株，山上盛開，照映可愛，不數日風雨摧敗殆盡。意有感，因效介庵體爲賦，且以菖蒲綠名之。丙辰歲三月三日也

山下千林花太俗，山上一枝看不足。春風正在此花邊，菖蒲自蘸清溪綠。與花同草木，問誰風雨飄零速。

莫悲歌。夜深巖下。驚動白雲宿。病怯殘年頻自卜。老愛遺篇難細讀。苦無妙手畫於菟。人間雕刻真成鵠。夢中人似玉。覺來更憶腰如束。許多愁。問君有酒何不日絲竹。

題四卷本丙集無靈山二字櫻作梅

〔飲冰室考證〕靈山爲信州城鎮山知此詞乃作於上饒

〔啟勳案〕廣信府志　靈山在府城西北七十里上饒縣境內信之鎮山也高千有餘丈綿亘百餘里據辛敬甫編之年譜謂丙辰帶湖之宅燬於火徙居鉛山讀此詞題則三月三日先生猶在上饒可知移居當在下半年矣　介庵姓趙名彥端字德莊

〔案〕寧宗慶元二年丙辰先生五十七歲

六州歌頭

屬得疾暴甚醫者莫曉其狀小愈困卧無聊

戲作以自釋

晨來問疾。有鶴止庭隅。吾語汝。只三事。太愁余病難扶。手種青松樹。得梅塢。妨花逕。纔數尺。如人立。卻須鋤。秋水堂前。曲沼明如鏡。可燭眉鬚。被山頭急雨。耕壟灌泥塗。誰使吾廬映污渠。歎青山好。簷外竹遮。欲盡有還無。删竹去。吾乍可食無魚。愛扶疏。又欲爲山計。千百慮。累吾軀。凡病此。吾過矣。子奚如。口不能言。臆對。雖盧扁。藥石難除。有要言妙道。事見七發往問北山愚。庶有瘳乎。按六州歌頭欽定詞譜係雙調元刻作四疊姑仍之汲古閣本作三疊

盧扁四卷本丙集作扁鵲歷代詩餘作盧扁吾乍可歷代詩餘吾作我

〔啟動案〕閑嘗推測先生居上饒時已營別館於鉛山讀此詞愈信所臆不謬蓋是年帶湖之宅燬於火隨即遷往鉛山之瓢泉別墅此詞所寫乃整理舊庭園以作新居手種松竹既已礙路非新營之第宅可知是年三月猶在上饒則移居或當在夏秋間所以有「山頭急雨」之句此詞似作於丙辰下半年

千年調

開山徑得石壁因名曰蒼壁事出望外意天之所賜耶喜而賦

左手把青霓，右手挾明月。吾使豐隆前導，叫開閶闔。周遊上下，徑入寥天一。覽縣平圃，萬斛泉，千丈石。

鈞天廣樂。燕我瑤之席。帝飲予觴甚樂。賜汝蒼壁璘珣突兀正在一邱壑。余馬懷。僕夫悲。下恍惚。

題四卷本丁集無「因名曰縣圃」信州本縣蒼壁」五字賦下有「之」字縣圃作玄從丁集縣下平字乃原註

〔旼動案〕詞見丁集而在鉛山自是三山歸來後讀題知是經營瓢泉之亭園當是丙辰下半年也愛建設而規模宏大殆先生本性帶湖之宅讀洪景盧之記文及朱晦翁陳同父之詩文與乎朋輩之吟詠可以想見「一邱一壑」乃瓢泉亭館之一部分〔丙辰〕

臨江仙

蒼壁初開傳聞過實客有來觀者意其如積翠清風巖石玲瓏之勝既見之乃獨爲是突兀而止也大笑而去主人戲下一轉語爲蒼

壁解嘲

莫笑吾家蒼壁小，稜層勢欲摩空。相知惟有主人翁。有心雄泰華，無意巧玲瓏。　天作高山誰得料，解嘲試倩揚雄。君看當日仲尼窮，從人賢子貢，自欲學周公。

題　信州本題作戲爲山園蒼壁解嘲八字從四卷本丁集

〔啟勳案〕讀四卷本詞題可想見蒼壁氣象殆一屹立撐空之岩石而少空孔者也。積翠巖在貴溪縣西三十里清風峽在鉛山縣西北五里皆信州名勝〔丙辰〕

蘭陵王

賦一邱一壑

一邱壑。老子風流占卻。茅簷上，松月桂雲，脈脈石泉逗山腳。尋思前事錯。惱殺。晨猿夜鶴。終須是。鄧禹輩人，錦繡麻霞坐黃閣。　長歌自深酌。看天闊鳶飛，淵靜魚躍。西風黃菊香噴薄。恨日暮雲合，佳人何處，紉蘭結佩，帶杜若。入江海曾約。　遇合事難托。莫擊磬門前，荷蕢人過，仰天大笑冠簪落。待說與，窮達不須疑。著古來賢者，進亦樂。退亦樂。

香噴（四卷本丙集香作薌歷代詩餘作香）曾約（歷代詩餘曾作會）

〔啟勳案〕一邱一壑乃先生瓢泉宅中亭館之一部分。前首「得蒼壁」之千年調詞所謂「嶙峋突兀正在一邱壑」。即其地也。集中唱和一邱一壑之詞不少。此詞在丙集。亦遷鉛山以後作。因以附入丙辰

沁園春

靈山齊庵賦時築偃湖未成

疊嶂西馳，萬馬回旋，衆山欲東。正驚湍直下，跳珠倒濺；小橋橫截，缺月初弓。老合投閒，天教多事，檢校長身十萬松。吾廬小，在龍蛇影外，風雨聲中。　爭先見面重重，看爽氣朝來三數峰。似謝家子弟，衣冠磊落；相如庭戶，車騎雍容。我覺其間，雄深雅健，如對文章太史公。新隄路，問偃湖何日，煙水濛濛。

三數　歷代詩餘三數作四

〔啟勳案〕靈山在上饒，上文歸朝歡之詞題「靈山齊庵菖蒲港……」云云，乃丙辰三月作，是年帶湖之宅燬，過此以往，即遷鉛山，此詞見丁集，仍作於上饒，當亦丙辰之上半年也。

聲聲慢

送上饒黃倅職滿赴調

東南形勝人物風流白頭見君恨晚便覺君家叔度去人未遠長憐士元驥足道直須別駕方展問箇裏待怎生銷殺胸中萬卷　況有星辰劍履是傳家合在玉皇香案零落新詩我欠可人消遣留君再三不住便直饒萬家淚眼怎抵得這眉間黃色一點

〔飲冰室攷證〕此當是慶元二年間作公自丙辰徙鉛山此後似不復居上饒詞中白頭見君恨晚語恐是最後居饒作

〔啟勳案〕右一條攷證乃伯兄批在信州本此詞之眉此一首四卷本失載唯見十二卷本因亦以附於丙辰葢丙辰下半年乃徙居鉛山也

驀山溪

趙昌父賦一邱一壑格律高古因效其體

飯蔬飲水客莫嘲吾拙高處看浮雲一邱壑中間甚

樂。功名妙手，壯也不如人，今老矣，尙何堪。堪釣前溪月。　病來止酒，辜負鸕鷀杓。歲晚念平生，待都與鄰翁細說。人間萬事，先覺者賢乎。深雪裏，一枝開，春事梅先覺。

（啟勳案）此詞亦見四卷本丙集，因亦以附於丙辰

鷓鴣天

登一邱一壑偶成

莫殢春光花下遊。便須準備落花愁。百年雨打風吹卻。萬事三平二滿休。　將擾擾，付悠悠。此生於此百無憂。新愁次第相拋舍。要伴春歸天盡頭。

（啟勳案）此詞不見於四卷本，姑以附於前首之後（丙辰）

浣溪沙

瓢泉偶作

新葺茆簷次第成。青山恰對小窗橫。去年曾共燕經營。 病怯杯盤甘止酒・老依香火苦翻經・夜來依舊管絃聲。

病怯 信州本怯作卻从四卷本丙集

〔啟勳案〕先生以丙辰歲自帶湖遷瓢泉而止酒諸作既證實爲乙卯年事此詞首一句當是遷新居未久而止酒亦正是乙卯丙辰間事乙卯猶在帶湖此詞既入瓢泉作當是丙辰

最高樓

聞前岡周氏旌表有期

君聽取・尺布尚堪縫。斗粟也堪舂。人間朋友猶能合・

古來兄弟不相容。棣華詩悲二叔。弔周公。長歎息。脊令原上急。重歎息。豆萁煎。正泣。形則異。氣正同。周家五世將軍後。前岡千載義居風。看明朝。丹鳳詔。紫泥封。

題（四卷本丙集無前岡二字）

南鄉子

慶前岡周氏旌表

無處著風光。天上飛來詔十行。父老歡呼童穉舞。前岡。千載周家孝義鄉。　草木盡芬芳。更覺溪頭水也香。我道烏頭門側畔。諸郎。準備他年晝錦堂。

題（四卷本丙集無前岡二字）風光（丙集風光作春）前岡（丙集岡作江）

〔啟勳案〕江西通志鉛山周欽若字彥恭累世業儒初有聲三舍不就祿仕積書教子欽若始願欲伯仲同居自以行季不得專主爲恨病急索紙書遺囑以孝弟之義戒其子卒後妻虞氏守義如夫子言子四藻芸苾芾守遺訓同居至慶元已三世矣三年州以狀聞朝廷旌表其閭長吏致禮免本家差役云先生以兩詞記其事或當日以地方紳士貪格爲之請旌也　廣信府志鉛山縣有周氏同居堂宋鵝湖處士周欽若立韓龍學爲之記畧云周處士世居鵞湖山下累代不析産食指至六百而能舉家雍穆云可知前闕乃在鵞湖山下

〔案〕寧宗慶元三年丁巳先生五十八歲

鵞山溪

停雲竹徑初成

小橋流水。欲下前溪去。喚起古人來。伴先生。風煙杖屨。行穿窈窕。時歷小崎嶇。斜帶水。半遮山。翠竹栽成路。　一尊遐想。剩有淵明趣。山上有停雲。看山下。濛濛細雨。野花啼鳥，不肯入詩來，還一似，笑翁詩句沒安排處。

（啟勳案）此亦經營瓢泉之宅也集中有一瑞鷓鴣詞「秋水觀中山月夜停雲堂下菊花秋」可見秋水停雲皆瓢泉宅中庭院參觀下文哨遍之案語此詞見丙集當是作於移居之翌年（丁巳）

聲聲慢

隱括淵明停雲詩

停雲靄靄，八表同昏，盡日時雨濛濛。搔首良朋，門前平陸成江。春醪湛湛獨撫，恨彌襟、閑飲東窗。空延佇，恨舟車南北，欲往何從。　歎息東園佳樹，列初榮枝葉，再競春風。日月於征，安得促席從容。翩翩何處飛鳥，息庭柯、好語和同。當年事，問幾人、親友似翁。

〔啟勳案〕此詞亦見丙集丙集乃自壬子帥閩起以至於壬戌帥越前中間家居鉛山者唯此數年此詞或是停雲命名之始姑以附於前首之後

〔丁巳〕

賀新郎

邑中園亭僕皆爲賦此詞一日獨坐停雲水聲山色競來相娛意溪山欲援例者遂作數語庶幾彷彿淵明思親友之意云

甚矣吾衰矣。悵平生、交遊零落、只今餘幾。白髮空垂三千丈、一笑人間萬事。問何物、能令公喜。我見青山多嫵媚、料青山、見我應如是。情與貌、畧相似。　一尊搔首東窗裏。想淵明、停雲詩就、此時風味。江左沈酣求名者、豈識濁醪妙理。回首叫、雲飛風起。不恨古人吾不見恨古人。不見吾狂耳。知我者。二三子。

題自述（花庵作）

〔啟勳案〕此詞亦見丙集因彙附於丁巳

再用前韻

鳥倦飛還矣。笑淵明。缾中儲粟。有無能幾。蓮社高人留翁語。我醉寧論許事。試沽酒。重斟翁喜。一見蕭然音韻古。想東籬。醉卧參差是。千載下。竟誰似。　元龍百尺高樓裏。把新詩。慇懃問我。停雲情味。北夏門高從拉攞。何事須人料理。翁曾道。繁華朝起。塵土人言寧可用。顧青山。與我何如耳。歌且和。楚狂子。

〔啟勳案〕用前首韻當是同時作此詞不見四卷本唯信州十二卷本有之（丁巳）

雨中花慢

登新樓有懷趙昌甫徐斯遠韓仲止吳子似楊民瞻

舊雨常來。今雨不來。佳人偃蹇誰留。幸山中芋栗。今歲全收。貧賤交情落落。古今吾道悠悠。怪新來卻見。文反離騷。詩發秦州。　功名只道。無之不樂。那知有更堪憂。怎奈向。兒曹抵死。喚不回頭。石卧山前認虎。蟻喧牀下聞牛。為誰西望。憑欄一餉。卻下層樓。

詩發（四卷本丙集發字脫）

吳子似見和再用韵為別

馬上三年。醉帽吟鞍。錦囊詩卷長留。悵溪山舊管。風月新收。明便關河杳杳。去應日月悠悠。笑千篇索價。未抵蒲桃。五斗涼州。停雲老子。有酒盈尊。琴書端可消憂。渾未解。傾身一飽。淅米矛頭。心似傷弓塞雁。身如喘月吳牛。晚天涼也。月明誰伴。吹笛南樓。

蒲桃歷代詩餘桃作萄　塞雁信州本塞作寒從四卷本丁集歷代詩餘作塞本　晚天涼也信州本晚作曉也作夜從四卷本丁集歷代詩餘同信州本

〔啟勳案〕右兩首原唱見四卷本丙集和韵見丁集先生與吳子似定交甚晚兩人唱和無見甲乙集者因此而知所謂新樓者必是瓢泉而非帶湖矣且停雲乃瓢泉亭館之名證據頗多丙辰由上饒遷鉛山則所謂新樓者添置當非甚晚因以附於丁巳

永遇樂

檢校停雲新種杉松戲作時欲作親舊報書

紙筆偶爲大風吹去末章因及之

投老空山萬松手種政爾堪歎何日成陰吾年有幾似見兒孫晚古來池館雲煙草棘長使後人淒斷想當年良辰已恨夜闌酒空人散　停雲高處誰知老子萬事不關心眼夢覺東窗聊復爾爾起欲題書簡霎時風怒倒翻筆硯天也只教吾懶又何事催詩急雨片雲斗暗

題四卷本丙集因字韻

臨江仙

停雲偶作

偶向停雲堂上坐，曉猿夜鶴驚猜。主人何事太塵埃。低頭還說向，被召又重來。　多謝北山山下老，殷勤一語佳哉。借君竹杖與芒鞋。徑須從此去，深入白雲堆。

〔啟勳案〕此詞不見四卷本但停雲之作似是從居鉛山後因以附於丁巳

瑞鷓鴣

期思溪上日千回。樟木橋邊酒數杯。人影不隨流水去，醉顏重帶少年來。　疏蟬響澀林逾靜，冷蝶飛輕菊半開。不是長卿終慢世，只緣多病又非才。

〔啟勳案〕此詞不見於四卷本期思即瓢泉所在地帶湖之宅燬於火乃在丙辰但是年三月先生仍在帶湖則從鉛山當在下半年此詞當或作於丁巳

山花子

病起獨坐停雲

彊欲加餐竟未佳。只宜長伴病僧齋。心似風吹香篆過、也無灰。　山下朝來雲出岫、隨風一去未曾回。次第前村行雨了、合歸來。

題　四卷本丙集作賦清虛

〔啟勳案〕詞見丙集因亦以附入停雲諸作（丁巳）

南歌子

新開池戲作

散髮披襟處、浮瓜沈李杯。涓涓流水細侵階。鑿箇池兒喚箇月兒來。　畫棟頻搖動、紅蕖盡倒開。鬥勻紅粉照香腮。有箇人人把做鏡兒猜。

紅蕖四卷本丙集蕖作葵

〔啟勳案〕此詞見丙集亦當是布置瓢泉之庭園姑以附於丁巳

鷓鴣天

戊午拜復職奉祠之命

老退何曾說著官。今朝放罪上恩寬。便支香火眞祠俸。更綴文書舊殿班。扶病腳。洗衰顏。快從老病借衣冠。此身忘世渾容易。使世相忘卻自難。

〔飲冰室考證〕按文知是復予祠祿並復其集英殿舊職也是時韓侂胄當國或欲收攬時望故敷衍先生所謂使世相忘卻自難也然先生宦情之闌珊誦詞文可見乃世有以壽韓詞嫁名先生者用此詞作反證其僞已不辨自明矣

〔案〕寧宗慶元四年戊午先生五十九歲

有感

出處從來自不齊。後車方載太公歸。誰知寂寞空山裏，卻有高人賦采薇。　黃菊嫩，晚香枝。一般同是采花時。蜂兒辛苦多官府，蝴蝶花間自在飛。

誰知　四卷本丁集此二句作誰知孤竹夷齊子正向空山賦采薇

〔啟勳案〕此詞見丁集，題曰有感。詞意則言出處事，雖無實據，謂必是此年作，但丙丁集詞正是戊午前後，附載於此，年代亦不亂。

六州歌頭

西湖萬頃，樓觀矗千門。春風路，紅堆錦，翠連雲。俯層軒。風月都無際，蕩空靄，開絕境，雲夢澤，饒八九，不須吞。翡翠明璫，爭上金隄去，勃窣媻姗。看賢王高會，飛蓋入雲煙，白鷺振振，鼓咽咽。記風流遠，更休作，嬉遊地。等閑看，君不見，韓獻子，晉將軍，趙孤存。千古傳忠獻，兩定策，紀元勳。孫又子，方談笑，整乾坤。直使長江如帶，依前是，□趙須韓伴。皇家快樂，長在玉津邊。只在南園。

飲冰室攷證　丙集本有六州歌頭一首，玩文知是贈韓平原者。諸本皆無，想是韓敗後編者刪去。

啟勳案　右一條乃伯兄批在信州本之眉。此詞作年無可攷，因前首鷓鴣天之攷證言及韓平原，姑附於此。且見於丙集，時代亦只在此數年，未爲誤也。

武林舊事　南園中興後所創，光宗朝賜韓侂胄，陸放翁爲記。後復歸御前，名慶樂，賜嗣榮王與芮，又改勝景。　蓉塘詩話　慶樂園，韓平原之南園也，有碑石卧荆棘中，猶存古桂百餘。　夢粱錄　南園內有十樣亭榭，工巧無二，射圃、走馬廊、流杯池、山洞，堂宇宏麗，野店村莊，裝點時景

蘭陵王

己未八月二十日夜夢有人以石研屏見饟者其色如玉光潤可愛中有一牛磨角作鬥狀云湘潭里中有張其姓者多力善鬥號張難敵一日與人搏偶敗忿赴河而死居三日其家人來視之浮水上則牛耳自後並水中之山往往有此石或得之里中輒不利夢中異之爲作詩數百言大抵皆取古之怨憤變化異物等事覺而忘其言後三日賦詞以識其異

恨之極。恨極銷磨不得。萇弘事、人道後來其血三年化爲碧。鄭人緩也泣。吾父攻儒助墨。十年夢。沈痛化余。秋柏之間既爲實。相思重相憶。被怨結中腸。潛動精魄。望夫江上巖巖立。嗟一念中變。後期長絕。君看啟母憤所激。又俄頃爲石。難敵最多力。甚一忿沈淵。精氣爲物。依然困鬥牛磨角。便影入山骨。至今雕琢。尋思人世。只合化夢中蝶。

〔飲冰室攷證〕詞文恢詭宛憤。蓋借以攄其積年胸中魂磊不平之氣。

〔案〕寧宗慶元五年己未。先生六十歲。

哨遍

秋水觀

蝸角鬥爭。左觸右蠻。一戰連千里。君試思。方寸此心微總虛空，并包無際。喻此理，何言泰山毫末。從來天地一稊米，嗟小大相形，鳩鵬自樂，之二蟲又何知。記跖行仁義，孔丘非，更殤樂長年老彭悲。火鼠論寒，冰蠶語熱，定誰同異。　噫。貴賤隨時。連城纔換一羊皮。誰與齊萬物，莊周吾夢見之。正商略遺篇，翩然顧笑，空堂夢覺題秋水。有客問洪河百川灌雨，徑流不辨涯涘。於是焉河伯欣然喜，以天下之美盡在己。渺滄溟望洋東視，逡巡向若驚歎，謂我非逢子，大方達觀之家，未免長見，悠然笑耳。此堂之水幾何，其但清溪一曲而已。

用前韻

一壑自尊五柳笑人晚乃歸田里問誰知幾者動之微望飛鴻冥冥天際論妙理濁醪正堪長醉從今自釀躬耕米嗟美惡難齊盈虛如代天耶何必人知試回頭五十九年非似夢裏歡娛覺來悲夔乃憐蚿觳亦亡羊算來何異　嘻物諱窮時豊狐文豹罪之皮富貴非吾願皇皇乎欲何之正萬籟都沈月明中夜心彌萬里清如水卻自覺神遊歸來坐對依稀淮岸江涘看一時魚鳥忘情喜會我已忘機更忘已又何曾物我相視非魚濠上遺意要是吾非子但教河伯休慚海若小大均爲水耳世間喜慍更何其笑先生三仕而已

吾非子 歷代詩餘吾作我

【飲冰室攷證】第二首有試回頭五十九年非語知是本年作第一首既爲同韵原唱則亦同時作也鉛山志云秋水觀在縣東二十里盖距瓢泉甚近他詞中所謂秋水瀑泉醉眠秋水等皆指此

【啟動案】讀先生「晨來問疾」之六州歌頭顯然知爲規畫布置其瓢泉新居之庭園而作中有「秋水堂前曲沼明如鏡可燭眉鬚被山頭急雨耕壟灌泥塗誰使吾廬映污渠」數語又有章謙亭之摸魚兒題爲「過期思稼軒之居曾留飲於秋水觀賦一辭謝之」頗疑秋水觀亦即先生期思新居之一院落取一名勝之名以爲名非謂鉛山縣東之秋水觀也 一西湖遊覽志「賈似道離亭在西泠橋南波光萬頃與闌檻相値内有秋水觀」又云「秋水觀乃賈相行樂處」可見借名勝以自名其庭院實古今人所常有以先生之六州歌頭及章謙亭之摸魚兒詞題證之實可確定先生瓢泉之庭園有一秋水觀先生詞中有「秋水堂前曲沼明如鏡……誰使吾廬映污渠」固明明以秋水堂爲吾廬矣

【案】章謙亭字牧叔若溪人紹定間知鉛山

【案】慶元五年己未先生六十歲

〔案〕「笑塵勞三十九年非」之滿江紅乃四十歲作「四十九年前事」之水調歌頭乃五十歲作「試回頭五十九年非」之哨遍乃六十歲作四十五十六十先生皆有一首回顧詞愈可證滿江紅一首之案語不爲武斷因水調歌頭一首題爲元日投宿博山寺有與陳同父相往還之種種歷史作鐵證知是五十歲之元日作也

菩薩蠻

晝眠秋水

葛巾自向滄浪濯。朝來漉酒那堪着。高樹莫鳴蟬。晚涼秋水眠。竹牀能幾尺。上有華胥國。山上咽飛泉。夢中琴斷絃。

斷絃　信州本絃作弦　從四卷本丙集

〔啟勳案〕此詞無年月可攷但見於四卷本丙集姑附於此　〔己未〕

玉樓春

效白樂天體

少年才把笙歌醆。夏日非長秋夜短。因他老病不相饒。把好心情都做嬾。故人別後書來勸。乍可停杯彊喫飯。云何相見酒邊時。卻道達人須引滿。

用韵畣葉仲洽

狂歌擊碎村醪醆。欲舞還憐衫袖短。心如溪上釣磯閒。身似道旁官堠嬾。山中有酒提壺勸。好語憐君堪飦飯。至今有句落人問。渭水秋風黃葉滿。諺云饞如鴞子嬾如堠子

憐君 四卷本丁集憐作多　秋風 四卷本秋作西

用韻畣吳子似縣尉

君如九醞臺粘醆，我似茅柴風味短。幾時秋水美人來，長恐扁舟乘興嬾。　高懷自飲無人勸，馬有青芻奴白飯。向來珠履玉簪人，頗覺斗量車載滿。

〔啟勳案〕右三首同韻，知是同時作，均見四卷本丁集。

沁園春

和吳子似縣尉

我見君來，頓覺吾廬，溪山美哉。恨平生肝膽，都成楚越，只今膠漆，誰是陳雷。搔首踟躕，愛而不見，要得詩來渴望梅。還知否，快青風入手，日看千回。　直須抖擻塵埃，人怪我柴門今始開。向松間乍可，從他喝道，

庭中且莫踏破蒼苔。豈有文章謾勞車馬。待喚青芻白飯來。君非我。任功名意氣莫憑徘徊

快清風 歷代詩餘快作恰

〔飲冰室攷證〕子似名紹古號雲錦饒州安仁縣石痕里人早歲即從學象山象山集卷三有與吳子嗣詩八首即此人 案伯兄此條乃批在信州本之眉

〔啟勳案〕廣信府志「吳紹古字子嗣鄱陽人慶元五年任鉛山尉」慶元五年己未先生六十歲正是由三山落職家居鉛山尚未起任浙帥時雖則此次家居非只一年但讀「柴門今始闢」之句似是子似初就鉛山任第一次見面時唱和之作因以繫於己未前三首玉樓春有連帶關係並附此年

浪淘沙

送吳子似縣尉

金玉舊情懷。風月追陪。扁舟千里興佳哉。不似子猷

行半路。卻掉船回。來歲菊花開記我清杯西風雁過填山臺把似倩他書不到。好與同來

〔飲冰室攷證〕丙集與吳子似唱和甚多乙集只此一首

〔啟勳案〕此詞頗不可解吳子似作鉛山縣尉乃在慶元五年己未先生六十歲時乙集乃截止於紹熙二年辛亥先生五十二歲時縣尉之稱豈能見諸乙集且先生與子似唱和諸詞全在丙丁集五十二歲以前似未相識也此詞作年雖未能確指姑移置於子似作縣尉之初年以待攷

鷓鴣天

壽吳子似縣尉時攝事城中

上巳風光好放懷。故人猶未看花回。茂林映帶誰家竹。曲水流傳第幾杯。 摛錦繡。寫瓊瑰。長年富貴屬多才。要知此日生男好。曾有周公祓禊來

題四卷本丁集無吳字無縣尉二字故人吳縣尉丁億君作丁集

吳子似生日在上巳見新荷葉詞題〔啟勳案〕

又

去歲君家把酒杯。雪中曾見牡丹開。而今紈扇薰風裏。又見疏枝月下梅。　歡幾許。醉方回。明朝歸路有人催。低聲待向誰家道。帶得歌聲滿耳來。

〔飲冰室攷證〕此當是與前首同題〔啟勳案〕右兩詞雖無本年作之明文但子似乃慶元己未初來鉛山作縣尉姑以入本年

沁園春

壽趙茂嘉郎中時以制置兼濟倉振濟里中除直秘閣

甲子相高亥首曾疑絳縣老人看長身玉立鶴般風度方頤鬚磔虎樣精神文爛卿雲詩淩鮑謝筆勢駸駸更右軍渾餘事羨仙都夢覺金闕名存 門前父老忻忻煥奎閣新褒詔語溫記他年帷幄須依日月只今劍履快上星辰人道陰功天教多壽看到貂蟬七葉孫君家裏是幾枝丹桂幾樹靈椿

題信州本無制字從四卷本 相高四卷本丁集高作交

滿江紅

壽趙茂嘉郎中前章記兼濟倉事

我對君侯怪長見兩眉陰德還夢見玉皇金闕姓名仙籍舊歲炊煙渾欲斷被公扶起千人活算胸中除

卻五車書都無物。山左右。溪南北。花遠近。雲朝夕。看風流杖屨。蒼髯如戟。種柳已成陶令宅。散花更滿維摩室。勸人間。且住五千年。如金石。

題四卷本丁集壽作呈兼作廣怪長四卷本作長怪還夢見四卷本作更長夢山四卷本作溪溪四卷本作山

啟勳案 廣信府志趙茂嘉名不遜鉛山人幼有文名登隆興癸未進士嘗立兼濟倉於鉛山縣之天王寺慶元五年除直秘閣以旌之（己未）

新荷葉

上巳日吳子似謂古今無此詞索賦

曲水流觴。賞心樂事良辰。蘭蕙風光。轉頭天氣還新。明眸皓齒。看江頭。有女如雲。折花歸去。綺羅陌上芳塵。能幾多春·試聽啼鳥殷勤。對景興懷·向來哀樂紛紛。且題醉墨·似蘭亭列敘。時人後之覽者·又將有感斯文。

對景 四卷本丙集作覽物 列敘 歷代詩餘列作別

徐思上巳乃子似生日因改定

曲水流觴·賞心樂事·良辰。今幾千年·風流禊事·如新。明眸皓齒·看江頭·有女如雲。折花歸去·綺羅陌上芳塵。絲竹紛紛·楊花飛·鳥銜巾。爭似羣賢·茂林修竹蘭亭。一觴一詠·亦足以·暢敘幽情。清歡未了·不如留住青春。

〔啓勳案〕此詞見四卷本丁集但當是與前首同時上年之上巳日有壽吳子似之作姑以此兩首

入庚申

感皇恩

讀莊子聞朱晦菴卽世

案上數篇書，非莊卽老。會說忘言始知道。萬言千句，不自能忘堪笑。今朝梅雨霽，青天好。　一壑一邱，輕衫短帽。白髮多時故人少。子雲何在，應有玄經遺草。江河流日夜，何時了。

題　四卷本丙集作讀莊子有所思　今朝　四卷本作朝來

〔啟勳案〕宋史寧宗慶元六年庚申三月甲子（卽初九日）提舉南京鴻慶宮朱熹卒。晦翁生於建炎四年庚戌，卒年七十一。時黨禍正盛，門生故吏無敢往弔者。先生獨爲文以祭之。全文已佚，唯本傳錄存四句云：「所不朽者，垂萬世名。孰謂公死，凜凜猶生。」伯兄著先生年譜，卽止於此。凜凜猶生之

〔注〕字實甫生平所書最後之一字矣時則民國十七年十月十二日也

〔案〕寧宗慶元六年庚申先生六十一歲

哨遍

趙昌父之祖季思學士退居鄭圃有亭名魚計字文叔通爲作古賦令昌父之弟成父於所居鑿池築亭榜以舊名昌父爲成父作詩屬余賦詞余爲賦哨遍莊周論於蟻棄知於魚得計於羊棄意其義美矣然上文論蟻託於豕而得焚羊肉爲蟻所慕而致殘下文將併結二義乃獨置豕蝨不言而遽論魚其義無所從起又間於羊蟻兩句之間使羊蟻之

義離不相屬何耶其必有深意存焉顧後人未之曉耳或言蟻得水而死羊得水而病魚得水而活此最穿鑿不成義趣余嘗反復尋繹終未能得意世必有能讀此書而了其義者他日倘見之而問焉姑先識余疑於此詞云爾

池上主人人適忘魚魚適還忘水洋洋乎翠藻青萍裏想魚兮無便於此嘗試思莊周正談兩事一明豕蝨一羊蟻說蟻慕於羶於蟻棄知又說於羊棄意甚蝨焚於豕獨忘之卻驟說於魚爲得計千古遺交我不知言以我非子噫子固非魚魚之爲計子焉知

河水深且廣。風濤萬頃堪依。有網罟如雲。鵜鶘成陣。過而留泣計應非。其外海茫茫。下有龍伯。飢時一啖千里。更任公。五十犗爲餌。使海上。人人厭腥味。似鵾鵬。變化能幾。東遊入海此計。直以命爲嬉。古來謬算狂圖。五鼎烹死指爲平地。嗟魚欲事遠遊時。請三思而行可矣。

過片信州本作子固非魚噫從歷代詩餘　能幾歷代詩餘能字脫　指爲歷代詩餘指作恆

【啟勳案】趙昌父名蕃其先居鄭州。至昌甫之父乃遷廣信玉山縣之章泉因以爲號以蔭補仕受學於劉清之

魚計亭信州府志趙暘父敘居鄭州時有魚計亭宇文黃中爲之賦後四世孫藏復作亭於玉山縣之章泉以舊賦刻石亦以舊名名其亭　輿地紀勝趙敘居鄭州有亭曰魚計敘子

暘以提點坑冶來居玉山亦作魚計亭 章泉

信州府志章泉在玉山縣雙峯山下趙蕃以爲號

〔案〕昌父與先生交甚晚甲乙丙集無唱和之作想在先生遷居鉛山後乃納交蓋昌父隱居求志五十年猶問學於朱晦翁其品格之高尚可知鉛山距章泉不遠自先生移居後遂成莫逆唱和諸作盡在此數年間姑以附於庚申

〔案〕過片第一句歷代詩餘作「憶子固非魚」信州本作「子固非魚憶」自不如歷代詩餘之善

鷓鴣天

祝良顯家牡丹一本百朵

占斷雕欄只一株。春風費盡幾工夫。天香夜染衣猶濕。國色朝酣醉未蘇。 嬌欲語。巧相扶。不妨老幹自扶疏。恰如翠幕高堂上。來看紅衫百子圖。

〔啟勳案〕先生詩存有庚申二月二十八日同杜叔高祝彥集約賞牡丹之絕句二首此詞見丙集

作品正是庚申前後數年間姑以此詞繫於庚申

賦牡丹主人以謗花索賦解嘲

翠蓋牙籤數百株。楊家姊妹夜游初。五花結隊香如霧。一朵傾城醉未蘇。　閒小立。困相扶。夜來風雨有情無。愁紅慘綠今宵看。恰似吳宮教陣圖。

再賦

濃紫深黃一畫圖。中間更有玉盤盂。先裁翡翠裝成蓋。更點胭脂染透酥。　香瀲灩。錦模糊。主人長得醉工夫。莫攜弄玉欄邊去。羞得花枝一朵無。

〔啟勳案〕此二首亦見丙集玩文當是同時作

柳梢青

辛酉生日前兩日夢一道士話長年之術夢中痛以理折之覺而賦八難之辭

莫鍊丹難。黄河可塞·金可成難。休辟穀難·吸風飲露長忍飢難。　勸君莫遠遊難。何處有西王母難。休采藥難·人沈下土·我上天難。

〔案〕寧宗嘉泰元年辛酉先生六十二歲

〔啟勳案〕伯兄於所箸先生年譜中世系譜之攷證謂「四卷本所收詞截止慶元庚申先生六十一歲爲止」似不確此首之題有辛酉二字而見於丙集唯「壬戌歲生日書懷」之臨江仙乃不見於四卷本可證四卷本所收詞乃止於嘉泰元年辛酉先生六十二歲之年

臨江仙

昨日得家報牡丹漸開連日少雨多晴常年

未有僕留龍安蕭寺諸君亦不果來豈牡丹留不住爲可恨耶因取來韵爲牡丹下一轉語

祇恐牡丹留不住。與春約束分明。未開微雨半開晴。要花開定準。又更與花盟。　魏紫朝來將進酒。玉盤盂樣先呈。鞓紅似向舞腰横。風流人不見。錦繡夜間行。

〔啟勳案〕讀史方輿紀要　龍安驛即故龍安縣宋慶歷中置屬南昌府安義縣　又唐武德五年析建昌縣地置龍安縣屬南昌州八年縣廢置龍安鎮舊志龍安城在建昌縣南六十里　案南昌即當日之隆興屬豫章詞題昨日得家報云云必非知隆興府時作因在職不能如是之暇逸也且上饒之宅乃成於知隆興之年與家報常年未有之説亦不相合集中尚有遊龍安之玉樓春四首

兩首見丁集建昌與鉛山爲鄰而距上饒較遠因以遊龍安諸詞彙附於丁集之末年辛酉不中亦不遠矣

玉樓春

戲賦雲山

何人半夜推山去。四面浮雲猜是汝。常時相對兩三峯、走遍溪頭無覓處。西風瞥起雲橫度。忽見東南天一柱。老僧拍手笑相夸、且喜青山依舊住。

相夸 四卷本丁集夸作誇歷代詩餘作誇 且喜 丁集且作相

用韻答傳巖叟葉仲洽趙國興

青山不解乘雲去。怕有愚公驚著汝。人間踏地出租錢、借使移將無著處。三星昨夜光移度。妙語來題橋上柱。黃花不插滿頭歸・定倩白雲遮且住。

不解 四卷本丁集解作會

又

無心雲自來還去。元共青山相爾汝。霎時迎雨障崔嵬・雨過卻尋歸路處。 倩天翠竹何曾度。遙見屹然星砥柱。今朝不管亂雲深・來伴仙翁山下住。

又

瘦筇倦作登高去。卻怕黃花相爾汝。嶺頭拭目望龍安・更在雲煙遮斷處。 思量落帽人風度。休說當年功紀柱。謝公直是愛東山・畢竟東山留不住。

〔啟勳案〕前二首見四卷本丁集。後二首不載於四卷本。四首同韵。知是同時作。第四首有嶺頭拭

日望龍安之句知是隆興作因以附於辛酉

稼軒詞卷四終

從子廷燦校字

稼軒詞卷五目錄

年　紹熙三年壬子至嘉泰元年辛酉

歲　五十三至六十二

地　三山　帶湖　瓢泉

目錄

目錄

卷五共一百三十首

稼軒詞卷五

宋　歷城　辛棄疾　幼安

新會梁啟超輯　梁啟勳疏證

賀新郎

題趙兼善龍圖東山園小魯亭

下馬東山路。恍臨風。周情孔思，悠然千古。寂寞東家丘何在，縹渺危亭小魯。試重上。巖巖高處。更憶公歸西悲日，正濛濛。陌上多零雨。嗟費卻，幾章句。　謝公雅志還成趣。記風流。中年懷抱，長攜歌舞。政爾良難君臣事，晚聽秦箏聲苦。快滿眼。松篁千畝。把似渠垂功名淚，算何如。且作溪山主。雙白鳥，又飛去。

題　四卷本丁集無龍圖二字東山之下信州本無圍字據丁集補

〔啟勤案〕信州府志東山在鉛山縣城東三里山間有亭春陵守趙充夫治其地爲東圍後廢云東山圍或即此

〔案〕以下諸詞皆見於四卷本丙丁兩集雖未能一一舉其年但知是從紹熙三年壬子至嘉泰元年辛酉十年間之作品中間有六年閒居於鉛山林下故得詞甚多

題傅君用山圍

會與東山約。爲儵魚從容分得、清泉一勺。堪笑高人讀書處、多少松窗竹閣。甚長被、遊人占卻。萬卷何言達時用、士方窮、早與人同樂。新種得、幾花藥。　山頭怪石蹲秋鶚。俯人間、塵埃野馬、孤撐高攫。拄杖危亭扶未到、已覺雲生兩腳。更換卻、朝來毛髮。此地千年曾物化。莫呼猿。且自多招鶴。吾亦有一邱壑。

題四卷本丁集無傳字。早與丁集本早下註去聲二字

〔啟動案〕此詞張功甫有和韻題〔次辛稼軒韻寄呈〕邂逅非專約記當年林堂對竹豔歌春酌一笑乘鸞明月影餘事丹青麟閣待宇宙長繩穿卻念我中原空有夢渺風塵萬里迷長樂愁易老欠靈藥別來幾度霜天鶚厭紛紛吞腥啄腐狗偷烏攫東晉風流兼慷慨公自陽春有腳妙悟處不存毫髮何日相從雲水去看精神峭緊芝田鶴書壯語徧巖壑　功甫名鎡號約齋居士西秦人循王俊諸孫官奉議郎有玉照堂詞一卷今已佚此詞見南湖詩餘看精神峭緊芝田鶴一句真似爲先生寫一小照活畫一身長玉立好作事而絕對負責之人

用韻題趙晉臣敷文積翠巖余謂當築陂於其前

拄杖重來約。到東風。洞庭張樂。滿空簫勺。巨海拔犀

頭角出東向此山高閣倚依舊爭前又卻老我傷懷登臨際問何方可以平哀樂唯是酒萬金藥 勸君且作橫空鶚更休論人間腥腐紛紛烏攫九萬里風斯在下翻覆雲頭雨腳快直上崑崙濯髮好卧長虹陂十里是誰言聽取雙黃鶴攜翠影浸雲壑

題 四卷本丁集謂當二字作欲令 此山 信州本此作北從四卷本歷代詩餘作北 十里 歷代詩餘十作干

〔啟勳案〕讀此詞題愈可證晉臣之積翠巖非貴溪縣之積翠巖彼乃公眾名勝似不能據爲己有而加以工程也參觀「我笑共工緣底怒」之歸朝歡案語

韓仲止判院山中見訪席上用前韻

聽我三章約有談功談名者舞談經深酌作賦相如

親滌器識字子雲投閣算枉把精神費卻此會不如公榮者莫呼來政爾妨人樂醫俗士苦無藥　當年眾鳥看孤鶚意飄然橫空直把曹吞劉攫老我山中誰來伴須信窮愁有脚似剪盡還生僧髮自斷此生天休問倩何人說與乘軒鶴吾有志在邱壑起用世說語

〔敬動案〕韓仲止名淲號澗泉尚書元吉子有澗泉詩餘一卷以上三首疊韻知是同時作亦正三山歸後優遊林下語也

嚴和之好古博雅以嚴本莊姓取蒙莊子陵四事曰濮上曰濠梁曰齊澤曰嚴瀨爲四圖屬余賦詞余謂蜀君平之高揚子雲所謂雖隋和何以加諸者班孟堅獨取子雲所稱述

爲王貢諸傳序引不敢以其姓名列諸傳尊之也故余以謂和之當併圖君平像置之四圖之間庶幾嚴氏之高節備焉作乳燕飛詞使歌之

濮上看垂釣。更風流羊裘澤畔。精神孤矯。楚漢黄金公卿印。比着漁竿誰小。但過眼。纔堪一笑。惠子焉知濠梁樂。望桐江。千丈高臺好。煙雨外。幾魚鳥。　古來如許高人少。細平章兩翁似與。巢由同調。已被堯知方洗耳。畢竟塵污人了。要名字。人間如掃。我愛蜀莊沈冥者。解門前不使徵車到。君爲我。畫三老。

題傅巖叟悠然閣

路入門前柳到君家悠然細說淵明重九晚歲淒其無諸葛唯有黃花入手更風雨東籬依舊陡頓南山高如許是先生拄杖歸來後山不記何年有　是中不減康廬秀倩西風爲君喚起翁能來否鳥倦飛還平林去雲自無心出岫賸準備新詩幾首欲辨忘言當年意慨遥遥我去羲農久天下事可無酒

四卷本丁陡集作斗　陡頓歷代詩餘及辛啟泰本皆作頻顧

用前韻再賦

肘後俄生柳歎人生不如意事十常八九右手淋浪才有用閒卻持螯左手漫贏得傷今感舊投閣先生唯寂寞笑是非不了身前後持此語問烏有　青山

幸自重重秀。問新來蕭蕭木落。可堪秋否。總被西風都瘦損。依舊千巖萬岫。把萬事無言搔首。翁比渠儂人誰好。是我常與我周旋久。寧作我。一杯酒。

頗堪〔歷代詩餘〕頗作可

〔啟勳案〕此詞四卷本失載，唯與前首同韻，當是同時作。

念奴嬌

趙晉臣敷文十月望生日自賦詞屬余和韻

看公風骨。似長松磊落。多生奇節。世上兒曹都蓄縮。凍芋旁堆秋瓞。結屋溪頭。境隨人勝。不是江山別。紫雲如陣。妙歌爭唱新闋。　尊酒一笑相逢。與公臭味菊茂蘭須悅。天上四時調玉燭。萬事宜詢黃髮。看取東歸、周家叔父、手把元龜說。祝公長似、十分今夜明月。

題四卷本丁集無趙字又無敷文二字

和趙國興知錄韵

爲沽美酒、過溪來誰道、幽人難致。更覺元龍樓百尺、湖海平生豪氣。自歎年來看花索句、老不如人意。東風歸路、一川松竹如醉。　怎得身似莊周夢中蝴蝶、花底人間世。記取江頭三月暮、風雨不爲春計。萬斛愁來、金貂頭上、不抵銀瓶貴。無多笑我、此篇聊當賓戲。

重九席上

龍山何處，記當年高會，重陽佳節。誰與老兵供一笑，落帽參軍華髮。莫倚忘懷，西風也解，點檢尊前客。淒涼今古，眼中三兩飛蝶。須信采菊東籬，高情千載，只有陶彭澤。愛說琴中如得趣，絃上何勞聲切。試把空杯，翁還肯道，何必杯中物。臨風一笑，請翁同醉今夕。

也解 四卷本丁集解作會

〔啟勳案〕龍山在江陵城西北十五里，桓溫九日登高孟嘉落帽處也。

用韵答傅先之提舉

君詩好處，似鄒魯儒家，還有奇節。下筆如神强押韵，遺恨都無毫髮。炙手炎來，掉頭冷去，無限長安客。丁寧黃菊。未消勾引蜂蝶 天上絳闕清都。聽君歸去。我自癯山澤人道君才剛百鍊。美玉都成泥切我愛風流。醉中傾倒。邱壑胸中物。一杯相屬。莫孤風月今夕。

題 四卷本丁集無提舉二字 押韵 丁集押作壓

賦傅巖叟香月堂兩梅

未須草草。賦梅花多少。騷人詞客。總被西湖林處士。不肯分留風月。疏影橫斜。暗香浮動。把斷春消息。試將花品。細參今古人物。 看取香月堂前。歲寒相對。楚兩龔之潔。自與詩家成一種。不係南昌仙籍。怕是當年。香山老子。姓白來江國。謫仙人字太白還又名白。

題（四卷本丙集作賦梅花）細參（丙集作未忝）

余既爲傅巖叟兩梅賦詞傅君用席上有請云家有四古梅今百年矣未有以品題乞援香月堂例欣然許之且用前篇體製戲賦

是誰調護、歲寒枝都把、蒼苔封了。茆舍疏籬江上路、清夜月高山小。摸索應知、曹劉沈謝、何況霜天曉。芬芳一世、料君長被花惱。　惆悵立馬行人、一枝最愛、竹外橫斜好。我向東鄰曾醉裏、喚起詩家二老、拄杖而今、婆娑雪裏、又識商山皓。請君置酒、看渠與我傾倒。

醉裏 歷代詩餘裏作後

水調歌頭

題張晉英提舉玉峯樓

木末翠樓出。詩眼巧安排。天公一夜。削出四面玉崔嵬。疇昔此山安在。應爲先生見晚。萬馬一時來。白鳥飛不盡。卻帶夕陽回。　勸君飲。左手蟹。右手杯。人間萬事變滅。今古幾池臺。君看莊生達者。猶對山林皋壤。哀樂未忘懷。我老尚能賦。風月試追陪。

醉吟

四坐且勿語。聽我醉中吟。池塘春草未歇。高樹變鳴禽。鴻雁初飛江上。蟋蟀還來牀下。時序百年心。誰要

卿料理山水有清音　歡多少歌長短酒淺深而今已不如昔後定不如今閑處直須行樂良夜更教秉燭高會惜分陰白髮短如許黃菊倩誰簪

題吳子似瑱山經德堂堂陸象山所名也

喚起子陸子經德問何如萬鍾於我何有不負古人書聞道千章松桂剩有四時柯葉霜雪歲寒餘此是瑱山境還似象山無　耕也餒學也祿孔之徒青衫畢竟升斗此意頗關渠天地清寧高下日月東西寒暑何用着工夫兩字君勿惜借我榜吾廬

題 信州本所名作取名從四卷本丁集 青衫 信州本衫作山從四卷本 頗關 丁集頗作正

〔飲冰室攷證〕子似早歲即從學象山象山集卷三有與吳子似詩八首經德堂記見象山集卷五紹熙元年撰象山卒於紹熙三年此詞云輿起子陸子似是象山卒後語　吳子似名紹古饒州安仁縣人

〔啟勳案〕右之攷證在信州本此詞之眉

趙昌父七月望日用東坡韵敘太白東坡事見寄過相褒借且有秋水之約八月十四日余卧病博山寺中因用韵爲謝兼簡子似

我志在寥闊疇昔夢登天摩挲素月人世俛仰已千年有客驂鸞並鳳云遇青山赤壁相約上高寒酌酒援北斗我亦蝨其間　少歌曰神甚放形則眠鴻鵠一再高舉天地睹方圓欲重歌兮夢覺推枕惘然獨念人事底虧全有美人可語秋水隔嬋娟

題信州本余卧病之余字脫簡子似作寄吳子似從四卷本丁集

題永豐楊少游提點一枝堂

萬事幾時足、日月自西東。無窮宇宙、人是一粟太倉中。一葛一裘經歲、一鉢一瓶終日、老子舊家風。更著一杯酒、夢覺大槐宮。　記當年、嚇腐鼠、歎冥鴻。衣冠神武門外、驚倒幾兒童。休說須彌芥子、看取鵾鵬斥鷃、小大若爲同。君欲論齊物、須訪一枝翁。

〔啟勳案〕讀史方輿紀要永豐縣在廣信府東南四十五里本上饒縣地乾元初析置永豐縣屬信州又吉安府亦有一永豐縣宋至和元年置屬吉州故廣信府之永豐亦名廣豐

席上爲葉仲洽賦

高馬勿捶面、千里事難量。長魚變化雲雨、無使寸鱗傷一甃一邱吾事一斗一石皆醉風月幾千塲鬚作蝟毛磔筆作劍鋒長　我憐君癡絕似顧長康綸巾羽扇顛倒又似竹林狂解道長江如練準備停雲堂上千首買秋光怨調爲誰賦一斛貯檳榔

滿江紅

山居卽事

幾箇輕鷗來點破一泓澄綠更何處一雙鸂鶒故來爭浴細讀離騷還痛飲飽看修竹何妨肉有飛泉日日供明珠五千斛　春雨滿秧新穀閑永日眠黃犢看雲連麥隴雪堆蠶簇若要足時今足矣以爲未足何時足被野翁相挾入東園枇杷熟

五千（四卷本丙集五作三，歷代詩餘作三）野翁（信州本及丙集翁作老，從歷代詩餘）相挾（信州本及丙集挾作扶，從歷代詩餘）

啟勳案　先生上饒之宅似在平原，地勢開展；鉛山之宅似在高地，林壑幽深。讀集中詞可以彷彿得之。故凡山居云者，皆指瓢泉也。　此詞之最後一韻，初亦疑其不叶，今見歷代詩餘作「被野翁相挾入東園」，是矣。

木蘭花慢

寄題吳克明廣文菊隱

路傍人怪問、此隱者、姓陶不。甚黃菊如雲、朝吟暮醉、喚不回頭。縱無酒成悵望、只東籬、搔首亦風流。與客朝飡一笑、落英飽便歸休。　古來堯舜與巢由。江海去悠悠。待說與佳人、種成香草、莫怨靈脩。我無可無

不可。意先生。出處有如丘。聞道問津人過。殺雞爲黍相留、

四卷本丙集作題廣文克明菊隱　朝滄丙集滄作餐歷代詩餘作餐

中秋飲酒將旦客謂前人詩詞有賦待月無送月者因用天問體賦

可憐今夕月。向何處。去悠悠。是別有人間。那邊纔見。光景東頭。是天外空汗漫。但長風浩浩送中秋。飛鏡無根誰繫。姮娥不嫁誰留。　謂經海底問無由。恍惚使人愁。怕萬里長鯨。從橫觸破。玉殿瓊樓。蝦蟆故堪浴水。問云何。玉兔解沈浮。若道都齊無恙。云何漸漸如鉤。

經海四卷本丙
集經作洋

水龍吟

愛李延年歌淳于髡語合爲詞庶幾高唐神女洛神賦之意云

昔時曾有佳人，翩然絶世而獨立。未論一顧傾城，再顧又傾人國。寧不知其，傾城傾國，佳人難再得。看行雲行雨，朝朝暮暮，陽臺下，襄王側。　堂上更闌燭滅，記主人、留髡送客。合尊促坐，羅襦襟解，微聞薌澤。當此之時，止乎禮義，不淫其色。但噉其泣矣，啜其泣矣，又何嗟及。

又

老來曾識淵明。夢中一見參差是。覺來幽恨。停觴不御。欲歌還止。白髮西風。折腰五斗。不應堪此。問北窗高卧。東籬自醉。應別有。歸來意。　須信此翁未死。到如今。凜然生氣。吾儕心事。古今長在。高山流水。富貴他年。直饒未免。也應無味。甚東山何事。當時也道。爲蒼生起。

未免 歷代詩餘作來晚

永遇樂

梅雪

怪底寒梅。一枝雪裏。直恁愁絶。問訊無言。依稀似妒天上飛英白。江山一夜。瓊瑤萬頃。此段如何妒得。細看來，風流添得自家越樣標格。晚來樓上，對花臨鏡，學作半粧宮額。著意爭妍，那知卻有人妒，花顏色。無情，休問許多般事，且自訪梅踏雪。待行過溪橋，夜半更邀素月。

江山信州本山作上從四卷本丁集歷代詩餘亦作山　宮額歷代詩餘宮作嬌

戲賦辛字送茂嘉十二弟赴調

烈日秋霜，忠肝義膽，千載家譜。得姓何年，細參辛字，一笑君聽取。艱辛做就，悲辛滋味，總是辛酸辛苦。更十分向人辛辣，椒桂搗殘堪吐。　世間應有芳甘濃美，不到吾家門戶。比著兒曹，纍纍卻有金印光垂組。

付君此事。從今直上。休憶對牀風雨。但贏得輭紋緺面記余戲語。

題四卷本丁集無十二兩字調作部

喜遷鶯

謝趙晉臣敷文賦芙蓉詞見壽用韻爲謝

暑風涼月。愛亭亭無數。緑衣持節。掩冉如羞。參差似妒。擁出芙渠花發。步襯潘娘堪恨。貌比六郎誰潔。添白鷺。晚晴時公子。佳人並列。　休說。搴木末。當日靈均恨與君王別。心阻媒勞。交疏怨極。恩不甚兮輕絕。千古離騷文字。芳至今猶未歇。都休問。但千杯快飲。露荷翻葉。

題（四卷本丁集無謝趙及敷文四字芙蓉作夫容花庵題作荷花）芙渠（花庵，渠作蓉）

八聲甘州

夜讀李廣傳不能寐因念晁楚老楊民瞻約同居山間戲用李廣事賦以寄之

故將軍飲罷夜歸來，長亭解雕鞍。恨灞陵醉尉，匆匆未識，桃李無言。射虎山橫一騎，裂石響驚弦。落魄封侯事，歲晚田園。

誰向桑麻社曲，要短衣匹馬，移住南山。看風流慷慨，談笑過殘年。漢開邊，功名萬里，甚當時，健者也曾閑。紗窗外，斜風細雨，一陣輕寒。

田園（四卷本丙集園作間）

漢宮春

立春

春已歸來，看美人頭上，裊裊春旛。無端風雨，未肯收盡餘寒。年時燕子，料今宵、夢到西園。渾未辦、黃柑薦酒，更傳青韭堆盤。　却笑東風從此，便薰梅染柳，更没些閑。閑時又來鏡裏，轉變朱顏。清愁不斷，問何人、會解連環。生怕見、花開花落，朝來塞雁先還。

西江月

春晚

賸欲讀書已嬾，只因多病長閑。聽風聽雨小窗眠。過了春光太半。　往事如尋去鳥，清愁難解連環。流鶯不肯入西園，喚起畫梁飛燕。

啟勳案：此一首不載於四卷本。玩詞句與立春之漢宮春似是同時前後作。漢宮春見丙集，作年亦甚晚矣。姑以彙附於此。

滿庭芳

和章泉趙昌父

西崦斜陽，東江流水，物華不為人留。錚然一葉，天下已知秋。屈指人間得意，問誰是、騎鶴揚州。君知我，從來雅興，未老已滄州。　無窮身外事，百年能幾，一醉都休。恨兒曹抵死，謂我心憂。況有溪山杖屨，阮籍輩、須我來游。還堪笑，機心早覺，海上有驚鷗。

題　四卷本丙集作和昌父　錚然　信州本錚作崢，從四卷本、歷代詩餘作琤

雅典丙集典作意　杖屨歷代詩餘屨作屨

洞仙歌

浮石山莊余友月湖道人何同叔之別墅也山類羅浮故以名同叔嘗作遊山次序榜示余且索詞爲賦洞仙歌以遺之同叔頃遊羅浮遇一老人龐眉幅巾語同叔云當有晚年之契蓋仙云

松關桂嶺望青葱無路費盡銀鈎榜佳處悵空山歲晚窈窕誰來須着我醉卧石樓風雨　仙人瓊海上握手當年笑許君攜半山去劉叠嶂卷飛泉洞府淒涼又卻怕先生多取怕夜半羅浮有時還好長把煙

雲再三遮住。

〔啟勳案〕同叔名異，崇仁人，光宗時爲右正言，嘉定初權工部尚書。

趙晉臣和李能伯韵屬余同和。趙以兄弟有職名爲寵，詞中頗敘其盛，故末章有裂土分茅之句

舊交貧賤，太半成新貴。冠蓋門前幾行李，看匆匆西笑，爭出山來，憑誰問，小草何如遠志。　悠悠今古事，得喪乘除，暮四朝三又何異。任掀天事業，冠古文章，有幾箇，笙歌晚歲。况滿屋貂蟬未爲榮，記裂土分茅，是公家世。

〔啟勳案〕茂嘉、晉臣與先生交甚晚，自徙居鉛山後乃相酬唱，讀此詞可見先生當日功名之念已

如聞雁過長空時獨怪晉臣何必討此没趣

祝英臺近

與客飲瓢泉客以泉聲喧靜爲問余醉未及答或者以蟬噪林逾靜代對意甚美矣翌日爲賦此詞以褒之

水縱橫。山遠近。拄杖占千頃。老眼羞明。水底看山影。試教水動山搖。吾生堪笑。似此箇青山無定。一瓢飲。人問翁愛飛泉。來尋箇中靜。遶屋聲喧。怎做靜中境。我眠君且歸休。維摩方丈。待天女散花時問。

題以褒之丁集作褒之也 羞明四卷本丁集明作將

又

綠楊隄，青草渡，花片水流去。百舌聲中，喚起海棠睡。斷腸幾點愁紅，啼痕猶在，多應怨夜來風雨。　別情苦。馬蹄踏遍長亭，歸期又成誤。簾捲青樓，回首在何處。畫梁燕子雙雙，能言能語，不解道相思一句。

（啟勳案）此詞信州十二卷本失載，據四卷本丁集補入。

婆羅門引

別杜叔高　叔高長於楚詞

落花時節，杜鵑聲裏送君歸。未消文字湘纍。只怕蛟龍雲雨，後會渺難期。更何人念我，老大傷悲。　已而已而。算此意，只君知。記取岐亭買酒，雲洞題詩。爭如不見，纔相見，便有別離時。千里月，兩地相思。

用韻別郭逢道

綠陰啼鳥，陽關未徹，早催歸。歌珠僂斷纍纍。回首海山何處，千里共襟期。歎高山流水，絃斷堪悲。　中心悵，而似風雨，落花知。更擬停雲君去，細和陶詩。見君何日，待瓊林、宴罷醉歸時。人爭看、寶馬來思。

用韻答傅先之時傅宰龍泉歸

龍泉佳處，種花滿縣，卻東歸。腰間金若纍纍。須信功名富貴，長與少年期。悵高山流水，古調今悲。　卧龍暫而，算天上，有人知。最好五十學易，三百篇詩。男兒事業，看一日、須有致君時。端的了，休便尋思。

〔啟勳案〕讀史方輿紀要：龍泉縣在吉安府西南二百七十里，乃漢之廬陵縣地。

用韵答趙晉臣敷文

不堪鵜鴂，早教百草放春歸。江頭愁殺吾纍。卻覺君侯雅句，千載共心期。便留春甚樂，樂了須悲。　瓊而素而被花惱，只鶯知。正要千鍾角酒，五字裁詩。江東日暮，道繡斧、人去未多時。還又要、玉殿論思。

〔叙勳案〕右詞四首，一二兩首見四卷本丙集，第三首見丁集，第四首不見於四卷本，唯信州十二卷本有之，但同用一韵，當是同時作。

趙晉臣敷文張燈甚盛，索賦，偶憶舊遊，末章因及之

落星萬點，一天寶焰下層霄。人間疊作仙鼇，最愛金蓮側畔，紅粉裊花梢。更鳴鼉擊鼓，噴玉吹簫。　曲江

畫橋記花月。可憐宵。想見閒愁未了。宿酒纔消。東風搖蕩。似楊柳。十五女兒腰。人共柳。那箇無聊。

粉蝶兒

和趙晉臣敷文賦落梅

昨日春如。十三女兒學繡。一枝枝。不教花瘦。甚無情。便下得。雨僝風僽。向園林。鋪作地衣紅縐。　而今春似。輕薄蕩子難久。記前時。送春歸後。把春波。都釀作一江醇酎。約清愁。楊柳岸邊相候。

醇酎　四卷本丙集醇作春　歷代詩餘作醇酒

江神子

聞蟬蛙戲作

簟鋪湘竹帳籠紗醉眠些些夢天涯一枕驚回水底沸鳴蛙借問喧天成鼓吹良自苦爲官哪　心空喧靜不爭多病維摩意云何掃地燒香且看散天花斜日綠陰枝上噪還又問是蟬麽

哪　歷代詩餘作耶

送元濟之歸豫章

亂雲擾擾水潺潺笑溪山幾時閒更覺桃源人去隔仙凡（桃源乃王氏酒壚與濟之作別處）萬壑千巖樓外雪瓊作樹玉爲欄　倦遊回首且加餐短篷寒畫圖間見說嬌顰擁髻待君看二月東湖湖上路官柳嫩野梅殘

（敍勳案）讀史方輿紀要東湖在南昌府（即豫章）城東南隅周廣五里沿隄植柳名萬金隄湖之北

岸日百花洲

注 四卷本丙集無

別吳子似末章寄潘德久

看君人物漢西都。過吾廬。笑談初便說公卿。元自要通儒。一自梅花開了後。長怕說賦歸歟。而今別恨滿江湖。怎消除。算何如。杖屨當時。聞早放教疏。今代故交新貴後。渾不寄數行書。

題 四卷本丁集吳字脫 信州本章字脫

侍者請先生賦詞自壽

兩輪屋角走如梭。太忙些。怎禁他。擬倩何人天上勸羲娥。何似從容來少住。傾美酒。聽高歌。人生今古不消磨。積教多似塵沙。未必堅牢，剗地實堪嗟。莫道長生學不得，學得後待如何。

實堪　四卷本丁集實作事

感皇恩

慶嬸母王恭人七十

七十古來稀，未爲希。有須是榮華更長久。滿牀靴笏，羅列兒孫新婦。精神渾似箇，西王母。　遥想畫堂兩行紅袖。妙舞清歌擁前後。大男小女，逐箇出來爲壽。一箇一百歲，一杯酒。

渾似　四卷本丙集似作是

〔啟勳案〕此當是祐之之太夫人。祐之奉母居浮梁。浮梁屬饒州，距鉛山頗遠。篇中云「遥想畫堂」知

是在鉛山遙祝

壽鉛山陳丞及之

富貴不須論。公應自有。且把新詞祝公壽。當年仙桂。父子同攀。希有。人言金殿上。他年又 冠冕在前周公拜手。同日催班魯公後。此時人羡。綠鬢朱顏依舊。親朋來賀。喜休辭酒。

〔啟勳案〕鉛山縣在廣信府南八十里 讀史方輿紀要南唐置鉛山場尋升鉛山縣屬信州

行香子

山居客至

白露園蔬。碧水溪魚。笑先生。釣罷還鋤。小窗高臥。風展殘書。看北山移。盤谷序。輞川圖。 白飯青芻。赤腳長鬚客來時。酒盡重沽。聽風聽雨。吾愛吾廬。歎苦無心。剛自瘦。此君疏。

博山戲呈趙昌甫韓仲止

少日嘗聞。富不如貧。貴不如。賤者長存。由來至樂。總屬閒人。且飲瓢泉。弄秋水。看停雲。 歲晚情親。老語彌眞。記前時。勸我殷勤。都休殢酒。也莫論文。把相牛經。種魚法。教兒孫。

題（四卷本丁集呈作簡）

【敘勤案】此詞亦可見秋水停雲。乃瓢泉別墅之庭院

雲巖道中

雲岫如簪。野漲挼藍。向春闌。綠醒紅酣。青裙縞袂。兩

兩三三。把麴生禪。玉版版局。一時參。　拄杖彎環。過眼嵌巖岸。輕烏。白髮鬖鬖。他年來種。萬桂千杉。聽小綿蠻。新格磔。舊呢喃。

版局　四卷本丙集局作句

〔啟動案〕　廣信府志　雲巖在鉛山西十八里緣徑數百步始至其巔兩崖崚嶒怪石上有天窗寶蓋地勢漸高道人爲橋爲堂爲殿皆因其次第一穴可容百人天陰出雲則雨巖以是得名　博山在廣豐縣西二十里

〔案〕慶元二年至嘉泰二年爲先生晚年生涯最平穩之數年讀此三首行香子其身心之閑暇可見

踏莎行

賦稼軒集經句

進退存亡。行藏用舍。小人請學樊須稼。衡門之下可棲遲。日之夕矣牛羊下。去衛靈公。遭桓司馬。東西南北之人也。長沮桀溺耦而耕。丘何爲是栖栖者。

〔斂勳案〕先生以稼名其軒在棻室上饒之先此詞見丙集所賦爲帶湖爲瓢泉無可攷

破陣子

峽石道中有懷吳子似縣尉

宿麥畦中雉鷕。柔桑陌上蠶生。騎火須防花月暗。玉唾長攜綵筆行。隔牆人笑聲。　莫說弓刀事業。依然詩酒功名。千載圖中今古事。萬石溪頭長短亭。小塘風浪平。

附修圖經棻亭堠

四卷本丙集無吳題字無縣尉二字　玉唾歷代詩餘唾作兔

〔斂勳案〕峽石在鉛山縣西南乃鉛監之一時吳子似作鉛山尉

贈行

少日春風滿眼・而今秋葉辭柯。便好消磨心下事・也憶尋常醉後歌。新來白髮多。　明日扶頭顛倒・倩誰伴舞婆娑。我定思君拚瘦損・君不思兮可奈何。天寒將息呵。

臨江仙

簪花屢墮戲作

鼓子花開春爛熳・荒園無限思量。今朝拄杖過西鄉。急呼桃葉渡・為看牡丹忙。　不管昨宵風雨橫・依然紅紫成行。白頭陪奉少年場。一枝簪不住。推道帽簷長。

又

醉帽吟鞭花不住、卻招花共商量。人生何必醉爲鄉。從教斟酒淺、休更和詩忙。　一斗百篇風月地、饒他老子當行。從今三萬六千場。青青頭上髮、還作柳絲長。

〔啟勳案〕此詞不見於四卷本，但與前首同韻，知是嘉泰元年以前作，因附於此。

南鄉子

送趙國宜赴高安戶曹　趙乃茂嘉郎中之子，茂嘉嘗爲高安幕官，題詩甚多、

日日老萊衣。更解風流蠟鳳嬉。膝上放教文度去、須知。要使人看玉樹枝。　剩記乃翁詩。綠水紅蓮覓舊

題歸騎春衫花滿路。相期來歲流觴曲水時。

題　四卷本丁集作送筠州趙司戶茂中題之子茂中嘗爲筠州幕官題詩甚多

注　嘗爲筠州嘗作常似誤

〔啟勳案〕讀史方輿紀要筠州郎唐之靖州武德七年改筠州宋寶慶初改瑞州高安縣屬瑞州府

鷓鴣天

博山寺作

不向長安路上行。卻教山寺厭逢迎。味無味處求吾樂。材不材間過此生。　寧作我。豈其卿。人間走遍卻歸耕。一松一竹眞朋友。山鳥山花好弟兄。

不寐

老病那堪歲月侵。霎時光景值千金。一生不負溪山

債百藥難醫書史淫　隨巧拙任浮沈人無同處面如心不妨舊事從頭記要寫行藏入笑林

有客慨然談功名因追念少年時事戲作

壯歲旌旗擁萬夫錦襜突騎渡江初燕兵夜娖（側角切）銀胡䩮漢箭朝飛金僕姑　追往事歎今吾春風不染白髭鬚卻將萬字平戎策換得東家種樹書

卻將四卷本丁集卻作都

〔啟勳案〕此當是追念縛虜獻俘時實先生生平最快意之一事亦可見當日先生之部曲不在少數詩集有〈送別湖南部曲〉一首「青山白馬萬人呼幕府當年急急符媿我明珠成薏苡負君赤手縛於菟」可見景盧之稼軒記謂「齊虜負國先生赤手領五十騎縛取於五十萬眾中如挾毚兔」皆是事實然則先生帥潭時部曲猶相隨也計先生自渡江以至按撫湖南相去恰二十年此一首鷓鴣天

在丁集距帥潭後又當二十年英雄老去最易興
感不知作此詞時當年麾下壯夫尚有幾人

重九席上作

戲馬臺前秋雁飛管絃歌舞更旌旗要知黃菊清高
處不及當年二謝詩　傾白酒遶東籬只今陶令有
心期明朝九日渾瀟灑莫使尊前欠一枝

題（信州本無作字從四卷本丁集）九日（四卷本丁集作重九）

戲題村舍

雞鴨成羣晚未收桑麻長過屋山頭有何不可吾方
羨要底都無飽便休　新柳樹舊沙洲去年溪打那
邊流自言此地生兒女不嫁余家即聘周

未收（四卷本丙集未作不）余家（丙集余作金）

睡起即事

水荇參差動綠波。一池蛇影嚇羣蛙。因風野鶴飢猶舞。積雨山梔病不花。名利處戰爭多。門前蠻觸日干戈。不知更有槐安國。夢覺南柯日未斜。

又

石壁虛雲積漸高。溪聲繞屋幾迴遭。自從一雨花零落。卻愛微風草動搖。呼玉友。薦溪毛。殷勤野老苦相邀。杖藜忽避行人去。認是翁來卻過橋。

苦相邀歷代詩餘苦作著

尋菊花無有戲作

掩鼻人間臭腐場。古今唯有酒偏香。自從來住雲煙

畔。直到而今歌舞忙　呼老伴。共秋光。黃花何處避
重陽。要知爛熳開時節。直待西風一夜霜。
來住（四卷本丙集來作歸）

席上吳子似諸友見和再用韻答之

翰墨諸公久擅場。胸中書傳許多香。都無絲竹啣杯
樂。卻有龍蛇落筆忙。　閒意思。老風光。酒徒今有幾
高陽。黃花不怯西風冷。只怕詩人兩鬢霜。
諸公（四卷本丙集公作君）卻有（丙集有作看）

又

自古高人最可嗟。只因疏懶取名多。居山一似庚桑
楚。輕樹眞成郭橐駝。　雲子飯。水晶瓜。林間攜客更

烹茶君歸休矣吾忙甚要看蜂兒晚趁衙

寄葉仲洽

是處移花是處開古今興廢幾池臺背人翠羽偷魚去抱蘂黃鬚趁蝶來掀老甕撥新醅客來且盡兩三杯日高盤饌供何晚市遠魚鮭買未回

和吳子似山行韵

誰共春光管日華朱朱紛紛野蒿花閒愁投老無多子酒病而今較減些 山遠近路橫斜正無聊處管絃譁去年醉處猶能記細數溪邊第幾家

紛紛 四卷本丙集作粉粉歷代詩餘同

過峽石用韵答吳子似

歎息頻年廩未高。新詞空賀此丘遭。遥知醉帽時時落、見說吟鞭步步搖。　乾玉唾。禿錐毛。只今明月費招邀。最憐烏鵲南飛句、不解風流見二喬。

吴子似過秋水

秋水長廊水石間。有誰來共聽潺潺。羨君人物東西晉、分我詩名大小山。　窮自樂。嬾方閒。人間路窄酒杯寬。看君不了癡兒事、又似風流靖長官。

嬾方閒　信州本嬾作晚　從四卷本丁集

玉樓春

三三兩兩誰家婦。聽取鳴禽枝上語。提壺沽酒已多時、婆餅焦時須早去。　醉中忘卻來時路。借問行人家住處。只尋古廟那邊行。更過溪南烏桕樹。

誰家婦 四卷本丙集婦作女

樂令謂衛玠人未嘗夢搗虀餐鐵杵乘車入鼠穴以謂世無是事故也余謂世無是事而有是理樂所謂無猶云有也戲作數語以明之

有無一理誰差別。樂令區區猶未達。事言無處未嘗無。試把所無憑理說。　伯夷飢采西山蕨。何異搗虀餐杵鐵。仲尼去衛又之陳。此是乘車穿鼠穴。

隱湖戲作

客來底事逢迎晚。竹裏鳴禽尋未見。日高猶苦聖賢中門外誰酣蠻觸戰。多方爲渴泉尋徧。何日成陰松種滿。不辭長向水雲來。只怕頻頻魚鳥倦。

頻頻信州本頻頻作頻頻從四卷本丁集 聖賢中歷代詩餘中作心

鵲橋仙

贈鷺鷥

溪邊白鷺。來吾告汝。溪裏魚兒堪數。主人憐汝汝憐魚。要物我。欣然一處。白沙遠浦。青泥別渚。剩有鰕跳鰍舞。聽君飛去飽時來。看頭上。風吹一縷。

主人句歷代詩餘作主憐汝汝又憐魚

西江月

壽祐之弟時新居落成

畫棟新垂簾幕。華燈未放笙歌。一杯瀲灩泛金波。先向太夫人賀。　富貴吾應自有。功名不用渠多。只將綠鬢抵羲娥。金印須教斗大。

題

四卷本丁集作壽錢塘弟正月十六日時新居成

〔啟勳案〕祐之奉母南遷居浮梁集中贈祐之詞十餘首見乙集者一二首見丙丁集者亦不過一二首餘俱見甲集所謂新居者如在浮梁則此詞定是早年作但丁集題作錢塘弟豈祐之復自浮梁遷臨安耶。

遣興

醉裏且貪歡笑。要愁那得工夫。近來始覺古人書。信著全無是處。　昨夜松邊醉倒。問松我醉何如。只疑松動要人扶。以手推松曰去。

和晉臣登悠然閣

一柱中擎遠碧。兩峯旁聳高寒。橫陳削盡短長山。莫把一分增減。　我望雲煙目斷。人言風景天慳。被公詩筆盡追還。重上層梯一覽。

題信州本作悠然閣三字從四卷本丁集　旁聳丁集聳作倚　重上丁集重作更　層梯丁集梯作樓

示兒曹以家事付之

萬事煙雲忽過。百年蒲柳先衰。而今何事最相宜。宜醉宜遊宜睡。　早趁催科了納。更量出入收支。乃翁依舊管些兒。管竹管山管水。

百年四卷本丙集作一身

題可卿影像

人道偏宜歌舞。天教只入丹青。喧天畫鼓要他聽。把著花枝不應。　何處嬌魂瘦影。向來軟語柔情。有時醉裏喚卿卿。卻被旁人笑問。

〔啟勳案〕此詞信州十二卷本失載見四卷本丙集

又

堂上謀臣帷幄。邊頭猛將干戈。天時地利與人和。燕可伐與曰可。　此日樓頭鼎鼐。他時劍履山河。都人齊和大風歌。管領羣臣來賀。

〔飲冰室攷證〕丁集本有此詞唯汲古閣本龍州詞亦有之爲稼軒作抑劉改之作固已傳聞異詞吳禮部詩話則謂不唯非辛作並非劉作實當時京師人之小詞也

〔啟勳案〕右之攷證並詞同見於信州本之眉。信州本無此一首。劉改之嘗在先生幕，二人作品有誤入之可能，但無確實反證。既載於丁集，故伯兄亦不否認。吳禮部詩話亦不過否認而已，並未舉出有力之反證。龍洲詞有異文，錄之如下：堂上謀臣樽俎，邊頭將士干戈。天時地利與人和，燕可伐與曰可。今日樓頭鼎鼐，明年帶礪山河。大家齊唱大風歌，同日四方來賀。

朝中措

夜深殘月過山房，睡覺北窗涼。起繞中庭獨步，一天星斗文章。　朝來客話，山林鍾鼎，那處難忘。君向沙頭細問，白鷗知我行藏。

九日小集時楊世長將赴南宮

年年團扇怨秋風，愁絕寶杯空。山下卧龍丰度，臺前戲馬英雄。　而今休也，花殘一似，人老花同。莫怪東籬韵減。只今丹桂香濃。

寶杯　歷代詩餘寶作玉

清平樂

木樨

月明秋晚。翠蓋團團好。碎剪黃金教恁小。都著葉兒遮了。打來休似年時。小窗能有高低。無頓許多香處。只消三兩枝兒。

教恁小　歷代詩餘教作敷

再賦

東園向曉。陣陣西風好。喚起詩人金小小。翠羽玲瓏裝了。一枝枕畔開時。羅幃翠幕低垂。恁地十分遮護。打窗早有蜂兒。

低垂信州本作垂低從四卷本丙集歷代詩餘作低垂

〔啟勳案〕右第十一首四卷本失載第二首見丙集用前韻自是同時作

憶吳江賞木樨

少年痛飲。憶向吳江醒。明月團團高樹影。十里水沈煙冷。大都一點宮黃。人間直恁芳芬。怕是秋天風露。染教世界都香。

題四卷本丙集作謝叔良惠本樨　團團丙集作團圓　水沈煙冷丙集作薔薇水冷

又

清詞索笑。莫厭銀杯小。應是天孫新與巧。剪恨裁愁句好。有人夢斷關河。小窗日飲亡何。想是重簾不捲。淚痕滴盡湘娥。

又

春宵睡重夢裏還相送。枕畔起尋雙玉鳳。半日纔知是夢。一從賣翠人還。又無音信經年。卻把淚來做水。流也流到伊邊。

〔啟勤案〕此一首信州十二卷本失載見四卷本丙集

菩薩蠻

贈張醫道服爲別且令饌河豚

萬金不換囊中術。上醫元自能醫國。軟語到更闌。綈袍范叔寒。江頭楊柳路。馬踏春風去。快趁兩三杯河豚欲上來。

趙晉臣席上 時張菩提葉燈趙茂嘉扶病攜歌者

看燈元是菩提葉。依然會說菩提法。法似一燈明。須臾千萬燈。 燈邊花更滿。誰把空花散。說與病維摩。而今天女歌。

題雲巖

游人占卻巖中屋。白雲只在檐頭宿。啼鳥苦相催。夜深歸去來。 松篁通一徑。噤嘇山花冷。今古幾千年。西鄉小有天。

三四句 四卷本丙集作誰解採玲瓏青山十里空

重到雲巖戲徐斯遠

君家玉雪花如屋。未應山下成三宿。啼鳥幾曾催。西風猶未來。山房連石徑。雲臥衣裳冷。倩得李延年。清歌送上天。

〔啟勳案〕廣信府志雲巖在鉛山西十八里兩崖崚嶒緣徑數百步始至其巔前一首見丙集後一首四卷本失載見信州本以同韵知是同時作又第一首三四兩句瓏空兩韵異可見十二卷乃改定本

贈周國輔侍人

畫樓影蘸清溪水。歌聲響徹行雲裏。簾幕燕雙雙。緣楊低映窗。曲中特地誤。要試周郎顧。醉裏客魂消。春風大小喬。

〔啟勳案〕此一首信州十二卷本失載見四卷本丙集

卜算子

尋春作

修竹翠蘿寒，遲日江山暮。幽徑無人獨自芳，此恨知無數。只共梅花語，嬾逐遊絲去。著意尋春不肯香，香在無尋處。

題四卷本丁集無。翠蘿丁集蘿作羅。梅花語語字丁集脫。

爲人賦荷花

紅粉靚梳粧，翠蓋低風雨。占斷人間六月涼，明月鴛鴦浦。根底藕絲長，花裏蓮心苦。只爲風流有許愁，更襯佳人步。

題四卷本丁集作荷花

聞李正之茶馬訃音

欲行且起，行欲坐，重來坐。坐坐行行，有倦時，更枕閒書卧。病是近來身，嬾是從前我。淨掃瓢泉竹樹陰，且恁隨緣過。

題

（四卷本丁集無此題，想是誤著〔飲冰室攷證〕此題疑有誤。）

〔飲冰室攷證〕右之攷證見信州本此詞之下。案先生與李正之有贈答，見本集。玩此詞似不是聞訃之作。

飲酒敗德

盜跖儻名丘，孔子如名跖。跖聖丘愚直到今，美惡無真實。　簡策寫虛名，螻蟻侵枯骨。千古光陰一霎時，且進杯中物。

如名（四卷本丁集如作還）

齒落

剛者不堅牢。柔的難摧挫。不信張開口。角看舌在牙先墮。已闕兩邊廂。又豁中間箇。說與兒曹莫笑翁。狗竇從君過。

柔的（四卷本丁集的作者）

飲酒成病

一箇去學仙。一箇去學佛。仙飲千杯醉似泥。皮骨如金石。不飲更康强。佛壽須千百。八十餘年入涅槃。且進杯中物。

康强（信州本强作彊從四卷本丁集）涅槃（信州本槃作盤從四卷本丁集）

飲酒不寫書

一飲動連宵，一醉長三日。廢盡寒溫不寫書，富貴何由得。請看塚中人，塚似當時筆。萬札千書只恁休，且進杯中物。

醜奴兒

書博山道中壁

少年不識愁滋味，愛上層樓。愛上層樓。爲賦新詞强說愁。而今識盡愁滋味，欲說還休。欲說還休。卻道天凉好箇秋。

題信州本無從四卷本丙集

又

此生自斷天休問。獨倚危樓。獨倚危樓。不信人間別有愁。君來正是眠時節。君且歸休。君且歸休。說與西風一任秋。

〔歛動案〕此一首四卷本失載但與前首同韻當是同時作

和鉛山陳簿韻二首

鷺湖山下長亭路。明月臨關。明月臨關。幾陣西風落葉乾。新詞誰解裁冰雪。筆墨生寒。筆墨生寒。會說離愁千萬般。

題（四卷本丁集無）

又

年年索盡梅花笑。疏影黃昏。疏影黃昏。香滿東風月一痕。清詩落葉無人寄雪豔冰魂。雪豔冰魂。浮玉溪頭煙樹村。

月一痕 歷代詩餘月作玉

〔啟勳案〕此一首四卷本丁集失載但信州本題作二首兩詞相連接當是前題玉溪亦名浮玉溪源發玉山縣之懷玉山

浣溪沙

偕杜叔高吳子似宿山寺戲作

花向今朝粉面勻。柳因何事翠眉顰。東風吹雨細於塵。自笑好山如好色。只今懷樹更懷人。閒愁閒恨一番新。

一番 信州本番作翻從四卷本丙集

又

歌串如珠箇箇勻。被花勾引笑和顰。向來驚動畫梁塵。莫倚筵歌多樂事。相看紅紫又抛人。舊巢還有燕泥新。

又

父老爭言雨水勻。眉頭不似去年顰。殷勤謝卻甑中塵。啼鳥有時能勸客。小桃無賴已撩人。梨花也作白頭新。

〔敬勳案〕右三詞第一首見丙集餘兩首四卷本失載但同韵當是同時作

席上趙景山提幹賦溪臺和韵

臺倚崩崖玉滅痕。青山卻作捧心顰。遠林煙火幾家村。引入滄浪魚得計。展成寥濶鶴能言。幾時高處見層軒。

滅痕四卷本丙集痕作瘢

又

妙手都無斧鑿痕。飽參佳處卻成顰。恰如春入浣花村。筆墨今宵光有豔。管絃從此悄無言。主人席次兩眉軒。

〔啟勳案〕此一首不載於四卷本。然用前首韻。當是同時作。

種松竹未成

草木於人也作疏。秋來咫尺異榮枯。空山歲晚孰華余。孤竹君窮猶抱節。赤松子嫩已生鬚。主人相愛肯留無。

山花子

答傅巖叟酬春之約

豔杏夭桃兩行排。莫攜歌舞去相催。次第未堪供醉眼。去年栽。　春意纔從梅裏過。人情都向柳邊來。咫尺東家還又有。海棠開。

用韵謝傅巖叟瑞香之惠

句裏明珠字字排。多情應也被春催。怪得名花和淚送。雨中栽。　赤腳未安芳斛穩。娥眉早把橘枝來。報道錦薰籠底下。麝臍開。

〔啟勳案〕右第一首見丙集第二首四卷本失載以同韵知是同時作

與客賞山茶一朵忽墮地戲作

酒面低迷翠被重。黄昏院落月朦朧。墮髻啼粧孫壽醉。泥秦宫。　試問花留春幾日。略無人管雨和風。瞥向緑珠樓下見。墮殘紅。

浪淘沙

山寺夜半聞鐘

身世酒杯中。萬事皆空。古來三五箇英雄。雨打風吹何處是。漢殿秦宫。　夢入少年叢。歌舞匆匆。老僧夜半誤鳴鐘。驚起西窗眠不得。捲地西風。

錦帳春

席上和杜叔高

春色難留，酒杯常淺。更舊恨、新愁相間。五更風、千里夢，看飛紅幾片。這般庭院。　幾許風流，幾般嬌嬾。問相見、何如不見。燕飛忙、鶯語亂。恨重簾不捲。翠屏平遠。

東坡引

閨怨

玉纖彈舊怨。還敲繡屏面。清歌目送西風雁。雁行吹字斷。雁行吹字斷。　夜深拜月，瑣窗西畔。但桂影空階滿。翠帷自掩無人見。羅衣寬一半。羅衣寬一半。

又

拜月　歷代詩餘拜月字下有半字

君如梁上燕。妾如手中扇團團青影雙雙伴。秋來腸欲斷。秋來腸欲斷。　黃昏淚眼青山隔岸。但咫尺。如天遠。病來只謝傍人勸。龍華三會願。龍華三會願。

又

花梢紅未足。條破驚新綠。重簾下偏闌干曲。有人春睡熟。有人春睡熟。　鳴禽破夢雲偏蹙。起來香腮褪紅玉。花時愛與愁相續。羅裙過半幅。羅裙過半幅。

偏蹙　歷代詩餘偏字下有日字。

夜遊宮

苦俗客

幾箇相知可喜。才廝見。說山說水。顛倒爛熟只這是。

怎奈向一回說一回美　有箇尖新底說底話非名即利說的口乾罪過你且不罪俺畧起去洗耳

唐河傳

做花間體

春水千里孤舟浪起夢攜西子覺來村巷夕陽斜幾家短牆紅杏花　晚雲做造些兒雨折花去岸上誰家女太狂顛那邊柳綿被風吹上天

那邊四卷本丙集作那岸邊

醉花陰

爲人壽

黃花謾說年年好也趁秋光老綠鬢不驚秋若鬥尊

前人、好花堪笑。蟠桃結子、知多少。家住三山島。何日跨歸鸞、滄海飛塵、人世因緣了。

題 四卷本丁集無　歸鸞 信州本歸作飛，從四卷本丁集

品令

族姑慶八十來索俳語

更休說。便是箇、住世觀音菩薩。甚今年、容貌八十歲。見底道、纔十八。　莫獻壽星香燭、莫祝靈椿龜鶴。只消得、把筆輕輕去、十字上添一撇。

靈椿龜 四卷本丙集作重龜椿

河瀆神

女城祠效花問體

芳草綠萋萋。斷腸絕浦相思。山頭人望翠雲旗。蕙肴桂酒君歸。惆悵畫簷雙燕。舞東風吹散靈雨。香火冷殘簫鼓。斜陽門外今古。

武陵春

春興

桃李風前多嫵媚。楊柳更溫柔。喚取笙歌爛熳遊。且莫管閒愁。好趁晴時連夜賞。雨便一春休。草草杯盤不要收。纔晚又扶頭。

晴時 四卷本丙集作春晴

點絳唇

身後虛名。古來不換生前醉。青鞋自喜。不踏長安市。

竹外僧歸路指霜鍾寺。孤鴻起丹青手裏剪破松江水。

生查子

有覓詞者爲賦

去年燕子來繡戶深深處。花徑得泥歸都把琴書污。今年燕子來誰聽呢喃語。不見捲簾人一陣黃昏雨。

又

青山招不來偃蹇誰憐汝。歲晚太寒生喚我溪邊住。山頭明月來本在高高處。夜夜入清溪聽讀離騷去。

高高信州本作天高從四卷本丁集歷代詩餘作天溪邊歷代詩餘邊作頭

簡吳子似縣尉

高人千丈崖，太古儲冰雪。六月火雲時，一見森毛髮。俗人如盜泉，照影都昏濁。高處掛吾瓢，不飲吾寧渴。

題四卷本丁集作簡子似

和趙晉臣敷文春雪

漫天春雪來，纔抵梅花半。最愛雪邊人，楚些裁成亂。雪兒偏能歌，只要金杯滿。誰道雪天寒，翠袖闌干暖。

昭君怨

人面不如花面。花到開時重見。獨倚小闌干。許多山。落葉西風時候。人共青山都瘦。說道夢陽臺。幾曾來。

說道信州本道作到從四卷本丙集

烏夜啼

晚花露葉風條。燕燕高行過長廊西畔小紅橋。歌再唱。人再舞。花纔消。更把一杯重勸摘櫻桃。

再唱四卷本丙集唱作起 燕燕歷代詩餘作燕雙

稼軒詞卷五終

從子廷燦校字

稼軒詞卷六目錄

年 嘉泰二年壬戌至開禧三年丁卯

歲 六十三至六十八

地 會稽 京口 瓢泉

目錄

卷六共一百十九首

自卷一迄卷六共詞六百二十三首

稼軒詞卷六

宋 歷城 辛棄疾 幼安

新會梁啟超輯 梁啟勳疏證

臨江仙

壬戌歲生日書懷

六十三年無限事，從頭悔恨難追。已知六十二年非。只應今日是，後日又尋思。　少是多非唯有酒，何須過後方知。從今休似去年時。病中留客飲，醉裏和人詩。

〔啟勳案〕此詞題有壬戌二字，而不見於四卷本。先生自福州歸來以後，優游於泉石間者，於茲八年，爲平生家居最長之時期。此八年中，最初一年居上饒，餘七年則居鉛山。翌年癸亥起任浙帥。從此又浮沈宦海者三年至六十七歲丙寅復居鉛山卒於丁卯丁集無此詞而會稽京口諸作亦不一見可證四卷本乃截止於辛酉又辛酉生日之柳梢青不載於丁集而載於丙集又可證丙丁兩集乃同時先後出想因自乙集以後先生閒居八年作品甚多且又兼輯甲乙二集之所遺若載以一卷則篇幅未免與甲乙二集太相懸乃分裝兩卷合爲甲乙丙丁四集此丙丁兩集之次序所以獨淩亂也

漢宮春

會稽秋風亭觀雨

亭上秋風，記去年嫋嫋，曾到吾廬。山河擧目雖異，風景非殊。功成者去，覺團扇、便與人疏。吹不斷，斜陽依舊，茫茫禹跡都無。　千古茂陵詞在，甚風流章句，解擬相如。只今木落江冷，眇眇愁余。故人書報，莫因循忘卻尊鱸。誰念我。新涼燈火。一編太史公書。

茂陵（歷代詩餘陵作林）詞在（歷代詩餘詞作猶）

〔飲冰室攷證〕以下四首皆嘉泰辛酉至甲子數年中作

〔啟勳案〕此詞作於癸亥正先生帥越時丘宗卿有次韻一首題為（和辛幼安秋風亭韻癸亥中秋前二日）聞說瓢泉占煙霏空翠中著精廬旁連吹臺燕榭人境清殊猶疑未足稱主人胸次恢疏天自與相依佳處除今禹會應無選勝問龍東畔望蓬萊堆起巖壑屏如秋風夜涼弄笛明月邀予三英笑粲更吳天不隔尊鱸新度曲銀鉤照眼爭看河素工書 姜白石亦有和章題（次韻稼軒）雲日歸歟縱垂天曳曳終反衡廬揚州十年一夢倦仰差殊秦碑越殿悔舊遊作計全疏分付與高懷老尹管絃絲竹寧無知公愛山入剡若南尋李白問訊何如年年雁飛波上愁亦關予臨皋領客向月邊攜酒攜鱸今但借秋風一榻公歌我亦能書 張功甫有和章題（稼軒帥浙東作秋風亭成以長短句寄余欲和久之偶霜晴小樓登眺因次來韻代書奉酬）城畔芙蓉愛吹晴映水光照閭廬

清霜作彫岸柳風景偏殊登樓念遠望越山青補林疏人正在秋風亭上高情遠解知無 江南久無豪氣看規恢意慨當代誰如乾坤盡歸妙用何處非余騎鯨浪海更那須采菊思鱸應會得文章事業從來不在詩書 讀張功甫詞題及邱宗卿和章乃知秋風亭爲先生帥浙時手植功甫名鎡秦川人先生到處建築亦其特性到滁州建奠枕樓繁雄館到會稽又建秋風亭 以下和韵二首自是同時作（癸亥）

（啟勳案）伯兄著稼軒先生年譜至慶元庚申而止此一首之攷證乃批於信州本之眉

答李兼善提舉和章

心似孤僧更茂林修竹山上精廬維摩定自非病誰遣文殊白頭自昔歎相逢語密情疏傾蓋處論心一語只今還有公無 最喜陽春妙句被西風吹墮金玉鏗如夜來歸夢江上父老歡余荻花深處喚兒童

吹火烹鱸。歸去也・絕交何必・更脩山巨源書。

自昔 歷代詩餘昔作借

答吳子似總幹和章

達則青雲・便玉堂金馬・窮則茅廬。逍遙小大自適・鵬鷃何殊。君如星斗・燦中天・密密疏疏・荒草外・自憐螢火・清光暫有還無。千古季鷹猶在・向松江道我問訊何如。白頭愛山下去・翁定嗔余。人生謾爾・豈食魚必鱠之鱸。還自笑・君詩頓覺・胸中萬卷藏書。

頓覺 歷代詩餘頓作頻

會稽蓬萊閣懷古

秦望山頭・看亂雲急雨・倒立江湖。不知雲者爲雨・雨者雲平長空萬里被西風變滅須臾回首聽月明天籟人間萬竅號呼　誰向若耶溪上倩美人西去麋鹿姑蘇至今故國人望一舸歸歟歲云暮矣問何不鼓瑟吹竽君不見王亭謝館冷煙寒樹啼烏

啟勤案　此詞姜白石有和章題次韻稼軒蓬萊閣一顧傾吳苧蘿人不見煙杳重湖當時事如對奕此亦天乎大夫仙去笑人間千古須臾有倦客扁舟夜泛猶疑水鳥相呼　秦山對樓自綠怕越王故壘時下樵蘇只今倚闌一笑然則非歟小叢解唱倩松風爲我吹竽更坐待千巖月落城頭渺渺啼烏

案　元和郡縣志浙東觀察使治越州秦會稽郡漢順帝時浙江東西分　吳越隋改越州　名勝志南渡後始改名紹興府　又蓬萊閣在州治設廳之後吳越錢王所建舊記云蓬萊山正偶會稽王象之輿地紀勝紹興郡治在卧龍山上蓬萊閣在郡設廳後取元微之我是玉皇香案吏謫居猶得近蓬萊句也　讀史方輿紀要秦望山在江陰

縣西南二十七里本名峩耳山秦始皇常登此山四望因名 又秦望山屬仁和縣在杭州府西南十里輿地志秦始皇東遊登山瞻望欲渡會稽因名（癸亥）

上西平

會稽秋風亭觀雪

九衢中。杯逐馬。帶隨車。問誰解。愛惜瓊華。何如竹外。靜聽窣窣蟹行沙。自憐是海山頭。種玉人家。 紛如鬥。嬌如舞。纔整整。又斜斜。要圖畫。還我漁簑凍冷應笑羔兒無分謾煎茶。起來極目向彌茫。數盡歸鴉

（箴勳案）前四首漢宮春有丘宗卿和韵知是嘉泰三年癸亥作上西平一首疑亦本年作 案丘宗卿名崈江陰軍人隆興元年進士姜白石名夔字堯章鄱陽人流寓吳興故嘉泰初先生帥越時得以常相酬唱

（案）寧宗嘉泰三年癸亥先生六十四歲

滿江紅

紫陌飛塵。望十里。雕鞍繡轂。春未老。已驚臺榭。瘦紅肥綠。睡雨海棠猶倚醉。舞風楊柳難成曲。問流鶯。能說故園無。曾相熟。　巖泉上。飛鳧浴。巢林下。棲禽宿。恨荼蘼開晚。謾翻船玉。蓮社豈堪談昨夢。蘭亭何處尋遺墨。但羈懷。空自倚鞦韆。無心蹴。

船玉　歷代詩餘船作紅

〔啟勳案〕此詞無題亦不見於四卷本以伯兄攷證之原則例之當是壬戌以後作雖則蘭亭二字如此用法未能即據爲會稽作但此詞乃他鄉作客而非家居玩爻自知壬戌以後先生宦遊在外者唯會稽與京口兩地此詞寫山水明秀絕非京口因以附於癸亥　蓮社似亦先生同人鉛山宴會地南澗介庵諸人集中常道之

又案先生帥浙東之年月據辛敬甫所編之年譜

謂在慶元四年戊午，據朝野雜記及續通鑑則皆云在嘉泰三年癸亥冬。以余所攷，言戊午者實失之太早，言癸亥冬者亦失之太遲。邱宗卿所和秋風亭觀雨之讚宮春詞既題作癸亥中秋前二日云云，則先生之到浙東最遲亦在中秋前，其必非癸亥冬明矣。此所謂鐵板證據不容疑問者也。至於言戊午者之必失之太早，則以戊己庚辛壬諸年之作品乃在鉛山而非會稽，證據甚多。即壬戌歲生日書懷之臨江仙詞意亦似仍在家中，則戊午之說其必爲太早無疑矣。

鷓鴣天

東陽道中

撲面征塵去路遙。香篝漸覺水沈銷。山無重數週遭碧，花不知名分外嬌。　人歷歷，馬蕭蕭。旌旗又過小紅橋。愁邊剩有相思句，搖斷吟鞭碧玉梢。

題信州本無花庵作東陽道中

〔啟勳案〕此詞不見於四卷本信州十二卷本有之而無題花庵題作東陽道中今從之東陽縣乃浙江金華府屬知是嘉泰三年癸亥帥浙時作讀旌旗又過小紅橋之句頗似安撫使赴任若遊覽湖山未必以旌旗開道也讀史方輿紀要東陽縣在金華府東百三十里在漢名烏傷縣唐初爲義烏縣垂拱二年析置東陽縣五代梁開平四年錢鏐奏改東場宋咸平二年復名東陽

和陳提幹

剪燭西窗夜未闌。酒豪詩興兩聯緜。香噴瑞獸金三尺。人插雲梳玉一彎。 傾笑語。捷飛泉。觥籌到手莫留連。明朝再作東陽約。肯把鸞膠續斷絃。

〔啟勳案〕此詞見補遺因有明朝再作東陽約之句當是浙中作姑彙附於此

漁家傲

湖州幕官作舫室

風月小齋模畫舫。綠窗朱戶江湖樣。酒是短橈歌是槳。和情放。醉鄉穩到無風浪。　自有拍浮千斛釀。從教日日蒲桃漲。門外獨醒人也訪。同俯仰。賞心卻在鴟夷上。

〔飲冰室攷證〕先生與湖州關係極薄。〔啟勳案〕右之攷證見於補遺本調之跋。此詞見補遺無年月可攷。姑以附於浙江諸詞之後。

永遇樂

京口北固亭懷古

千古江山。英雄無覓孫仲謀處。舞榭歌臺。風流總被雨打風吹去。斜陽草樹。尋常巷陌。人道寄奴曾住。想當年。金戈鐵馬。氣吞萬里如虎。　元嘉草草。封狼居胥，贏得倉皇北顧。四十三年，望中猶記，烽火揚州路。可堪回首，佛狸祠下，一片神鴉社鼓。憑誰問，廉頗老矣，尚能飯否。

可堪 歷代詩餘堪作憐

〔飲冰室攷證〕紹興三十二年，公知忠義軍常書記，奉表歸朝。嘉泰四年，公知鎮江府，相距恰四十三年。別本烽火或作燈火，非。此句正言歸朝時出入烽火中耳。

〔啟勳案〕右之攷證乃伯兄批於信州本本闕之居宋史本傳「紹興三十二年，耿京遣將賈端與棄疾奉表來歸，高宗召見，授承務郎，即以京知東平府節度使，遣先生北還復命，行至海州，聞張安國已殺耿京降金，乃徑趨金營，即衆中縛安國以歸，獻俘行在，斬安國於市。嘉泰四年，先生在浙東帥任，召見，力言金必內亂，請朝庭備戰。上嘉許，尋差知鎮江府。

〔案〕此詞白石有和章，題曰〔北固亭次稼軒韵〕：雲隔迷樓，苔封很石，人向何處。數騎秋煙，一篙寒汐，千古空來去使君心在蒼厓綠嶂苦被北門留住有尊中酒差可飲大旗盡繡熊虎前身諸葛來遊此地數語便酬三顧樓外冥冥江皋隱隱認得征西路中原生聚神京耆老南望長淮金鼓問當時依依種柳至今在否　白石此詞乃追寫先生四十三年前之英姿

案　寧宗嘉泰四年甲子先生六十五歲

南鄉子

登京口北固亭有懷

何處望神州滿眼風光北固樓千古興亡多少事悠悠不盡長江滾滾流　年少萬兜鍪坐斷東南戰未休天下英雄誰敵手曹劉生子當如孫仲謀

瑞鷓鴣

京口有懷山中故人

暮年不賦短長詞。和得淵明數首詩。君自不歸歸甚易。今猶未足足何時。偷閒定向山中老。此意須教鶴輩知。聞道只今秋水上。故人曾榜北山移。

〔欽勳案〕此詞韓南澗有和章題〔辛鎮江有長短句因韵偶成愧非敢步韵〕南蘭陵郡鷓鴣詞底用登臨更賦詩。貴不能淫非一日。老當益壯未多時。人間天上風雲會。眼底眉前歲月知。只有海門橫北固。宦情臨牒想推移。先生守京口只此一年南澗題爲辛鎮江自是此時作

京口病中起登連滄觀偶成

聲名少日畏人知。老去行藏與願違。山草舊曾呼遠志。故人今有寄當歸。何人可覓安心法。有客來觀杜德機。卻笑使君那得似。清江萬頃白鷗飛。

〔欽勳案〕輿地紀勝。連滄觀在鎮江府治。乃一郡之絕勝處。先生以嘉泰四年自浙帥任召見。尋差

知鎮江府渡江獻俘之舊遊重認而規復神州之壯志已無可酬之希望故瑞鷓鴣兩首倍覺闌珊

又

膠膠擾擾幾時休。一出山來不自由。秋水觀中山月夜，停雲堂下菊花秋。　隨緣道理應須會，過分功名莫強求。先去聲自一身愁不了，那堪愁上更添愁。

〔啟勳案〕秋水觀停雲堂皆先生瓢泉宅中之庭院此詞似亦與前首同時作到此追懷往事受極大刺激但情闌珊覺此次出山之非計而想念鉛山故居也

生查子

題京口郡治塵表亭

悠悠萬世功，矻矻當年苦。魚自入深淵，人自居平土。　紅日又西沉，白浪長東去。不是望金山，我自思量禹。

啟勳案此亦當是甲子作　讀史方輿紀要京口屬秦會稽郡漢因之三國時孫權自吳徙都於州徙故有京口之名自晉至隋京口常爲重鎮隋初廢爲延陵縣開皇十五年置潤州旋廢唐武德三年復之開寶八年改軍名曰鎮江政和三年升鎮江府　又北固山在城北一里下臨長江三面濱水迴嶺斗絕勢最險固蔡謨起樓其上以貯軍實謝安復營葺之卽所謂北固樓亦曰北固亭大同十年武帝改名北顧有甘露寺據山之麓乃三國時吳甘露中所建也

瑞鷓鴣

乙丑奉祠歸舟次餘干賦

江頭日日打頭風。憔悴歸來邴曼容。鄭賈正應求死鼠。葉公豈是好眞龍。　孰居無事陪犀首。未辦求封遇萬松。卻笑千年曹孟德。夢中相對也龍鍾。

〔啟勳案〕讀史方輿紀要餘干縣在饒州南百二十里春秋時爲越西境所謂干越也漢爲餘汗縣劉宋改汗爲干隋平陳縣屬饒州

玉樓春

乙丑京口奉祠西歸將至仙人磯

江頭一帶斜陽樹。總是六朝人住處。悠悠興廢不關心。唯有沙洲雙白鷺。仙人磯下多風雨。好卸征帆留不住。直須抖擻盡塵埃。卻趁新涼秋水去。

〔啟勳案〕辛稼軒先生年譜〔開禧元年乙丑先生在鎮江任坐謬舉降朝散大夫按程史先生守南徐郎以是年去又按洺水集乙丑先生免歸有玉樓春瑞鷓鴣詞

〔案〕先生之政治生涯即以此年爲結束矣宋史本傳雖有翌年進龍圖閣知江陵府令赴行在奏事試兵部侍郎事但辭未就玉樓春詞之結句〔卻趁新涼秋水去〕亦可證〔秋水觀〕乃瓢泉宅中之一

院落也　仙人磯亦名三山磯距采石磯不遠陳堯佐嘗泊舟磯下一老叟告之曰明日之午有大風宜避之至時果然行舟盡覆故名

〔案〕寧宗開禧元年乙丑先生六十六歲

菩薩蠻

江搖病眼昏如霧。送愁直到津頭路。歸念樂天詩。人生足別離。　雲屏深夜語。夢到君知否。玉筯莫偷垂。斷腸天不知。

又

西風都是行人恨。馬頭漸喜歸期近。試上小紅樓。飛鴻字字愁。　闌干閒倚處。一帶山無數。不似遠山橫。秋波相共明。

〔斂勳案〕此二首不載於四卷本當是壬戌以後作老病江行似是由京口歸家時因以附於乙丑

第二首之馬頭漸喜歸期近亦是客路歸家時作
壬戌以後先生由客中歸來亦唯此一年

滿江紅

呈趙晉臣敷文

老子平生。原自有金盤華屋。還又要萬間寒士。眼前突兀。一舸歸來輕似葉。兩翁相對清如鵠。道如今吾亦愛吾廬。多松菊。　人道是。荒年穀。還又似。豐年玉。甚等閑卻爲。鱸魚歸速。野鶴溪邊留杖履。行人牆外聽絲竹。問近來風月幾篇詩。三千軸。

敍勳案　此詞不載於四卷本似是晚年作且先生與晉臣交甚晚唱和之作甲集無一焉故先生自營廬舍後罷官歸來只有三次一罷隆興帥任歸上饒一罷福州帥任歸上饒一罷知鎮江府歸鉛山晉臣家鉛山且篇中「兩翁相對清如鵠」語作年似甚晚可見一舸歸來當是由鎮江歸鉛山因

以附於丙寅

【案】寧宗開禧二年丙寅先生六十七歲

遊清風峽和趙晉臣敷文韻

兩峽嶄巖，問誰占、清風舊築。更滿眼、雲來鳥去，澗紅山綠。世上無人供笑傲，門前有客休迎肅。怕淒涼、無物伴君時，多栽竹。　風采妙，凝冰玉。詩句好，餘膏馥。嘆只今人物，一夔應足。人似秋鴻無定住，事如飛彈須圓熟。笑君侯、陪酒又陪歌，陽春曲。

更滿眼　歷代詩餘作滿眼裏

【啟勳案】輿地紀勝：清風峽在鉛山縣西北五里，嘉祐中劉輝之道於所居之旁得土山洗而出石，因名。　此與前首疑是同年作

臨江仙

戲爲期思詹老壽

手種門前烏柏樹，而今千尺蒼蒼。田園只是舊耕桑。杯盤風月夜，簫鼓子孫忙。　七十五年無事客，不妨兩鬢如霜。綠窗剗地調紅粧。更從今日醉，三萬六千場。

〔啟勳案〕此詞不載四卷本。計自壬戌後得家居與野老話桑麻者，唯最後之兩年，因以繫於丙寅

鵲橋仙

席上和趙晉臣敷文

少年風月，少年歌舞，老去方知堪羨。歎折腰五斗賦歸來，問走了羊腸幾遍。　高車駟馬，金章紫綬，傳語渠儂穩便。問東湖帶得幾多春，且看凌雲筆健。

〔啟勳案〕此詞不載於四卷本，當是壬戌以後作。讀歎折腰五斗賦歸來問、走了羊腸幾遍、及高車駟馬金章紫綬、傳語渠儂穩便等句，對於宦途已是澈底覺悟。壬戌以後先生解綬歸家，自是丙寅

賀新郎

賦海棠

著厭霓裳素。染臙脂、苧羅山下，浣沙溪渡。誰與流霞千古醞，引得東風相誤。從臾入、吳宮深處。鬢亂釵橫渾不醒，轉越江、剗地迷歸路。煙艇小，五湖去。　當時倩得春留住。就錦屏、一曲種種，斷腸風度。纔是清明三月近，須要詩人妙句。笑援筆、殷勤爲賦。十樣蠻牋紋錯綺，粲珠璣、淵擲驚風雨。重喚酒，共花語。

纔是　歷代詩餘是作得

〔啟勳案〕據伯兄攷證宋四卷本甲集輯於先生四十八歲丁未乙集輯於五十二歲辛亥丙丁集輯於六十二歲辛酉自是正確故凡六十三歲以後如會稽京口諸作唯見於信州十二卷本四卷本無一焉可見丙丁集雖間有輯甲乙集之遺但必無壬戌以後作也然而四卷本所無而見於信州本及補遺者則通各時代都有除將有確實攷證者繫諸年餘則彙錄於此以俟異日

和吳明可給事安撫

世路風波惡。喜清時、邊夫袖手、口將帷幄。正值春光二三月、兩兩燕穿簾幕。又怕箇、江南花落。與客攜壺連夜飲、任蟾光、飛上闌干角。何時唱、從軍樂。　歸歟已賦居巖壑。悟人世、正類春蠶、自相纏縛。眼畔昏鴉千萬點、□欠歸來野鶴。都不戀、黑頭黃閣。一詠一觴成底事、慶康寧、天賦何須藥。金盞大、為君酌。

水調歌頭

卽席和金華杜仲高韵併壽諸友唯醻乃佳耳

萬事一杯酒，長歎復長歌。杜陵有客剛賦，雲外築婆娑。須信功名兒輩，誰識年來心事，古井不生波。種種看余髮，積雪就中多。　二三子，問丹桂，倩素娥。平生螢雪男兒，無奈五車何。看取長安得意，莫恨春風看盡，花柳自蹉跎。今夕且歡笑，明月鏡新磨。

賦傅巖叟悠然閣

歲歲有黃菊，千載一東籬。悠然政須兩字，長笑退之詩。自古此山原有，何事當時纔見，此意有誰知。君起更斟酒。我醉不須辭。 回首處。雲正出。鳥倦飛。重來樓上一句。端的與君期。都把軒窗寫遍。更使兒童誦得。歸去來兮辭。萬卷有時用。植杖且耘耔。

賦松菊堂

淵明最愛菊。三徑也栽松。何人收拾千載。風味此山中。手把離騷讀遍。自掃落英餐罷。杖屨曉霜濃。皎皎太獨立。更插萬芙蓉。 水潺湲。雲澒洞。石巃嵸。素琴濁酒喚客。端有古人風。卻怪青山能巧。政爾橫看成嶺。轉面已成峯。詩句得活法。日月有新工。

又

落日古城角。把酒勸君留。長安路遠。何事風雪敝貂裘散盡黃金身世不管秦樓人怨歸計狎沙鷗明夜扁舟去和月載離愁　功名事身未老幾時休詩書萬卷致身須到古伊周莫學班超投筆縱得封侯萬里憔悴老邊州何處依劉客寂寞賦登樓

和馬叔度遊月波樓

客子久不到好景爲君留西樓著意吟賞何必問更籌喚起一天明月照我滿懷冰雪浩蕩百川流鯨飲未吞海劍氣已橫秋　野光浮天宇迥物華幽中州遺恨不知今夜幾人愁誰念英雄老矣不道功名蕞爾決策尚悠悠此事費分說來日且扶頭

鞏采若壽

泰嶽倚空碧、汝口卷雲寒。萃茲山水奇秀、列宿下人寰。八世家傳素業、一舉手攀丹桂、依約笑談間、賓幕佐儲副、和氣滿長安。　分虎符、來近甸、自金鑾。政平訟簡無事、酒社與詩壇。會看沙隄歸去、應使神京再復、款曲問家山。玉佩揖空闊、碧霧翳蒼鸞。

〔飲冰室攷證〕　宋若當與稼軒同鄉，亦北人南歸者。

〔案〕有之攷證見於朱氏彊村叢書稼軒詞補遺本。闕題下此詞。諸本失載。惟見補遺。宋若之名亦只見於此一首。

滿江紅

中秋

美景良辰、算只是、可人風月。況素節、揚輝長是、十分清徹。著意登樓瞻玉兔·何人張幕遮銀闕。倩飛廉得得爲吹開·憑誰說。 弦與望·從圓缺。今與昨·何區別。羨夜來手把·桂花堪折。安得便登天柱上·從容陪伴酬佳節。更如今不聽塵談清·愁如髮。

手把 歷代詩餘作把手

暮春

點火櫻桃·照一架·荼蘼如雪。春正好·見龍孫穿破·紫苔蒼壁。乳燕引雛飛力弱·流鶯喚友嬌聲怯。問春歸不肯帶愁歸·腸千結。 層樓望·春山疊。家何在·煙波隔。把古今遺恨·向他誰說。蝴蝶不傳千里夢·子規叫斷三更月。聽聲聲·枕上勸人歸·歸難得。

〔啟勳案〕此詞不見四卷本，信州十二卷本有之而無題，辛啟泰本題作暮春，今從之。作客思家之作，集中殊不多見，但客於何方則難攷耳。先生對於家人之愛雖極厚，〔讀〕哭子詩及壽其夫人詞可見（之），然殊不戀家。信州府志載永豐縣之博山寺側有稼軒書舍，謂先生嘗讀書於此，云淳熙十二年以前且勿論，即上饒之宅落成後亦常獨居於此。醉卧博山寺、卧病於博山寺之作，集中屢見。最奇異者乃元日投宿博山寺一首，作於五十之年。時上饒之第宅已成，上饒距博山極近，幾等於郊外。舊社會之觀念，視度歲爲家族之大典，有家而獨居蕭寺以度歲，寧非大奇。因此等事可作研究先生性格之資料，故不憚繁冗而敘述之。又上饒之宅燬於火，集中無一語及之，是亦一特性也。

又

風捲庭梧、黃葉墜、新涼如洗。一笑折、秋英同賞、弄香挼蘂。天遠難窮休久望、樓高欲下還重倚。拚一襟、寂寞淚彈秋、無人會。今古恨、沈荒壘。悲歡事、隨流水。

想登樓青鬢未堪憔悴極目煙横山數點孤舟月淡人千里對嬋娟從此話離愁金尊裏

和傅巖叟香月韵

半山佳句最好是吹香隔屋又還怪冰霜側畔蜂兒成簇更把香來薰了月卻教影去斜侵竹似神清骨冷住西湖何由俗　根老大穿坤軸枝天嬌蟠龍斛快酒兵長俊詩壇高築一再人來風味惡兩三杯後花緣熟記五更聯句失彌明龍啣燭

又

老子常年飽經慣花期酒約行樂處輕裘緩帶繡鞍金絡明月樓臺簫鼓夜梨花院落鞦韆索共何人對

飲五三鍾。顏如玉。　嗟往事。空蕭索。懷新恨。又飄泊。但年來何待。許多幽獨。海水連天凝望遠。山風吹雨征衫薄。向此際。羸馬獨駸駸。情懷惡。

瑞鶴仙

賦梅

雁霜寒透幕。正護月雲輕。嫩冰猶薄。溪奩照梳掠。想含香弄粉。豔粧難學。玉肌瘦弱。更重重。龍綃襯著。倚東風。一笑嫣然。轉盼萬花羞落。　寂寞。家山何在。雪後園林。水邊樓閣。瑤池舊約。鱗鴻更仗誰托。粉蝶兒只解尋桃覓柳。開遍南枝未覺。但傷心。冷落黃昏。數聲畫角。

鱗鴻（歷代詩餘作鄰翁）

【啟勘案】此詞不見於四卷本作年當甚晚

洞仙歌

紅梅

冰姿玉骨自是清涼口此度濃粧爲誰改向竹籬茅舍幾誤佳期招伊怪滿臉顏紅微帶 壽陽粧鑑裏應是承恩纖手重勻異香在怕等閑春未到雪裏先開風流煞說與羣芳不解更揔做北人未識伊據品調難作杏花看待

上西平

送杜叔高

恨如新。新恨了。又重新。看天上。多少浮雲。江南好景。落花時節又逢君。夜來風雨春歸。似欲留人。尊如海。人如玉。詩如錦。筆如神。能幾字。盡殷勤。江天日暮。何時重與細論文。綠楊陰裏聽陽關。門掩黃昏。

能幾（歷代詩餘能上有更字合律）

千年調

庶庵小閣名曰巵言作此詞以嘲之

巵酒向人時。和氣先傾倒。最要然然可可。萬事稱好。滑稽坐上。更對鴟夷笑。寒與熱。總隨人。甘國老。少年使酒。出口人嫌拗。此箇和合道理。近日方曉。學人言語。未會十分巧。看他門得人憐。秦吉了。

江神子

賦梅寄余叔良

暗香橫路雪垂垂，晚風吹，曉風吹，花意爭春，先出歲寒枝。畢竟一年春事了，緣太早，卻成遲。　未應全是雪霜姿，欲開時，未開時，粉面朱唇，一半點臙脂。醉裏謗花花莫恨，渾冷澹，有誰知。

和李能伯韵呈趙晉臣

五雲高處望西清，玉階升，棣華榮，築屋溪頭，樓觀畫難成。長夜笙歌還起問，誰放月，又西沉。　家傳鴻寶舊知名，看長生，奉嚴宸，且把風流，水北畫耆英。咫尺西風詩酒社，石鼎句，要彌明。

戲同官

留仙初試砑羅裙。小腰身。可憐人。江國幽香。曾向雪中聞。過盡東園桃與李。還見此。一枝春。　庾郎襟度最清眞。挹芳塵。便情親。南館花深。清夜駐行雲。拚卻日高呼不起。燈半滅。酒微醺。

一剪梅

中秋無月

憶對中秋丹桂叢。花在杯中。月在杯中。今宵樓上一尊同。雲溼紗窗。雨溼紗窗。　渾欲乘風問化工。路也難通。信也難通。滿堂唯有花燭紅。杯且從容。歌且從容。

又

塵灑衣裾客路長，霜林已晚，秋蘂猶香。別離觸處是悲涼，夢裏青樓，不忍思量。天宇沈沈落日黃，雲遮望眼，山割愁腸。滿懷珠玉淚浪浪，欲倩西風吹到蘭房。

又

歌罷尊空月墜西，百花門外，煙翠霏微。絳紗籠燭照于飛，歸去來兮，歸去來兮。酒入香顋分外宜，行行問道，還肯相隨。嬌羞無力應人遲，何幸如之，何幸如之。

踏莎行

賦木犀

弄影闌干、吹香巖谷。枝枝點點黃金粟。未堪收拾付薰爐、窗前且把離騷讀。　奴僕葵花、兒曹金菊、一秋風露清涼足。傍邊只欠箇姮娥、分明身在蟾宮宿。

欠箇　歷代詩餘作是欠

和趙國興知錄韻

吾道悠悠、憂心悄悄。最無聊處秋光到。西風林外有啼鴉、斜陽山下多衰草。　長憶商山、當年四老。塵埃也走咸陽道。爲誰書到便幡然、至今此意無人曉。

春日有感

萱草齊階、芭蕉弄葉。亂紅點點團香蝶。過牆一陣海棠風。隔簾幾處梨花雪。愁滿芳心。酒潮紅頰。年年此際傷離別。不妨橫管小樓中。夜闌吹斷千山月。

破陣子

趙晉臣敷文幼女縣主覓詞

菩薩叢中慧眼。碩人詩裏娥眉。天上人間眞福相。畫就描成好靨兒。行時嬌更遲。勸酒偏他最劣。笑時猶有些痴。更著十年君看取。兩國夫人更是誰。殷勤秋水詞。

臨江仙

小靨人憐都惡瘦。曲眉天與長顰。沈思歡事惜腰身。枕添離別淚。粉落卻深勻。翠袖盈盈渾力薄。玉笙嫋嫋愁新。夕陽依舊倚窗。塵葉紅苔鬱碧、深院斷無人。

又

逗曉鶯啼聲晛晛、掩關高樹冥冥。小渠春浪細無聲。井牀聽夜雨、出蘚轆轤青。　碧草旋荒金谷路、烏絲重記蘭亭。彊扶殘醉遶雲屏。一枝風露溼、花重入疏櫺。

又

春色饒君白髮了、不妨倚綠偎紅。翠鬟催喚出房櫳。垂肩金縷窄、醮甲寶杯濃。　睡起鴛鴦飛燕子、門前沙暝泥融。畫樓人把玉西東。舞低花外月、唱徹柳邊風。

又

金谷無煙宮樹綠。嫩寒生怕春風。博山微透暖薰籠。小樓春色裏。幽夢雨聲中。別浦鯉魚何日到。錦書封恨重重。海棠花下去年逢。也應隨分瘦。忍淚覓殘紅。

又

手撚黃花無意緒。等閒行盡回廊。捲簾芳桂散餘香。枯荷難睡鴨。疏雨暗添塘。憶得舊時攜手處。如今水遠山長。羅巾浥淚別殘妝。舊歡新夢裏。閒處卻思量。

又

老去渾身無著處。天教只住山林。百年光景百年心。更歡須歎息。無病也呻吟。　試向浮瓜沈李處。清風散髮披襟。莫嫌淺後更頻斟。要他詩句好。須是酒杯深。

蝶戀花

客有燕語鶯啼人乍遠之句用爲首句

燕語鶯啼人乍遠。卻恨西園。依舊鶯和燕。笑語十分愁一半。翠圍特地春光暖。　只道書來無過雁。不道柔腸。近日無腸斷。柄玉莫搖湘淚點。怕君喚作秋風扇。

又

洗盡機心隨法喜。看取尊前秋思如春意。誰與先生寬髮齒。醉時唯有歌而已。　歲月何須溪上記。千古黃花自有淵明比。高卧石龍呼不起。微風不動天如醉。

〔啟勳案〕集中屢見石龍廣信府志石龍洞在鉛山西三十里洞深半里許下有石溫潤可愛隱然作雙龍盤旋狀甘泉時滴云不如是否即此

又

何物能令公怒喜。山要人來人要山無意。恰似哀箏絃下齒。千情萬意無時已。　自要溪堂韓作記。今代機雲好語花難比。老眼狂花空處起。銀鈎未見心先

醉

鷓鴣天

和張子志提舉

别後粧成白髮新。空教兒女笑陳人。醉尋夜雨旗亭酒。夢斷東風輦路塵。　騎騄駬。簪青雲。看公冠佩玉階春。忠言句句唐虞際。便是人間要路津。

又

樽俎風流有幾人。當年未遇已心親。金陵種柳歡娛地。庾嶺逢梅寂寞濱。　樽似海。筆如神。故人南北一般春。玉人好把新粧樣。淡畫眉兒淺注唇。

又

指點齋樽特地開風帆莫引酒船回方驚共折津頭柳卻喜重尋嶺上梅　催月上喚風來莫愁瓶罄恥金罍只愁畫角樓頭起急管哀絃次第催

又

困不成眠奈夜何情知歸未轉愁多暗將往事思量遍誰把多情惱亂他　些底事誤人哪不成眞箇不思家嬌癡卻妒香香睡喚起醒鬆說夢些

又

一夜清霜變鬢絲怕愁剛把酒禁持玉人今夜相思不想見頻將翠枕移　眞箇恨未多時也應香雪減些兒菱花照面須頻記曾道偏宜淺畫眉

又

木落山高一夜霜。北風驅雁又離行。無言每覺情懷好。不飲能令興味長。　頻聚散。試思量。爲誰春草夢池塘。中年長作東山恨。莫遣離歌苦斷腸。

讀淵明詩不能去手戲作小詞以送之

晚歲躬耕不怨貧。隻雞斗酒聚比鄰。都無晉宋之間事。自是羲皇以上人。　千載後。百篇存。更無一字不清真。若教王謝諸郎在。未抵柴桑陌上塵。

〔畝勳案〕先生最心儀陶淵明之爲人集中常道之淵明卒於元嘉丁卯九月先生卒於開禧丁卯九月乃淵明以後之第十三丁卯相距七百八十年同是丁卯同是九月可謂巧合以此事可爲記憶之助因偶及之

又

鬢底青青無限春，落紅飛雪謾紛紛。黃花也伴秋光老，何似尊前見在身。　書萬卷，筆如神。眼看同輩上青雲。箇中不許兒童會，只恐功名更避人。

和趙晉臣敷文韵

綠鬢都無白髮侵，醉時拈筆越精神。愛將蕪語追前事，更把梅花比那人。　回急雪，遏行雲。近時歌舞舊時情。君侯試識誰輕重，看取金杯幾許深。

和傅先之提舉賦雪

泉上長吟我獨清，喜君來共雪爭明。已驚並水鷗無色，更怪行沙蟹有聲。　添爽氣，動雄情。奇因六出憶

陳平卻嫌烏雀投林去觸破當樓雲母屏

玉樓春

風前欲勸春光住春在城南芳草路未隨流落水邊花且作飄零泥上絮鏡中已作星星誤人不負春春自負夢回人遠許多愁只在梨花風雨處

西江月

木樨

金粟如來出世蘂宮仙子乘風清香一袖意無窮洗盡塵緣千種　長爲西風作主更居明月光中十分秋意與玲瓏拚卻今宵無夢

和趙晉臣敷文賦秋水瀑泉

八萬四千偈后、更誰妙語披襟、紉蘭結佩有同心。喚取詩翁來飲。鏤玉裁冰著、句高山流水知音。胸中不受一塵侵。卻怕靈均獨醒。

更誰 歷代詩餘誰作談

又

粉面都成醉夢、霜髯能幾春秋。來時誦我伴牢愁。一見尊前似舊。詩在陰何側畔、字居羅趙前頭。錦囊來往幾時休。已遣蛾眉等候。

誦我 歷代詩餘誦作送

朝中措

爲人壽

年年黄菊豔秋風。更有拒霜紅。黄似舊時宫額，紅如此日芳容。　青青未老，尊前要看，兒輩平戎。試釀西江爲壽，西江緑水無窮。

清平樂

書王德由主薄扇

溪回沙淺紅杏都開遍。鸂鶒不知春水暖。猶傍垂楊春岸。　片帆千里輕船。行人想見欹眠。誰似先生高舉，一行白鷺青天。

好事近

中秋席上和王路鈐

明月到今宵，長是不如人約。想見廣寒宫殿，正雲梳風掠。夜深休更喚笙歌。簷頭雨聲惡。不是小山詞就這一場寥索。

〔啟動寮〕續通鑑嘉泰元年春正月命路鈐按閲都州兵士册受餽遺及擅招軍違者寘諸法云不知是否即此人

和城中諸友韵

雲氣上林梢。畢竟非空非色。風景不隨人去。到而今留得。老無情味到篇章。詩債怕人索。卻笑近來林下。有許多詞客。

春日郊遊

春動酒旗風。野店芳醪留客。繫馬水邊幽寺。有梨花如雪。山僧欲看醉魂醒。茗椀泛香白。微記碧苔歸路嫋一鞭春色。

又

花月賞心天。擡舉多情詩客。取次錦袍須貰。愛春醅浮雪。黃鸝何處故飛來。點破野雲白。一點暗紅猶在。正不禁風色。

口占

醫者索酬勞。那得許多錢帛。只有一箇整整。也和盤盛得。下官歌舞轉淒涼。賸得幾枝笛。覷著者般火色。告媽媽將息。

〔啟勳案〕此詞諸本不載見清波別志謂先生在上饒屬其室病呼醫對脈吹笛婢名整整者侍側乃指以謂醫曰老妻病安以此人爲贈不數日果勿藥乃踐前約口占好事近以送之云絕妙好詞

箋亦收錄此詞查厲兩公乃博雅君子當不誤姑以附存於此

菩薩蠻

功名飽聽兒童說。看公兩眼明如月。萬里勒燕然。老人書一編。　玉階方寸地。好趁風雲會。他日赤松游。依然萬戶侯。

送曹君之莊所

八間歲月堂堂去。勸君快上青雲路。聖處一燈傳。工夫螢雪邊。　麴生風味惡。辜負西窗約。沙岸片帆開。寄書無雁來。

和夏中玉

與君欲赴西樓約。西樓風急征衫薄。且莫上蘭舟。怕人淸淚流。臨風橫玉管聲散江天滿。一夜旅中愁。蛩吟不忍休。

〔般涉調〕夏中玉維揚人

醜奴兒

醉中有歌此詩以勸酒者聊檃括之

晚來雲淡秋光薄。落日晴天。落日晴天堂上風斜畫燭煙。從渠去買人間恨字字都圓。字字都圓。腸斷西風十四絃。

調歷代詩餘作采桑子 題歷代詩餘作贈歌者

又

尋常中秋扶頭後。歌舞支持。歌舞支持。誰把新詞喚佳伊。臨岐也有旁人笑。笑已爭知。笑已爭知。明月樓空燕子飛。

又

近來愁似天來大。誰解相憐。誰解相憐。又把愁來做箇天。都將今古無窮事。放在愁邊。放在愁邊。卻自移家向酒泉。

浣溪沙

壽內子

壽酒同斟喜有餘。朱顏卻對白髭鬚。兩人百歲恰乘除。婚嫁剩添兒女拜。平安頻拆外家書。年年堂上壽星圖。

〔飲冰室攷證〕先生夫人姓氏及結婚年無攷但二十三歲脫身南歸時似未有眷屬此詞雖不知作於何年然朱顏對白鬚則年齒相懸可知兩人百歲乘除亦決非齒相若者倘夫婦一五十一一四十九合成百歲此何足異而見諸詩詞以爲美譚耶此詞或作於六十二三歲夫人年方三十七八故乘除成百歲夫鬚已白而婦顏尚朱也

〔啟勳案〕右之攷證見伯兄所著先生年譜中之世系譜

別杜叔高

這裏裁詩話別離。那邊應是望歸期。人言心急馬行遲。去雁無憑傳錦字。春泥抵死污人衣。海棠過了有荼蘼。

山花子

日日閒看燕子飛。舊巢新壘畫簾低。玉曆今朝推戊已住。啣泥。　先自春光留不住。那堪更著子規啼。一陣晚風吹不斷。落花溪。

住啣泥　歷代詩餘住作卻

減字木蘭花

宿僧房有作

僧窗夜雨。茶鼎熏爐宜小住。卻恨春風。勾引詩來惱殺翁。　狂歌未可。且把一尊料理我。我到亡何。卻聽儂家陌上歌。

又

昨朝官告。一百五年村父老。更莫驚疑。剛道人生七十稀。　使君喜見。恰恨華堂開壽宴。問壽如何。百代兒孫擁太婆。

醉太平

春晚

態濃意遠。顰輕笑淺。薄羅衣窄絮風軟。鬢雲欺翠捲。南園花樹春光暖。紅香徑裏榆錢滿。欲上鞦韆又驚嬾。且歸休怕晚。

顰輕信州本作眉顰。顰輕從歷代詩餘。

太常引

賦十四絃

仙機似欲織纖羅。髣髴度金梭。無奈玉纖何。卻彈作清商恨多。珠簾影裏、如花半面、絕勝隔簾歌。世路

苦風波且痛飲公無渡河

壽趙晉臣敷文

論公者德舊宗英吳季子百餘齡奉使老於行更看舞聽歌最精　須同衞武九十入相菉竹自青青富貴出長生記門外清溪姓彭（彭溪晉臣居也）

戀繡衾

無題

長夜偏冷添被兒枕頭兒移了又移我自是笑別人底卻元來當局者迷　如今只恨因緣淺也不曾抵死恨伊合手下安排了那筵席須有散時

杏花天

牡丹昨夜方開徧。畢竟是、今年春晚。荼蘼付與薰風管。燕子忙時鶯嬾。　多病起、日長人倦。不待得、酒闌歌散。甫能得見茶甌面。卻早安排腸斷。

不待得　歷代詩餘得作到

武陵春

走去走來三百里，五日以爲期。六日歸時已是疑。應是望多時。　鞭箇馬兒歸去也，心急馬行遲。不免相煩喜鵲兒。先報那人知。

謁金門

歸去未。風雨送春行李。一枕離愁頭徹尾。如何消遣是。　遙想歸舟天際。綠鬢瓏璁慵理。好夢未成鶯喚

起粉香猶有殢

和陳提幹

山共水美滿一千餘里不避曉行并早起此情都爲你不怕與人尤殢只怕被人調戲因甚無箇阿鵲地没工夫説裏

酒泉子

無題

流水無情潮到空城頭盡白離歌一曲怨殘陽斷人腸東風宫柳舞雕牆三十六宫花濺淚春聲何處説興亡燕雙雙

霜天曉角

暮山層碧。掠岸西風急。一夜軟紅深處、應不是、利名客。玉人還佇立、綠窗生怨泣。萬里衡陽歸恨、先倩雁寄消息。

點絳唇

留博山寺聞光風主人微恙而歸時春漲斷橋

隱隱輕雷、雨聲不受春回護。落梅如許、吹盡牆邊去。春水無情、礙斷溪南路。憑誰訴、寄聲傳語。沒箇人知處。

生查子

梅子褪花時、直與黃梅接。煙雨幾曾開、一江春裏活。

富貴使人忙也有閒時節。莫作路旁花。長教人看殺。

和夏中玉

一天霜月明。幾處砧聲起。客夢已難成。秋色無邊際旦夕是重陽。菊有黃花蘂。只怕又登高。未飲心先醉。

昭君怨

送晁楚老遊荆門

夜雨翦殘春韭。明日重斟別酒。君去問曹瞞。好公安試看如今白髮。卻爲中年離別。風雨正崔嵬。早歸來。

如夢令

賦梁燕

燕子幾曾歸去。只在翠巖深處。重到畫梁間。誰與舊巢爲主。深許深許。聞道鳳凰來住。

贈歌者

韵勝仙風縹緲。的皪嬌波宜笑。弗玉一聲歌。占斷多情風調。清妙清妙。留住飛雲多少。

念奴嬌

謝王廣文雙姬詞

西眞姊妹。料凡心忽起。共辭瑤闕。燕燕鶯鶯相並比。的當兩團兒雪。合韵歌喉。同茵舞袖。舉措口口別。江梅影裏迥然雙蘂奇絶。還聽別院笙歌倉皇走報。笑語渾重疊。拾翠洲邊攜手處疑是桃根桃葉。並蒂芳蓮雙頭紅蘂不意俱攀折。今宵鴛帳有同對影明月。

三友同飲借赤壁韵

論心論相便擇術滿眼。紛紛何物。踏碎鐵鞋三百緉。不在危峯絶壁。龍友相逢窪樽緩舉。議論敲冰雪。何妨人道聖時同見三傑。　自是不日同舟平戎破虜。豈由言輕發。任使窮通相鼓弄恐是眞口難滅。寄食王孫喪家公子。誰握周公髮。冰口皎皎照人不下霜月。

贈夏成玉

妙齡秀發，湛靈臺一點，天然奇絶。萬壑千巖歸健筆，掃盡平山風月。雪裏疏梅，霜頭寒菊，迥與餘花別。識人清眼，慨然憐我疏拙。　遐想後日蛾眉，兩山橫黛，談笑風生頰。握手論文情極處，冰玉一時清潔。掃斷塵勞，招呼蕭散，滿酌金蕉葉。醉鄉深處，不知天地空闊。

惜奴嬌

戲同官

風骨蕭然，稱獨立，羣仙首。春江雪，一枝梅秀。小樣香檀，映朗玉，纖纖手，未久轉新聲，泠泠山溜。　曲裏傳

情更濃似尊中酒信傾蓋相逢如舊別後相思記敏
政堂前柳知否又拚了一場消瘦

眼兒媚

妓

煙花叢裏不宜他絶似好人家淡妝嬌面輕注朱唇
一朵梅花　相逢比著年時節顧意又爭些來朝去
也莫因別箇忘了人咱

口口口

出塞春寒有感

鶯未老花謝東風掃鞦韆人倦綵繩閒又被清明過
了　日長減破夜長眠別聽笙簫吹曉錦牋封與怨

春詩寄與歸雲縹緲。

〔飲冰室攷證〕稼軒先生不應有出塞之作〔啟勳案〕右之攷證見稼軒詞補遺本調之下但本集獨宿博山王氏庵之清平樂亦有「平生塞北江南」之句或兩踏計吏抵燕山時曾遊塞外歟

蘇武慢

雪

帳暖金絲，杯乾雲液。戰退夜口颼飀。障泥繫馬，掃路迎賓，先借落花春色。歌竹傳觴，探梅得句，人在玉樓瓊室。奐吳姬學舞，風流輕轉，弄嬌無力。

塵世換老盡青山，鋪成明月，瑞物已深三尺。豐登意緒，婉娩光陰，都作暮寒堆積。回首驅羊舊節，入蔡奇兵，等閒陳迹。總無如現在，尊前一笑，坐中贏得。

綠頭鴨

七夕

歎飄零。離多會少堪驚。又爭如・天人有信・不同浮世難憑。占秋初・桂花散采・向夜久・銀漢無聲。鳳駕催雲・紅帷卷月・冷冷一水會雙星。素杼冷・臨風休織・深訴隔年誠。飛光淺・青童語歇・丹鶴橋平。 看人間・爭求新巧・紛紛女伴歡迎。避燈時・絲絲未整・拜月處・珠網先成。誰念監州・蕭條官舍・燭搖秋扇坐中庭。笑此夕・金釵無據・遺恨滿蓬瀛。欹高枕・梧桐聽雨・如是天明。

金菊對芙蓉

遠水生光・遙山聳翠・霽煙深鎖梧桐。正零瀼玉露・淡蕩金風。東籬菊有黃花吐，對映水，幾簇芙蓉。重陽佳致，可堪此景，酒釅花濃。　追念景物無窮，歎少年胸襟，忒煞英雄。把黃英紅萼，甚物堪同。除非腰佩黃金印，座中擁、紅粉嬌容。此時方稱情懷，盡拚一飲千鍾。

〔啟勳案〕此詞見草堂詩餘諸本，皆未收。頗不類先生作。但萬氏詞律亦引此詞與康伯可之「梧葉飄黃」相攷訂，不審是否亦據草堂詩餘抑別有所本也。

歸朝歡

丁卯歲寄題眉山李參政石林

見說岷峨千古雪。都說岷峨山上石。君家右史老泉公，千金費盡勤收拾。一堂真石室。空庭更與添突兀。記當時、長編筆硯，日日雲煙溼。　野老時逢山鬼泣。

誰夜持山去難覓有人依樣入明光玉堦之下巖巖立琅玕無數碧風流不數平原物欲重吟青葱玉樹須倩子雲筆

石室歷代詩餘作萬石 空庭歷代詩餘空作閒

案 寧宗開禧三年丁卯先生六十八歲

洞仙歌

丁卯八月病中作

賢愚相去算其間能幾差以毫釐繆千里細思量義利舜跖之分孳孳者等是雞鳴而起 味甘終易壞歲晚還知君子之交淡如水一餉聚飛蚊其響如雷深自覺昨非今是羨安樂窩中泰和湯更劇飲無過

半醺而已。

歛勳案　此一首實爲先生絕筆距屬纊已不滿一月矣先生生於南宋高宗紹興十年庚申五月十一日卯時卒於寧宗開禧三年丁卯九月初十是年先生詔起行在奏事試兵部侍郎辭免家居進樞密院都承旨未受命而卒葬於鉛山縣南十五里之陽源山特贈四官理宗紹定六年追贈光祿大夫度宗追贈少師謚忠敏

邯鄲張野夫有水龍吟一首題曰「酹稼軒墓」頗能道出先生之生平　嶺頭一片青山可能埋得凌雲氣。遐方異域當年滴盡英雄淚。星斗撑腸雲煙盈紙。文章游戲。漫人間留得陽春白雪千載下無人繼　不見戟門華第。見蕭蕭竹枯松悴。問誰料理帶湖煙景瓢泉風味。萬里中原不堪回首人生如寄。且臨風高唱逍遙舊曲爲先生酹　見古山樂府

稼軒詞卷六終

從子廷燦校字

諸家所刻之稼軒先生詞。以信州十二卷本爲最多。計五百七十三首。照目錄計乃五百七十二，因鷓鴣天詞六十首而誤目錄則錯算爲五十九首故也萬載辛氏補遺。計三十六首。內二首誤入朱希真樵歌。一首重出信州本。實得三十三首。明吳訥唐宋百家詞所收之稼軒四卷本。其中爲信州本及辛氏補遺所無者計甲集一首。乙集六首。丙集四首。丁集四首。都爲十五首。又於清波別志輯得一首。草堂詩餘輯得一首。爲諸本所未收。以上合計。共得六百二十三首。是爲稼軒傳世詞之總數。既知四卷本非輯於一時。而有斷代性質。故凡甲集詞之未能編出者。亦可稿定爲四十八歲以前作品。乙集詞之未能編出者，亦知不外爲四十九歲至五十二歲之四年間作品。丙丁兩集之未能編出者，亦知當是五十三至六十二之十年間作品。雖則後輯之三集，間有兼收前集之所遺。但爲數無多，其有顯明之證據者，已悉提置於本年。至於嘉泰壬戌以後，爲四卷本所未及收之詞，與乎信州本及補遺所載而爲四卷本失載之詞，共計一百八十一首。其中能編出年代者，已有八十九首。尚餘九十三首，則以附於卷六。但仍以丁卯之絶筆詞殿全集之後。統計認爲不知年之詞，僅全集七分之一強，亦始料所不及也。然而未能一一繫諸年，是以不敢冒編年之名，而唯曰疏證補遺之三十三首，乃據辛敬甫嘉慶十六年刊之「稼軒集鈔存」。其間訛脱之字，則依歸安朱氏彊村叢書本改正。

歷代詩餘所選之稼軒詞，共二百九十一首。其中有端正好一首，（軟波拖碧蒲芽短）菩薩蠻一首，（東風約略吹羅幕）爲諸本所無。端正好卽杏花天，乃誤入梅溪詞。故菩薩蠻一首，亦未敢必其爲稼軒作。日前窮兩日之力，取以校信州十二卷本。其間互異者，凡二百十數字。且多獨勝處。如沁園春之「此心無有親冤」，信州本作新冤，伯兄奮筆改新爲親。而歷代詩餘果作親。又哨遍之過片第一句，「噫子固非魚。魚之爲計子焉知」。信州本及小草齋本皆作「子固非魚噫」其不如歷代詩餘遠矣又滿江紅之結句信州本作「被野老相扶入東園枇杷熟」久已疑其不叶爭奈信州十二卷本宋四卷本淳熙三卷本皆作如是云云今見歷代詩餘乃作「被野翁相挾入東園枇杷熟」諸如此類尚多獨惜不獲見其所據之原本以窺全豹耳

汲古閣宋六十家詞之稼軒集其編排次第與信州本悉相同唯少十一首且强分十二卷爲四至於字之異同則介乎信州本與歷代詩餘之間可證諸家所據之原本各不相若也　十八年十二月二十一日　啟勳記

跋四卷本稼軒詞

文獻通考著録稼軒詞四卷，宋史藝文志同，而直齋書録解題注其下云：信州本十二卷，視長沙爲多。讀者或誤以爲長沙本，此四卷本書坊，實則直齋所著録，蓋即長沙本，只一卷耳。十二卷之信州本，宋刻無傳。黃蕘夫舊藏之元大德間廣信書院本，今歸聊城楊氏，而毛本據四印齋據以翻雕者，即彼本也。可見稼軒詞在宋有三刻：一爲長沙十卷本，二爲信州十二卷本，三即四卷本。明清以來，傳世者惟信州本。毛刻六十一家詞亦四卷，實乃割裂信州本以求合通考

十七年八月廿七日[illegible]廿九日[illegible]

之參差，毛氏本應據此，不應深考，而使讀者致疑毛王二刻不同源
而毛刻即通考與宋志之舊，則大不可也。近武進陶氏景印宋元本
詞集，中有稼軒詞甲乙丙三集，其編次與毛本全符，文字
亦多異同，余讀之殊感興趣，頗憾僅存四卷，殊略零，與
諸家所著錄者皆無合也。嗣從直隸圖書館假得明吳文
恪訥所輯唐宋名賢百家詞，其稼軒集正採此本，而丁集赫
然存焉，乃拍案叫絕，知馬貴與所見四卷本固未絕於人間
也。甲集卷首有淳熙戊申正月元日門人范開序，稱：開久

一　饒宗頤家述書

從公游，暇日裒集冥搜，才逾百首，皆親得於公者。以近時流布於海內者率多贗本，吾為此懼，故不敢獨閟，將以祛傳者之惑焉。范開貫歷無考，然信州本有贈送酬和范先之之詞十首，而此本凡先之皆作廓之，蓋一人而兩字，開與先與廓義皆相屬，疑即是人，誠從公游最久矣。戊申為淳熙十五年，公四十九歲，知甲集所載皆四十八歲以前作。稼軒年壽雖難稱致，但六十八歲而卒，則集中當明證。乙丙丁三集亦收，則戊申後十餘年間作也。其果否並出范開裒錄，抑他人

總評：此本最大特色，在含有編年意味。蓋

信州本以同調爲一詞彙錄一處，長調在先，短調在後，少作

晚作，全混雜。而此本則每年編集一次，雖無每首作年能一一

確指，然某集爲某時期所作，亦可略推見。考稼軒以二十九歲

通判建康府，三十一歲知滁州，三十五歲提點江西刑獄，三十六歲

知江陵府，三十八歲移帥隆興（江西），旋召爲湖北轉運副使，

四十歲移湖南，尋知潭州兼湖南安撫，四十三歲[illegible][illegible]知

隆興府兼江西安撫，五十間（？）罷職歸，五十三歲起福建提

點刑獄，旋知福州兼福建安撫，五十四歲被召還行在，五十六歲落職家居，五十九歲復職奉祠，六十一二歲間起知紹興府兼浙東安撫，六十五歲再知鎮江府，旋又罷歸，六十七歲卒。嘗知紹興府又除江陵府，皆辭免，未幾遂卒。其生平仕履大略如此。（以上所考，證據本傳，參以本集題跋等，輔以東坡詞十之二三，大致當不謬。）

甲集所收諸詞，可定爲官建康、滁州、湖北、湖南、江西時作，乙集可知爲家居及官福建時作，丙集則二次家居及帥越時作，丁集時代似因而難[illegible]

[illegible]

丹阳以前，故所有名作，如京口北固亭怀古及与诸篇皆未收

录。（四卷本刻者当在嘉泰时也。）北固亭怀古词云"四十三年，望中犹记，烽火扬州路"。稼轩南归在绍兴三十二年，以此推之

宁宗嘉泰四年春，以宝谟阁待制知镇江府，加[illegible]三年，作此词时年六十六岁，最晚作矣。

若能为稼轩词编年，遍

纂古本，[illegible]游宦诸地之次第，考其集中人物，并可补谱五

也。

六。就中江西一地，稼轩寓家在焉，且数度官隆兴（南昌）

故在江西所作词及赠答江西人之词，集中最多，其时代亦最难

理。如作于甲乙丙丁集所先后收录，[illegible]所作，虽

未能考定，柳亦不远也。惟一集中丙丁集所钞录以不拘甲乙

集之精嚴，其字句間與信州本多異同者，甲乙集多少佳勝，而丁集時或多書誤，似非同出一手編輯。若吾所忖度范廓之即范開之說果不誣，則似甲乙集出范輯，而丁集則非范輯。蓋辛范分攜，在紹熙元二年間，廓之赴行在，稼軒詞未聞寄意，故丙集中即無復與廓之贈送之作，廓之既不得見，自無從檢其舊稿，他人因其舊名而續之，未可知也。信州本共得詞五百七十二首，此本四集合計除其複重，共得四百二十七首，但集中卻有二十首為信州本所無者。（内四首亦見補遺本者）丙集有六州歌頭一首，丁集有西江月一首，皆諛頌韓平原作，西江月

四　飲冰室著述藁

之中年詞，其被群詩誤引謝疊山文已闢辯之。六州歌頭首上之鵠名

春傳鈔本朱孝臧。借予葉玉度內生校書玉去選募者。吾書為文注哭

之以稼軒之年六已字一失。甚於辛不稱批其送錄此州。以生平清業

判為氣節之人。而謂實作此女卿之媚竈耶？範本謂懷風舞者

屢年之此迻三諸西丁集之之集經范子擘訂正。戊辰中元。新會梁啟

超。

跋稼軒集外詞

此所謂集外者，謂信州十二卷本稼軒長短句所未收也。其目如下：

生查子　和夏中玉　一天霜月明

滿江紅　老子當年

菩薩蠻　稼軒日向兒童說　此首已見依新詞甲集

菩薩蠻　和夏中玉　與君欲赴西樓約

一翦梅　塵灑衣裾客路長

卅七年八月三十一日

一剪梅　歌罷尊空　月墜西

念奴嬌　謝王廣文雙姬詞　西真　姊妹

念奴嬌　三友同飲借赤壁韻　論心　論相

念奴嬌　贈夏成玉　妙齡　秀發

江城子　戲同官　留仙初試　砑羅裙

惜奴嬌　戲同官　風骨　蕭然

南鄉子　贈妓　吹笛乞　人家　此首亦見稼軒詞乙集

糖多令　淑景門　清明　此首亦見乙集

王　食汶宗集過書

踏歌 撅屏香精神 此首亦見甲集

眼兒媚 妓 燈花叢裏不宜他

如夢令 贈歌者 翻勝仙机縹渺

鷓鴣天 和陳提拎 剪燭西窗夜未闌

踏莎行 春日喜盛 萱草齊階

□□□ 出塞春寒喜盛 鶯未老

謁金門 和陳提拎 山共水

鵲橋仙 送彬卿行 嬌兒桃了

好事近 春日郊遊 春勸酒 雜机

好事近 花月雲 心天

好事近 春去淌 西湖

水調歌頭 和馬科度游月波樓 家子久 不斯

水調歌頭 肇采若壽 泰微仲 知碧

賀新郎 和吳明可給事安撫 世彩机 汝恩

沁家傲 湖州幕官作舫室 机方小坐 橫畫舫

霜天曉角 赤壁 雪堂 遊客

蘇武慢 雪 悵吠 金綠

綠頭鴨 七夕 秋霖宋翔 多多金少

烏夜啼 戲題雞卯人 江疑三 忍清明

品令 避之 江淹

右見（三十三首）辛敬甫（啓泰）輯稼軒集。（宋氏陽抑業書 稿本補遺本）皆采自永樂

大典者。而（原輯共三十六首）洞仙歌壽叔丞相一首已見信州本。鷓鴣天二首（天上人間四首等 有關仙人掛玉瓶）

則誤采朱希真樵歌。今皆刪去。（附注）

（前三首）

南歌子 萬萬千千恨

右一首見稼軒詞甲集。陶氏涉園景宋本甲集內 甲集本第三首爲

信州本丙集內菩薩蠻一首 稼軒日向兒童說 踏歌一首 擷屑青桂神女

已見本輯，不復錄。

浣溪沙 贈子文侍人名笑笑 儂是嶔崎可笑人

鵲橋仙 贈人 風流標格

行香子 歸去來兮

一剪梅 記得同燒此夜香

虞美人（夜深困倚屏風後）

右五首見稼軒詞乙集。乙集原第八首爲信州本所無，內

糖多令一首（洪景伯清明）南鄉子一首（好箇主人家）鵲橋仙一首（轎兒排了）皆

已見本集，不復錄。

六州歌頭（西湖萬頃）

西江月　題可卿影像（人道偏宜歌舞）

清平樂（春宵睡重）

菩薩蠻　贈周國輔侍人（畫樓影蘸清溪水）

右四首見稼軒詞丙集。

祝英臺近　綠楊堤　青草渡

鷓鴣天　欲上高樓　去避愁

鷓鴣天　一片歸心　擬亂雲

西江月　堂上謀　臣帷幄

右四首見稼軒詞丁集。吳文恪唐宋名賢百家詞鈔本

金菊對芙蓉

右一首見草堂詩餘。

凡

辭四十八首，散在各本，可普收併寫。稼軒詞自陳直齋即以信州本為最備，信州本為詞五百七十二首。並以此所錄，都為六百二十首，辛詞傳世者要是矣。惟此四十八首在今辛詞中僅值何差，則為更待評者。案稼軒甲集范開序稱近時流布於海內者率多贗本也。甲集編成於淳熙戊申，時稼軒方在中年，而范開所目概猶已有慨於贗本之混真，此後為二十年，稼軒益著矣，名益顯，則嫁名之作益多矣，蓋意中事耳。丁集所收西江月壽上饒日悵悵一首，謝疊山已明辨其為玉

乙 又大字本己集

歸士人所作，不容以寬忠魂。（見吳禮部詩話）考韓侂胄下詔伐金，在

開禧二年，此西江月決當作於彼時。（按詞中"天時地利與人和，燕可伐與曰可"也，及"此日樓臺鼎鼐，明年帶礪山河"……）

（汀寺詩）依畢氏續通鑑，稼軒（別為）已於開禧元年（乙丑）前卒，雖繫年未確，

然稼軒於乙丑解鎮江（京口）帥任，奉祠西歸，而見稼集題注，為鎮

京口僅未及一年，所以遽解職之原因，雖不可確考，以理勢度之，

當是不贊開邊之議，故或自引退，或為執政所擠，歸後方飾巾

待盡。（稼軒卒於開禧三年）寧肯更趨勢利，希見獻頌朝貴，此不待登

山之辯，已可一言而決也。六州歌頭，亦侂胄（附）生辰諛媚之作。

率同一律。其集中於有□戊午拜復職奉祠之命鷓鴣天一詞，文云云：「老退何曾說著官。今朝放罪上恩寬。便支香火真祠俸，更綴文書舊殿班。扶病腳，洗衰顏。快從老病借衣冠。此身忘世渾容易，使世相忘卻自難。」此等懷抱，豈是作者興王寫今忍至入雲煙者之人耶？惟國朝兩詞家稼軒以稼軒，文采顧不及漏集者未識，遂以據改。正乃花間所謂著為此體耳。

永樂大典所載佚詞，內有調名一首，題曰出塞字樣。稼軒生平未從出塞；又漁家傲一首，題曰湖州幕官字樣。稼軒宦游未

醉湖州，以若虛爲屢易。自評數十首，或效詹游戲題贈，或

朋輩酬應戲筆，卽使其出稼軒，在集中亦不爲上乘。大抵

辛詞傳本以范氏所編甲集爲最謹嚴可信，惜僅及中年之作，

不能考叅別。乙集戲亦出范手，但編成亦僅後四年耳。

此出信州本外者共十一首，皆信州本無其辛詞

信州本直稼軒身後，據自少作以迄絕筆

蒐采不遺。信州爲稼軒釣游之地，又人後學甚多，其慎擇

或不讓范開，此諸佚詞或爲輯者所曾見而淘棄者，今重爲

掇拾，姑亦過而存之云爾。戊辰孟秋又秋記。

泉城文庫

傳世典籍 叢書

尚書大傳
儀禮鄭注句讀（上中下）
漱玉詞 漱玉集
稼軒詞疏證（上中下）
靈岩志（上下）
趵突泉志
齊乘（上下）
濟南金石志（上中下）